# 古典文學研究輯刊

十五編

曾永義 主編

## 第5冊

## 論元好問對蘇軾的接受與轉化（下）

蕭豐庭 著

國家圖書館出版品預行編目資料

論元好問對蘇軾的接受與轉化（下）／蕭豐庭 著 — 初版 —
新北市：花木蘭文化出版社，2017〔民 106〕
目 4+208 面；19×26 公分
（古典文學研究輯刊 十五編；第 5 冊）
ISBN 978-986-404-897-7（精裝）
1.（元）元好問 2.（宋）蘇軾 3. 學術思想 4. 文學評論
820.8 106000804

古典文學研究輯刊
十五編 第 五 冊 ISBN：978-986-404-897-7

# 論元好問對蘇軾的接受與轉化（下）

作 者 蕭豐庭
主 編 曾永義
總 編 輯 杜潔祥
副總編輯 楊嘉樂
編 輯 許郁翎、王筑 美術編輯 陳逸婷
出 版 花木蘭文化出版社
社 長 高小娟
聯絡地址 235 新北市中和區中安街七二號十三樓
電話：02-2923-1455／傳真：02-2923-1452
網 址 http://www.huamulan.tw 信箱 hml 810518@gmail.com
印 刷 普羅文化出版廣告事業
初 版 2017 年 3 月
全書字數 323793 字
定 價 十五編 18 冊（精裝）新台幣 32,000 元 

# 論元好問對蘇軾的接受與轉化（下）

蕭豐庭 著

# 目次

上冊

## 表 次

# 第四章　元好問詩、詞、文對蘇軾作品的取資與鎔裁

本論文已在「蘇學行於北」的金元文風一小節中闡述金代上從統治者下至文人雅士，對蘇軾的景仰與效法產生反思與體悟。又元好問三十六歲寫〈杜詩學引〉、四十歲寫〈東坡詩雅引〉、四十七歲寫〈東坡樂府集選引〉〔註1〕，代表元好問早已十分熟稔杜甫、蘇軾作品，受到此二人作品的潛移默化是可以肯定的。現今論者皆無法斷定杜甫或唐人諸家、還是蘇軾先後影響元好問的順序或重要性，然而仍可客觀呈現元好問詩、詞、文與蘇軾作品的關聯性。即使兩人使用相同典故，可能是元好問接受蘇軾作品過程中，間接化用前人語句故實，故討論的焦點僅落實於兩人在作品語句使用上的相似性。

根據上述基準點，深入細察兩人作品，直接證明在尊唐宗杜的金代文壇中，元好問確實以蘇軾爲另一個取法的對象，在蘇軾作品字裡行間取材、融攝，元好問的轉化即是汲取各家或各文體文藝風格，在自己作品中呈現不同風貌。

過往學者對於後人模擬仿作前人字句、詞語、篇章的研究方式，提供借鑒〔註2〕、仿擬〔註3〕、襲改〔註4〕等分析面向，皆值得論者引用參考。然而

---

〔註1〕見（金）元好問著、狄寶心校注，《元好問文編年校注（上冊）》，頁91、180、397。

〔註2〕「借鑒」是善於利用前人作品及創作經驗，技巧凡九，並分四大類，第一是字面之借鑒，又分截取、鎔鑄；第二是句意之借鑒，又分增損、化用、襲用、合集；第三是詩篇之借鑒，又分局部檃括、全首檃括。第四是其他，又分引用故實、綜合技巧。見王偉勇著，《宋詞與唐詩之對應研究》（臺北：文史哲出版社，2004年3月初版），頁7～25。

《文心雕龍．鎔裁》曾說：

> 情理設位，文采行乎其中。剛柔以立本，變通以趨時。立本有體，意或偏長；趨時無方，辭或繁雜。蹊要所司，職在鎔裁，檃括情理，矯揉文采也。〔註5〕

劉勰認爲作者使用不同寫法來提煉或剪裁辭藻，須先將思想感情安排好後，確立剛強或柔婉的基調，然後適時予以變化，無論借鑒、仿擬、襲改等，仍因創作者主動選擇字句素材或篇章結構，來求藉此喻彼或另闢蹊徑。元好問強調「以意爲主」的創作態度，也正與劉勰在〈鎔裁〉提及創作的最初「設情以位體」相符合，確立作品的中心內容才思考「酌事以取類」、「撮辭以舉要」。〔註6〕

故探求元好問對蘇軾作品選材的與提煉時，須先確認二人字句語意或篇章情感所表現的整體情感是否相似或相反，如同黃麗貞認爲仿擬不是尋常的模仿，而提出三種仿擬情況：

> 原作和新作在意義上，會出現相似、相近、相反的情形；聽者、讀者，由於語句的形式熟識，而另有新意，而感到語意、文情中所顯示出來的幽默風趣。〔註7〕

本章便依循此三種方向，析論元好問與蘇軾作品的相關性，從元好問的詩、詞、文全面性與蘇軾作品交叉比對。元好問現存約1300多詩，有524處與蘇軾作品有關，這當中36處化用東坡詞、1處化用東坡文；而現存380多闋詞，有168處與蘇軾作品有關，其中114處化用東坡詩、2處化用東坡文；此外，元好問現存200多篇古文，有21處與蘇文有關〔註8〕，其中1處化用東坡詩。

---

〔註3〕仿擬可分廣義、狹義兩種。廣義的仿擬指單純對前人作品的模仿，可稱「仿效」；狹義的仿擬指模仿前人作品而意含諷刺，可稱「仿諷」。茲分述如下：廣義的仿擬——仿效，細分又兩種。模仿前人的句法叫「擬句」，模仿前人的文章腔調的叫「仿調」。見黃慶萱，《修辭學》（臺北：三民書局，2007年1月三版），頁99。

〔註4〕「襲改」是指常有人在寫作時，套襲前人的文辭，略加改易，用另一種方式表現出來。見董季常，《修辭析論》（臺北：益智書局，1981年10月初版），頁193。

〔註5〕見（梁）劉勰撰、林其錟、陳鳳金集校，《增訂文心雕龍集校合編》，頁715～716。

〔註6〕見（梁）劉勰撰、林其錟、陳鳳金集校，《增訂文心雕龍集校合編》，頁716。

〔註7〕見黃麗貞，《實用修辭學》（臺北：國家出版社，2007年1月初版），頁386。

〔註8〕本文析論元好問的文，暫時以賦、記、題跋、序引等爲範圍，排除掉爲他人撰寫的碑銘，故時也已掌握129篇。

底下便從元好問作品與蘇軾字句「情意相似」、「情意衍生」、「情意相反」等三大類來分析，以篇章情意爲主軸，再深入字面、語句的仿效、反用，做細部探析。

## 第一節　情意相似

前人的作品風格與篇章格調，藉由出版傳頌或歷代解讀，成爲後世讀者、評者心中存在的熟悉形象、創作素材，仿擬存在著批評者贊成與反對的爭辯。周振甫在《詩詞例話》中曾把「仿效和點化」的優劣做一實際評比與論述，他說：

> 文學創作中的描寫，有的是有所繼承的，就是仿效前人的寫法加以變化，具有推陳出新的作用，這是好的；有的光是仿效，缺少變化，那是要不得的；也有的兩種寫法的類似只是暗合，並非仿效。〔註9〕

周振甫認爲仿效最忌諱的便是依樣畫葫蘆，需有符合個人情志的語句變化；又兩人作品字句、語意的相似，也可能是因作家們生活環境的類似或生命境遇的相近，發生類似構思的偶合。也就是說元好問運用與杜甫、蘇軾或甚至任何前人典籍相同、相似的語句，都可能因爲創作思索靈感的巧合，這一點皆是後世論者皆難以客觀論證，然而論者可以提出一個影響論當中鮮明的方向。

因此周振甫提出仿效須賴創作者多樣的手法，才能豐富自身作品意涵；創作者每篇作品主要內容或全篇結構，是反對抄襲的，而個別的字句、意境的借用，在全篇意境仍屬於創作者的思想情感前提下，是可被允許的。所以周振甫認爲仿效其中一種較好的方法爲：

> 要是作者有了全篇的新的內容，創作了新的意境，在個別地方借用了別人的文辭或境界，而全篇的內容和意境還是作者的，這樣的借用是可以的。〔註10〕

借用前人作品便是來自原字句表達片段的情境，恰巧與後輩創作者所遇所感的畫面相似，此時容易從過往接受經驗中觸發靈感。故「情意相似」這一大

〔註 9〕見周振甫著，《詩詞例話》（南京：江蘇教育出版社，2006 年 3 月第 1 版），頁 224。

〔註10〕見周振甫著，《詩詞例話》，頁 232。

類代表元好問與蘇軾在作品中，有著情感理智相同或相通之處，元好問在表達自身情感的前提下，以「字面仿效」、「句意仿效」、「成句襲改」三種形式來借用蘇軾文句。「字面仿效」代表是元好問與蘇軾部分詞彙雷同，或是形式相近或是截取部分語句，「句意仿效」是根據一個完整語句的傳達，或語句上下文的連貫性來看，元好問修改或增損蘇軾語句，「成句襲改」是指元好問直接沿用蘇軾一個完整的語句，而仍有自己的意境。

## 一、字面仿效：借巧截取

本章探討的「字面」指的是詞彙〔註 11〕，是兩個以上的字組合而成的詞組，「字面仿效」代表元好問在詞組的選用上與蘇軾有雷同之處，根據前後語句、整體詩意來判斷，僅在所截取字面的句子上情意有所相通。

劉勰在《文心雕龍．物色》曾對繼承前人寫景的技巧也曾提出看法：「莫不因方以借巧，即勢以會奇，善於適要，則雖舊彌新矣。」〔註 12〕原指後人依循前輩描摹外物姿態的方式，借用原有敘寫格局或架勢，表現出創作者觀察到的本質特徵，即使按前人舊有規模也是能創造自己的新意境，將此段話延伸至「字面仿效」的寫作方式，截取前人詩句便也是一種「借巧」。而「截取」是指從原詩的一個或兩句句中直接剪裁使用一或兩個字面，〔註 13〕在新作品中來組合新句。

元好問在部分詞組、字句與蘇軾作品有相似之處，一方面是在情境上有所呼應與感觸，一方面也是藉由原詩句雷同的意象、語句來澆自己心中的塊壘。

### （一）遺山詩斷裁使用東坡詩詞

元好問在詩、詞都有明顯截取蘇軾作品的字句，其中元好問共計有 33 首詩 33 處字面仿效蘇軾作品，在本小節後以「表 4-1-1-1：元好問詩與蘇軾作品『情意相似——字面仿效』對照表」呈現。茲舉幾首元好問詩截取蘇軾的例子申明。元好問早年曾多次科考失利，曾寫〈示崔雷詩社諸人〉向詩社的朋友吐露心聲：

---

〔註 11〕參考王偉勇著，《宋詞與唐詩之對應研究》，頁 23。

〔註 12〕見（梁）劉勰撰、林其錟、陳鳳金集校，《增訂文心雕龍集校合編》，頁 769。

〔註 13〕截取有「自一詩句中截取兩字面」、「自兩詩句中截取兩字面」、「自兩詩句擷取兩字面」。參考王偉勇著，《宋詞與唐詩之對應研究》，頁 25～31。

一寸名場心已灰，十年長路夢初回。

江山似許供詩筆，糜粥猶能到酒杯。……〔註14〕

從「心已灰」、「夢初回」就直抒胸臆，表達對科舉考試的失望；料想故鄉的「江山」能供給創作靈感，淡飯薄酒尚且能粗飽。「心已灰」一詞截取蘇軾的〈贈嶺上老人〉：「鶴骨霜髯心已灰，青松合抱手親栽。問翁大庾嶺頭住，曾見南遷幾箇回？」〔註15〕此首是蘇軾晚年作品，從儋州量移廉州，又被命授舒州團練副使，移永州安置，因此蘇軾經大庾嶺要往北，回想晚年被安置在海南島的生活，自然對這一生遭遇已無任何嚮往的追求，「鶴骨霜髯」是飽受磨難枯槁身形的刻畫，後續所接寫「心已灰」是精神層面的孤寂，對比出下一句當年手植的「青松」已然成長，便是人世苦難與自然祥和的映襯。而元好問「一寸名場」先寫方寸之心爲科舉爭奪容身之處，故「心已灰」來自己心灰意冷，過往十年多這條路如大夢初醒，前兩句的安排前後的呼應，「心已灰」而「夢初回」代表內心索求的醒悟。

又如元好問任史館職辭官所寫的〈出京〉：

從宦非所堪，長告欣得請。驅馬出國門，白日觸隆景。

半生無根著，飄轉如斷梗。……

慚愧山中人，團茅遂幽屏。塵泥久相涴，夢寐見清潁。

矯首孤飛雲，西南路何永。〔註16〕

此詩下有序「史院得告歸嵩山侍下」，代表元好問決定回到歸隱生活，首二句便開門見山的書寫官宦生活非所願的心情，故以「斷梗」象徵漂泊不定的生命遭遇。因此最後六句，自己爲官摒棄隱僻茅屋，愧對山中隱居的高士，又以「塵泥」與「清穎」對比仕途生涯與告歸嵩山的選擇。因此抬頭一看「孤飛雲」，不僅是對歸鄉路途的遙望，也是對過往選擇與未來路途的感嘆。而「孤飛雲」一句截取蘇軾〈陶驥子駿佚老堂，二首之二〉：「我從廬山來，目送孤飛雲。路逢陸道士，知是千歲人。試問當時友，虎溪已埃塵。……」〔註17〕蘇軾寫此詩正值貶謫黃州，懷念過往在家鄉安泰的生活；

〔註14〕見（金）元好問著、狄寶心校注，《元好問詩編年校注（第一冊）》，頁119。

〔註15〕見（宋）蘇軾撰、（清）王文誥輯注、孔凡禮點校，《蘇軾詩集（第七冊）》，頁2424。

〔註16〕見（金）元好問著、狄寶心校注，《元好問詩編年校注（第一冊）》，頁298。

〔註17〕見（宋）蘇軾撰、（清）王文誥輯注、孔凡禮點校，《蘇軾詩集（第四冊）》，頁1231。

故蘇軾、元好問皆用「孤飛雲」，同是來自《新唐書・狄仁傑傳》望雲思母的典故〔註 18〕，同在表達對未來一種茫然無定所之感。不同在於，蘇軾用「目送」二字以動態傳遞「孤飛雲」遠去不回的無奈；而元好問以「矯首」二字代表抬頭望著「孤飛雲」是靜態凝滯的氛圍，因爲歸家或是未來的旅途都是「路何永」。

元好問在書寫情緒上截取蘇軾字句，同樣在狀物寫景中也常有剪裁使用蘇軾字面，如〈賦瓶中雜花七首〉其五：

> 素豔來從月姊家，溫風淑氣發清華。
>
> 人間自有交枝玉，天上休開六出花。〔註 19〕

此七首前有詩序「予絕愛未開杏花，故末篇自戲」，這是針對未完全綻放的杏花所寫，頭兩句是針對杏花的外貌與氣質而寫，三四句是以人間飾品來比喻杏花，才希望天候不要降雪延誤了花期。「溫風」、「清華」同見於蘇軾〈三月二十日多葉杏盛開〉：「零露泫月蕊，溫風散晴葩。春工了不睡，連夜開此花。芳心誰剪刻，天質自清華。」〔註 20〕是指昨夜的雙露使杏花花蕊潤澤欲滴，而早晨溫暖的風輕輕吹送散開鮮美芬芳，也讚許杏花天姿不凡，清新華美。因此元好問的仿效其來有自，短短一句也是把溫順和煦的暖風，將杏花的清秀美麗氣質散發出來。

又元好問〈善應寺五首〉其一：「平崗回合盡桑麻，百汊清泉兩岸花」〔註 21〕描寫善應寺周圍山脊平坦之處都是桑麻樹，清澈泉水匯流而成的溪水兩岸百花盛開。元好問特寫桑麻、清泉是更重視國泰民安、百姓豐收的景象；而「平岡」、「回合」從蘇軾〈自淨土寺步至功臣寺〉：「岡巒蔚回合，金碧爛明絢。」〔註 22〕截取而來，蘇軾敘寫整個山巒環繞著離離蔚蔚的草木，在陽光照耀下金黃與碧綠色彩明麗絢爛。元好問〈王黃華墨竹〉：「千枝萬葉何許來，

---

〔註 18〕《新唐書》記載「親在河陽，仁傑登太行山，反顧，見白雲孤飛，謂左右曰：『吾親舍其下。』瞻悵久之，雲移乃得去。」見（宋）宋祁、歐陽脩等撰、楊家駱主編，《新校本新唐書附索引（5）》卷一百一十五〈列傳第四十・狄仁傑〉（臺北：鼎文書局，1976 年 10 月初版），頁 4207。

〔註 19〕見（金）元好問著、狄寶心校注，《元好問詩編年校注（第三冊）》，頁 1010。

〔註 20〕見（宋）蘇軾撰、（清）王文誥輯注、孔凡禮點校，《蘇軾詩集（第六冊）》，頁 2021。

〔註 21〕見（金）元好問著、狄寶心校注，《元好問詩編年校注（第三冊）》，頁 1273。

〔註 22〕見（宋）蘇軾撰、（清）王文誥輯注、孔凡禮點校，《蘇軾詩集（第二冊）》，頁 346。

但見醉帖字欹傾」〔註 23〕中「千枝萬葉」字面截取蘇軾〈惜花〉:「有僧閉門手自栽，千枝萬葉巧剪裁。」〔註 24〕同指花木的枝條或葉子，然蘇軾是用以形容僧人修剪的花朵，而元好問則是讚許王黃華書畫上的花枝綠葉，且採用問句引出下文，「欹傾」二字更是烘托王黃華借酒意的隨興灑脫，也是呼應「千枝萬葉」歪斜歧長的形象。

其他如元好問〈虞坂行〉:「孫陽騏驥不並世，百萬億中時有一」中「不並世」截取蘇軾〈和陶貧士，七首之四〉:「二子不並世，高風兩無儔」；元好問〈玉溪〉:「玉溪如此不一到，今日曠然消百憂。」中「消百憂」截取蘇軾蘇軾〈石蒼舒醉墨堂〉:「近者作堂名醉墨，如飲美酒消百憂」；元好問〈甲辰秋，洛陽得黃葵子，種之南庵。明年夏六月，作花。佛經所謂「閻浮檀金，明靜柔軟，令人愛樂」者，此花可以當之，因爲賦長韻。予方以病止酒，故卒章及之〉:「晨妝午醉一日間，白白紅紅總狼藉」中「晨妝午醉」截取蘇軾〈次王伯敭所藏趙昌花四首：黃葵〉:「晨妝與午醉，眞態含陰陽」；元好問的〈題石裕卿郎中所居四詠．寓樂堂〉:「此心安處是眞歸，念念今知故習非。」中「此心安處」截取東坡詞〈定風波〉(誰羨人間琢玉郎):「笑時猶帶嶺梅香。試問嶺南應不好。卻道。此心安處是吾鄉。」等。〔註 25〕

由上述例子可詳證元好問面對宇宙萬物變換、生命情境轉折時，與蘇軾作品情感相通時，存在相似字面的創作。即使兩人字面上使用相同，傳達出情意也相似，仍保有元好問當下詩境所要傳達之情，與蘇軾原詩境仍可區別。

〔註 23〕見（金）元好問著、狄寶心校注，《元好問詩編年校注（第三冊）》，頁 1245。

〔註 24〕見（宋）蘇軾撰、（清）王文誥輯注、孔凡禮點校，《蘇軾詩集（第二冊）》，頁 625。

〔註 25〕以上摘引原詩的頁數可詳見表 4-1-1-1：元好問詩與蘇軾作品「情意相似——字面仿效」對照表，故不再贅註。

## 表 4-1-1-1：元好問詩與蘇軾作品「情意相似——字面仿效」對照表〔註 26〕

| 元好問詩——字面仿效 | | | | |
|---|---|---|---|---|
| 元好問詩 | 頁數 | 蘇軾作品 | 頁數 | 備註 |
| 〈虞坂行〉:「孫陽騏驥不並世，百萬億中時有一」 | 22 | 〈和陶貧士，七首之四〉:「二子不並世，高風兩無儔。」 | 2138 | |
| 〈古意其一〉:「七歲入小學，十五學時文。」 | 84 | 〈和陶飲酒，二十首之十二〉:「我夢入小學，自謂總角時。」 | 1887 | |
| 〈古意其二〉:「楩楠千歲姿，骯髒空谷中。」 | 87 | 〈中山松醪寄雄州守王引進〉:「鬱鬱蒼髯千歲姿，肯來杯酒作兒嬉。」 | 2017 | |
| 〈虞鄉麻長官成趣園二首〉之二:「慨然千載上，懷我平生友。」 | 98 | 〈和陶擬古，九首之一〉:「主人枕書臥，夢我平生友。」 | 2260 | |
| 〈龍門雜詩二首〉其一:「當年香山老，桂冠遂忘返」 | 114 | 〈再用數珠韻贈湜老〉:「當年清隱老，鶴瘦龜不喘。」 | 2433 | |
| 〈示崔雷詩社諸人〉:「一寸名場心已灰，十年長路夢初回。」 | 119 | 〈贈嶺上老人〉:「鶴骨霜髯心已灰，青松合抱手親栽。問翁大庾嶺頭住，曾見南遷幾箇回？」 | 2424 | |
| 〈玉溪〉:「玉溪如此不一到，今日曠然消百憂。」 | 121 | 〈石蒼舒醉墨堂〉:「近者作堂名醉墨，如飲美酒消百憂。」 | 236 | |
| 〈贈答劉御史雲卿四首〉其二:「阿京吾所畏，早生號能文。」 | 153 | 〈次韻章傳道喜雨〉:「先生筆力吾所畏，蹴踏鮑、謝跨徐、庾。」 | 623 | |

〔註 26〕本章節所有表格中關於元好問詩詞文作品，皆統一引自（金）元好問著、狄寶心校注，《元好問詩編年校注》、（金）元好問撰、趙永源校註，《遺山樂府校註》、（金）元好問著、狄寶心校注，《元好問文編年校注》；而蘇軾作品皆統一引自（宋）蘇軾撰、（清）王文誥輯注、孔凡禮點校，《蘇軾詩集》、（宋）蘇軾撰、（明）茅維編、孔凡禮點校，《蘇軾文集》、鄒同慶、王宗堂著，《蘇軾詞編年箋注》。後面表格皆不再附註。

| 元好問詩——字面仿效 | | | | |
|---|---|---|---|---|
| 元好問詩 | 頁數 | 蘇軾作品 | 頁數 | 備註 |
| 〈南溪〉：「南溪酒熟清而醇，北溪梅花發興新。」 | 169 | 〈眞覺院有洛花，花時不暇往，四月十八日，與劉景文同往賞枇杷〉：「井落依山盡，巖崖發興新。」 | 1687 | |
| 〈張彥遠江行八詠圖〉：「一寸霜毫九雲夢，合教轟醉岳陽樓。」 | 174 | 〈同正輔表兄遊白水山〉：「永辭角上兩蠻觸，一洗胸中九雲夢。」 | 2148 | |
| 〈李屏山挽章二首〉其一：「落落久知難合在，堂堂元有不亡存。」 | 229 | 〈次丹元姚先生韻，二首之一〉：「懸知當去客，中有不亡存。」 | 1951 | |
| 〈西園〉：「百草千花雨氣新，今朝陌上有遊塵。」 | 275 | 〈雨中看牡丹，三首之三〉：「千花與百草，共盡無妍鄙。」 | 1043 | |
| 〈出京〉：「矯首孤飛雲，西南路何永。」 | 298 | 〈陶驥子駿佚老堂，二首之二〉：「我從廬山來，目送孤飛雲。」 | 1231 | |
| 〈記夢〉：「夢中望拜通明殿，曾見金書兩字來。」 | 484 | 〈次韻樂著作天慶觀醮〉：「無因上到通明殿，只許微聞玉珮音。」 | 1043 | |
| 〈望嵩少二首〉其一：「結習尚餘三宿戀，殘年多負半生閑。」 | 809 | 〈別黃州〉：「桑下豈無三宿戀，樽前聊與一身歸。」 | 1202 | |
| 〈送楊叔能東至相下〉：「海內楊司戶，聲名三十秋」 | 887 | 〈送李公擇〉：「念我野夫兄，知名三十秋。」 | 817 | |
| 〈游龍山〉：「自聞兩公誇南山，每恨南海北海風馬牛」 | 1079 | 〈次韻孫巨源寄漣水李、盛二著作并以見寄五絕，五首之一〉：「南岳諸劉豈易逢，相望無復馬牛風。」 | 597 | |
| 〈賦瓶中雜花七首〉其五：「素豔來從月姊家，溫風淑氣發清華」 | 1010 | 〈三月二十日多葉杏盛開〉：「零露泫月蕊，溫風散晴葩。春工了不睡，連夜開此花。芳心誰剪刻，天質自清華。」 | 2021 | |

| 元好問詩——字面仿效 | | | | |
|---|---|---|---|---|
| 元好問詩 | 頁數 | 蘇軾作品 | 頁數 | 備註 |
| 〈甲辰秋，洛陽得黃葵子，種之南庵。明年夏六月，作花。佛經所謂「閻浮檀金，明靜柔軟，令人愛樂」者，此花可以當之，因爲賦長韻。予方以病止酒，故卒章及之〉:「晨妝午醉一日間，白白紅紅總狼藉」 | 1210 | 〈王伯敭所藏趙昌花四首：黃葵〉:「晨妝與午醉，眞態含陰陽。」 | 1335 | |
| 〈王黃華墨竹〉:「千枝萬葉何許來，但見醉帖字欹傾」 | 1245 | 〈惜花〉:「有僧閉門手自栽，千枝萬葉巧剪裁。」 | 625 | |
| 〈善應寺五首〉其一:「平崗回合盡桑麻，百汊清泉兩岸花」 | 1273 | 〈自淨土寺步至功臣寺〉:「岡巒蔚回合，金碧爛明絢。」 | 346 | |
| 〈壽張復從道〉:「齒如編貝髮抹漆，玉樹臨風未二十。」 | 1321 | 〈薄命佳人〉:「雙頰凝酥髮抹漆，眼光入簾珠的皪。」 | 445 | |
| 〈劉時舉節制雲南〉:「九州之外更九州，海色澄清映南極」 | 1427 | 〈六月二十日夜渡海〉:「雲散月明誰點綴，天容海色本澄清。」 | 2366 | |
| 〈贈答雁門劉仲修〉:「車騎雍容一坐傾，并州人物未凋零」 | 1501 | 〈刁景純席上和謝生，二首之一〉:「杯盤狼藉吾何敢，車騎雍容子甚都。」 | 549 | |
| 〈寄答劉生〉:「白璧明珠驚照座，朔雲寒雪入憑欄」 | 1505 | 〈贈潘谷〉:「潘郎曉踏河陽春，明珠白璧驚市人。」 | 1276 | |
| 〈題石裕卿郎中所居四詠．寓樂堂〉:「此心安處是眞歸，念念今知故習非。」 | 1521 | 〈定風波〉(誰羨人間琢玉郎):「笑時猶帶嶺梅香。試問嶺南應不好？卻道。此心安處是吾鄉。」 | 579 | 東坡詞 |
| 〈題石裕卿郎中所居四詠．德恒齋〉:「百草千花過春雨，白衣蒼狗看浮雲。」 | 1522 | 〈雨中看牡丹，三首之三〉:「千花與百草，共盡無妍鄙。」 | 1043 | |

| 元好問詩——字面仿效 | | | | |
|---|---|---|---|---|
| 元好問詩 | 頁數 | 蘇軾作品 | 頁數 | 備註 |
| 〈太原贈張彥遠〉:「晨雞未鳴子當發，明星煌煌大於月，野夫一笑冠纓絕。」 | 1530 | 〈罷徐州，往南京，馬上走筆寄子由，五首其一〉:「有知當解笑，撫掌冠纓絕。」 | 936 | |
| 〈題劉紫微堯民野醉圖〉:「蒼苔濁酒同歌呼，白鬚紅頰醉相扶。」 | 1534 | 〈吾謫海南，子由雷州，被命即行，了不相知，至梧乃聞其尚在藤也，旦夕當追及，作此詩示之〉:「江邊父老能說子，白鬚紅頰如君長。」 | 2245 | |
| 〈賀威卿徐弟得雄〉:「明年別作飛黃句，來賀君家第二雛」 | 1557 | 〈賀陳述古弟章生子〉:「鬱蔥佳氣夜充閭，始見徐卿第二雛。」 | 521 | |
| 〈無塵亭二首〉其一:「胸中自有西風扇，身外休論有髮僧」 | 1594 | 〈次韻晁無咎學士相迎〉:「胸中自有談天口，坐卻秦軍發墨守。」 | 1869 | |
| 〈送端甫西行〉:「美酒清歌良有味，綠波春草若爲情」 | 1697 | 〈永遇樂〉（長憶別時）:「長憶別時，景疏樓下，明月如水。美酒清歌，留連不住，月隨人千里。」 | 131 | 東坡詞 |
| 〈塞上曲〉:「平沙細草散羊牛，幾簇征人在戍樓。」 | 1764 | 〈書韓幹《牧馬圖》〉:「平沙細草荒芊綿，驚鴻脫兔爭後先。」 | 723 | |

（豐庭製表）

### （二）遺山詞多摘用東坡詩

元好問除了詩歌截取蘇軾作品，另外，也有 21 闋詞 23 處存在字面仿效蘇軾作品，以「表 4-1-1-2：元好問詞與蘇軾作品『情意相似——字面仿效』對照表」呈現。而且元好問詞明顯多從蘇軾詩句截取，甚少從東坡詞句截取。

先以元好問出任內鄉令所做〈滿江紅〉（老樹荒臺）爲例，此詞下半闋：

> 淩浩蕩，觀寥廓；月爲燭，雲爲幄。儘百川都釀，不供杯杓。〔註 27〕

遠望過去整個遼闊的天際，把月亮當作燭火，晚雲爲帳幕，任憑著川水釀成美酒，與好友、鄉里百姓痛快暢飲。「月爲燭，雲爲幄」也是截取蘇軾〈太白

〔註 27〕見（金）元好問撰、趙永源校註，《遺山樂府校註》，頁 134。

詞，五首之三〉:「風爲幄，雲爲蓋。滿堂爛，神既至。紛醉飽，錫以雨。」〔註28〕蘇軾是因當年大旱，而至太白山祝禱祈雨，也如願得到回應，於是寫下五首謝神詩，此首一開頭也以宇宙天地風雲遼闊，整個祠堂燭火燦爛，皆因神明既至，而使大雨降臨，百姓因此受惠。元好問的「月爲燭，雲爲幄」截取蘇軾「風爲幄，雲爲蓋」，蘇軾因祈雨故以風雲爲描寫對象，而元好問是從自身空間延伸至百姓、天地，營造與萬物同樂氛圍。

又晚年遭逢亡國後四處遊歷時，與好友相聚後又分離，內心自然感慨萬千，其中一首〈浣溪紗〉（錦帶吳鉤萬里行）下半闋：

渺渺荒陂冰井路，青青楊柳玉關情，斜陽無語下西陵。〔註29〕

悠遠的荒涼冰井臺的山坡路，兩旁楊柳更增離別之情，而最後一句化用李白〈憶秦娥〉:「西風殘照，漢家陵闕」〔註30〕遙想故國尚存、親友齊聚時的光景，如今只剩自己在夕陽西下時，一人無語踏上旅途。「渺渺荒陂」便是截取蘇軾寫給王安石的〈次荊公韻四絕，四首之三〉:「騎驢渺渺入荒陂，想見先生未病時。」〔註31〕當時蘇軾在金陵與王安石相見，兩人在文學上相談甚歡，因此也有詩歌唱和，蘇軾一人騎驢上了荒野曠遠的山坡路，回想起王安石。「渺渺」、「荒陂」對蘇軾來說是旅途上與朋友訣別的路途，對元好問來說，還象徵著國家的頹敗、親友的離散，更爲複雜淒涼的思緒。

元好問的詞多從截取東坡詩，也有一兩處是從東坡詞截取出來，如〈清平樂〉（村墟瀟灑）:「山深水木清華，漁樵好箇生涯。夢想平橋南畔，竹籬茅舍人家。」〔註32〕此爲辭官閒居時的作品，下半闋書寫隱居風光與心情，最後一句「竹籬茅舍人家」便是截取蘇軾〈浣溪沙〉（菊暗荷枯一夜霜）:「菊暗荷枯一夜霜，新苞綠葉照林光，竹籬茅舍出青黃。」〔註33〕東坡此闋詞是詠橘，因此上半闋交代秋末時節，茅舍籬笆中冒出了青黃相接尚未成熟的橘子。「竹籬茅舍」都是在兩人作品中單指農家生活。

〔註28〕見（宋）蘇軾撰、（清）王文誥輯注、孔凡禮點校，《蘇軾詩集（第一冊）》，頁152。
〔註29〕見（金）元好問撰、趙永源校註，《遺山樂府校註》，頁511。
〔註30〕見張夢機、張子良編著，《唐宋詞選注》（臺北：華正書局有限公司，2002年8月23版），頁2。
〔註31〕見（宋）蘇軾撰、（清）王文誥輯注、孔凡禮點校，《蘇軾詩集（第四冊）》，頁1252。
〔註32〕見（金）元好問撰、趙永源校註，《遺山樂府校註》，頁675。
〔註33〕見鄒同慶、王宗堂著，《蘇軾詞編年箋注（中冊）》，頁745。

其他如元好問〈三奠子〉（悵韶華流轉）：「悵韶華流轉，無計留連。行樂地，一淒然」中「行樂地」截取蘇軾〈韓康公挽詞，三首之一〉：「空餘行樂地，處處泣遺民。」元好問〈蝶戀花〉（負郭桑麻秋課重）：「繞屋清溪醒午夢，一榻翛然，坐受雲山供」中「繞屋清溪」截取蘇軾〈寄吳德仁兼簡陳季常〉：「門前罷亞十頃田，清溪繞屋花連天。」元好問〈臨江仙〉（荷葉荷花何處好）：「荷葉荷花何處好，大明湖上新秋。紅妝翠蓋木蘭舟」中「紅妝翠蓋」截取蘇軾〈和文與可洋川園池三十首：橫湖〉：「貪看翠蓋擁紅粧，不覺湖邊一夜霜。」元好問〈鷓鴣天〉（總道忘憂有杜康）：「總道忘憂有杜康，酒逢歡處更難忘。桃紅李白春千樹，古是今非笑一場」中「春千樹」截取蘇軾〈和秦太虛梅花〉：「江頭千樹春欲闇，竹外一枝斜更好。」等。〔註34〕

元好問所選用的素材、字面，與蘇軾有所雷同，由此現象歸結三特點：第一，元好問的確存在詩詞互用的寫作方式，與蘇軾「以詩爲詞」到他認爲「詩詞一體」創作觀息息相關；第二，誠見元好問對蘇軾作品的掌握度相當高，創作雖自模擬開始，元好問仍寫出屬於自己生命特質的作品；第三，從詩詞整體的主題意涵來看，元好問眞切了解自己想表達的情感，即使一個句子中的字面仿效，放在整體語句結構，仍未妨礙元好問詩歌情感傳達的完整與順暢。

**表4-1-1-2：元好問詞與蘇軾作品「情意相似——字面仿效」對照表**

| 元好問詞——字面仿效 | | | | |
|---|---|---|---|---|
| 元好問詞 | 頁數 | 蘇軾作品 | 頁數 | 備註 |
| 〈滿江紅〉（天上飛烏）：「弱水蓬萊三萬里，夢魂不到金銀闕。更幾人、能有謝家山，飛仙骨」 | 130 | 〈送劉攽倅海陵〉：「海邊無事日日醉，夢魂不到蓬萊宮。」 | 243 | 東坡詩 |
| 〈滿江紅〉（老樹荒臺）：「淩浩蕩，觀寥廓；月爲燭，雲爲幄。儘百川都釀，不供杯杓」 | 134 | 〈太白詞，五首之三〉：「風爲幄，雲爲蓋。滿堂爛，神既至。紛醉飽，錫以雨。百川溢，施溝渠，歌且舞兮。」 | 152 | 東坡詩 |

〔註34〕以上摘引原詞的頁數可詳見表4-1-1-2：元好問詞與蘇軾作品「情意相似——字面仿效」對照表，故不再贅註。

| 元好問詞——字面仿效 | | | | |
|---|---|---|---|---|
| 元好問詞 | 頁數 | 蘇軾作品 | 頁數 | 備註 |
| 〈三奠子〉（悵韶華流轉）：「悵韶華流轉，無計留連。行樂地，一淒然」 | 238 | 〈韓康公挽詞，三首之一〉：「空餘行樂地，處處泣遺民。」 | 1573 | 東坡詩 |
| 〈婆羅門引〉（素蟾散彩）：「尋常月圓，恨都向、別時偏。幾度郵亭枕上，野店尊前」 | 261 | 〈沁園春〉（孤館燈青）：「孤館燈青，野店雞號，旅枕夢殘。……但優游卒歲，且鬥尊前。」 | 134 | |
| 〈蝶戀花〉（負郭桑麻秋課重）：「繞屋清溪醒午夢，一榻翛然，坐受雲山供」 | 280 | 〈寄吳德仁兼簡陳季常〉：「門前罷亞十頃田，清溪繞屋花連天。溪堂醉臥呼不醒，落花如雪春風顛。」 | 1341 | 東坡詩 |
| 〈臨江仙〉（荷葉荷花何處好）：「荷葉荷花何處好，大明湖上新秋。紅妝翠蓋木蘭舟」 | 300 | 〈和文與可洋川園池三十首：橫湖〉：「貪看翠蓋擁紅粧，不覺湖邊一夜霜。」 | 668 | 東坡詩 |
| 〈鷓鴣天〉（總道忘憂有杜康）：「總道忘憂有杜康，酒逢歡處更難忘。桃紅李白春千樹，古是今非笑一場」 | 360 | 〈和秦太虛梅花〉：「江頭千樹春欲闇，竹外一枝斜更好。」 | 1185 | 東坡詩 |
| 〈鷓鴣天〉（總道忘憂有杜康）：「歌浩蕩，墨淋浪，銀釵縞袂滿鄰牆。」 | 360 | 〈和張子野見寄三絕句：見題壁〉：「狂吟跌宕無風雅，醉墨淋漓不整齊。」 | 652 | 東坡詩 |
| 〈鷓鴣天〉（白白紅紅小樹花）：「諸葛菜，邵平瓜，白頭孤影一長嗟。南園睡足松陰轉，無數蜂兒趁晚衙」 | 408 | 〈病中遊祖塔院〉：「閉門野寺松陰轉，攲枕風軒客夢長。」 | 475 | 東坡詩 |
| 〈浪淘沙〉（芳樹翠煙重）：「芳樹翠煙重，殘角疏鐘，落花飛絮一簾風。」 | 432 | 〈三月二十日開園，三首之二〉：「鶴睡覺時風露下，落花飛絮滿衣襟。」 | 2022 | 東坡詩 |
| 〈浣溪紗〉（湖上春風散客愁）：「楊柳青旗酤酒市，桃花流水釣魚舟，紅塵鞍馬幾時休」 | 508 | 〈浣溪紗〉（西塞山邊白鷺飛）：「西塞山邊白鷺飛，散花洲外片帆微。桃花流水鱖魚肥。」 | 370 | |

| 元好問詞——字面仿效 | | | | |
|---|---|---|---|---|
| 元好問詞 | 頁數 | 蘇軾作品 | 頁數 | 備註 |
| 〈浣溪紗〉（錦帶吳鉤萬里行）：「渺渺荒陂冰井路，青青楊柳玉關情，斜陽無語下西陵」 | 511 | 〈次荊公韻四絕，四首之三〉：「騎驢渺渺入荒陂，想見先生未病時。」 | 1252 | 東坡詩 |
| 〈浣溪紗〉（綠綺塵埃試拂絃）：「金馬玉堂梁苑客，岸花汀草繡江船。舊遊回首又三年」 | 515 | 〈游羅浮山一首示兒子過〉：「玉堂金馬久流落，寸田尺宅今誰耕」 | 2069 | 東坡詩 |
| 〈浣溪紗〉（綠綺塵埃試拂絃）：「金馬玉堂梁苑客，岸花汀草繡江船。舊遊回首又三年」 | 515 | 〈臺頭寺步月得人字〉：「回首舊游眞是夢，一簪華髮岸綸巾。」 | 920 | 東坡詩 |
| 〈滿江紅〉（問柳尋花）：「金縷唱，龍香撥；雲液暖，瓊杯滑。料羈愁千種，不禁掀豁」 | 545 | 〈宋叔達家聽琵琶〉：「數弦已品龍香撥，半面猶遮鳳尾槽。」 | 254 | 東坡詩 |
| 〈滿江紅〉（桃李漫山）：「桃李漫山，風日暖、朝來開徹。東溪上、落花流水，暮春三月」 | 548 | 〈寓居定惠院之東，雜花滿山，有海棠一株，土人不知貴也〉：「嫣然一笑竹籬間，桃李漫山總麤俗。」 | 1036 | 東坡詩 |
| 〈摸魚兒〉（憶元龍、舊家湖海）：「西溪上，玉鏡修眉翠掃，題詩曾許誰到。溪亭未入奚奴錦，望斷綠波春草」 | 554 | 〈秀州報本禪院鄉僧文長老方丈〉：「萬里家山一夢中，吳音漸已變兒童。每逢蜀叟談終日，便覺峨眉翠掃空。」 | 412 | 東坡詩 |
| 〈八聲甘州〉（半仙亭籃輿雪中回）：「半仙亭籃輿雪中回，黃紬日高眠。兒婚女嫁，奴耕婢織，共有住山緣」 | 559 | 〈和孫同年卞山龍洞禱晴〉：「看君擁黃紬，高臥放晚衙。」 | 966 | 東坡詩 |
| 〈蝶戀花〉（春到桃源人不到）：「春到桃源人不到，白髮劉郎，誤入紅雲島。著意酬春還草草，東風一夜花如掃」 | 561 | 〈和秦太虛梅花〉：「去年花開我已病，今年對花還草草。」 | 1185 | 東坡詩 |

| 元好問詞——字面仿效 | | | | |
|---|---|---|---|---|
| 元好問詞 | 頁數 | 蘇軾作品 | 頁數 | 備註 |
| 〈樂府烏衣怨〉（繡佛長齋）：「頗笑張顛，自謂無人和。還知麼？醉鄉天大，□我神仙我」 | 627 | 〈歲晚相與饋問，爲饋歲；酒食相邀，呼爲別歲；至除夜，達旦不眠，爲守歲。蜀之風俗如是。余官於岐下，歲暮思歸而不可得，故爲此三詩以寄子由：饋歲〉：「亦欲舉鄉風，獨唱無人和。」 | 160 | 東坡詩 |
| 〈江城子〉（江山詩筆仲宣樓）：「寄謝西湖追送客，分手地，莫回頭」 | 631 | 〈次韻杭人裴維甫〉：「寄謝西湖舊風月，故應時許夢中游。」 | 1256 | 東坡詩 |
| 〈清平樂〉（小橋流水）：「小橋流水，一逕修篁裏。走馬章臺人未老，只愛明窗淨几」 | 635 | 〈過文覺顯公房〉：「淨几明窗書小楷，便同《爾雅》注蟲魚。」 | 1345 | 東坡詩 |
| 〈清平樂〉（村墟瀟灑）：「山深水木清華，漁樵好箇生涯。夢想平橋南畔，竹籬茅舍人家」 | 675 | 〈浣溪沙〉（菊暗荷枯一夜霜）：「菊暗荷枯一夜霜。新苞綠葉照林光。竹籬茅舍出青黃。」 | 745 | |

（豐庭製表）

## 二、句意仿效：改易增損爲己意

「句意」指的是詩歌中完整句子的傳達，「句意仿效」根據詩意的連貫性來看，代表元好問使用的語句與蘇軾不僅爲形式相似、情感相似，在句子主要部分有更多的重複語詞，可能是增損蘇軾字句或更動蘇軾字句中的一兩個字，這樣的情況在元好問的詩、詞、文都存在如此借用的寫作方式。「句意仿效」的相似程度遠比「字面仿效」更高，一方面確知元好問沿用蘇軾語句的關聯性，另一方面更能看出元好問在舊有的字句形式中再推陳出新。

### （一）遺山詩剪裁組合東坡句

元好問詩共計 135 首 147 處存在句意仿效，以「表 4-1-2-1：元好問詩與蘇軾作品『情意相似——句意仿效』對照表」爲呈現。元好問多用改易或增損兩種方式來改變原詩，改易指的是在原詩基礎上更改某些字或顛倒順序，增損便是在原詩的語句中增加或減少一至兩個字。

在句意仿效當中屬於改易字句的，如元好問年輕時所寫〈長安少年行〉：「八月蒼鷹一片雪，五花驕馬四蹄風。」〔註35〕明顯與蘇軾〈祭常山回小獵〉：「弄風驕馬跑空立，趁兔蒼鷹掠地飛。」〔註36〕所要表達的是一致，元好問「五花驕馬四蹄風」是改易蘇軾「弄風驕馬跑空立」，一方面也是為了與前一句對仗，同時也是因元好問寫於年少秋天到長安應試時，精神昂揚且躊躇滿志，「五花馬」、「四蹄風」的形象代表元好問情緒的慷慨激昂；而蘇軾是在任密州太守時會獵的情形，駿馬乘風騰空飛馳，蒼鷹追逐狡兔擦地而飛，是狩獵中意氣風發的顯露。

或是相當關心辛苦農耕的百姓所作的〈驅豬行〉：

> 沿山蒔苗多費力，辦與豪豬作糧食。……孤犬無猛噬，長箭不暗射。田夫睡中時叫號，不似驅豬似稱屈。放教田鼠大於兔，任使飛蝗半天黑。……〔註37〕

此為即事名篇的新題樂府，前面帶有笑謔方式勾勒豪豬對百姓耕種的傷害，沿著山坡栽種稻苗的辛苦，等於是給豪豬們當作糧食，孤犬、長箭都奈何不瞭，甚至農夫睡夢中的呼喊似乎也不是在趕豬而是內心累積過多的委屈，「不似驅豬似稱屈」是貼近生活層面的嘲諷寫實，只能放任田鼠、蝗蟲的災害，因為眼前的豪豬已害農夫們明日起床看見田地一片狼藉，田鼠、蝗蟲也只是來拾得豪豬闖禍的殘局。元好問年少早有置田躬耕的眞切生活〔註38〕，深知天災人禍給予農夫雪上加霜的局勢，當中「任使飛蝗半天黑」是改易蘇軾〈梅聖俞詩集中有毛長官者今于潛令國華也聖俞沒十五年而君猶為令捕蝗至其邑作詩戲之〉：「宦遊逢此歲年惡，飛蝗來時半天黑。」〔註39〕同樣都是指農田受到天災蝗蟲的破壞，然蘇軾此詩藉嘲諷好友以勉勵，元好問以「放教」、「任使」二字，更增無可奈何的任憑破壞，堆疊出農夫處境的四面楚歌之嘆。

---

〔註35〕見（金）元好問著、狄寶心校注，《元好問詩編年校注（第一冊）》，頁5。

〔註36〕見（宋）蘇軾撰、（清）王文誥輯注、孔凡禮點校，《蘇軾詩集（第二冊）》，頁647。

〔註37〕見（金）元好問著、狄寶心校注，《元好問詩編年校注（第一冊）》，頁409。

〔註38〕〈雪後招鄰舍王贊子襄飲〉：「今年得田昆水陽，積年勞苦似欲償。鄰牆有竹山更好，下田宜秫稻亦良。」見（金）元好問著、狄寶心校注，《元好問詩編年校注（第一冊）》，頁127。

〔註39〕見（宋）蘇軾撰、（清）王文誥輯注、孔凡禮點校，《蘇軾詩集（第二冊）》，頁583。

又元好問與蘇軾雖同用前人典故，然元好問也常與蘇軾字句相近有所改易，如元好問遭蒙古軍包圍而金哀宗逃亡出城時所作〈壬辰十二月，車駕東狩後即事五首〉其四：

萬里荊襄入戰塵，汴州門外即荊榛。
蛟龍豈是池中物，蟣虱空悲地上臣。
喬木他年懷故國，野煙何處望行人？
秋風不用吹華髮，滄海橫流要此身。〔註40〕

首兩句以「戰塵」與「荊榛」直接描繪出戰亂的慌亂到荒涼的景致。三四句以「蛟龍」比喻金哀宗所謂突圍出城並非逃難，是另尋再起的氣勢；而「蟣虱」代表自己如卑微的臣子只能無濟於事的悲傷。前四句是描寫當時城內外戰爭的氛圍。而後四句是元好問以「喬木」、「荒煙」傳達反戰的思緒，日後只能以喬木來思念故國，而在荒煙漫草中如何再望見行人？故秋風可別吹散我這頭白髮，因爲「滄海橫流要此身」在兵馬倥傯之際，希冀戰事不再發生；在亂世不安當中，自己尚要保全生命著述存史。〔註41〕元好問的「蟣虱空悲地上臣」與蘇軾的〈田國博見示石炭詩有鑄劍斬佞臣之句次韻答之〉:「千里妖蟆一寸鐵，地上空愁蟣蝨臣。」〔註42〕只是順序重組並更換一個字，兩人「蟣虱」都化用盧仝〈月蝕詩〉〔註43〕都代表卑微的自己，只是元好問的「悲」在無法追隨金哀宗，以「蛟龍」與「蟣虱」形成意象的強烈對比。

---

〔註40〕見（金）元好問著、狄寶心校注，《元好問詩編年校注（第二冊）》，頁626。

〔註41〕因元好問在哀宗出城之時與身陷圍城之際，都心繫家國歷史的保存，在〈南冠錄引〉曾說:「京城之圍，予爲東曹都事，知舟師將有東狩之役，言於諸相，請小字書國史一本，隨車駕所在，以一馬負之。時相雖以爲然，而不及行也。崔子之變，歷朝《實錄》，皆滿城帥所取。百年以來，明君賢相可傳後世之事甚多，不三二十年，則世人不復知之矣！予所不知者亡可奈何；其所知者、忍棄之而不記邪？故以先朝雜事附焉。」這當中「小字書國史一本」是元好問欲用女眞文字保存文史，「小字」在《金史》記載由金熙宗在天眷元年（西元1138年）頒布，皇統五年（西元1145年）初用。見（金）元好問著、狄寶心校注，《元好問文編年校注（上冊）》，頁346～347、見（元）脫脫等撰、楊家駱主編，《新校本金史並附編七種（1）》卷四〈本紀第四・熙宗〉，頁72～81。

〔註42〕見（宋）蘇軾撰、（清）王文誥輯注、孔凡禮點校，《蘇軾詩集（第三冊）》，頁933。

〔註43〕《盧仝集》卷二，收於《叢書集成初編》，頁17。

在面對自身遭遇時，元好問也不時以嘲諷自己來尋求解脫，四十九歲在金亡被拘管聊城後釋回冠氏時，與李冶（字仁卿，西元 1192 年～1279 年）〔註44〕的唱和詩〈和仁卿演太白詩意二首〉其二：

蕭蕭窗竹動秋聲，簷間白雲澹以成。

白雲朝飛本無意，白雲暮歸如有情。

淵明太白醉復醉，季主唐生鳴自鳴。

四十九年堪一笑，昨非今是可憐生。〔註45〕

秋高氣爽的季節，風吹響窗邊的竹林，由屋簷望去白雲卻是恬靜以成，這一動一靜一響一緩，代表是元好問此刻的進退處境，所以視線全落在遠方的白雲，原是無意被風緩緩吹送的白雲，最後回到原處正是因為一份歸隱之情，下四句才以陶淵明、李白自許，不再理會如卜筮者季主、相者唐生對生命的預測，自己深知過去四十九年來僅有一笑置之的，過往種種的結束而今日以後才是開始。元好問「白雲朝飛本無意，白雲暮歸如有情」是改易蘇軾〈贈曇秀〉：「白雲出山初無心，棲鳥何必戀舊林。」〔註 46〕蘇軾原詩贈與道士曇秀，是說明不眷戀世俗的心境。兩人在此同用陶淵明〈歸去來兮辭〉：「雲無心以出岫，鳥倦飛而知還。」〔註47〕但句式而言，元好問「白雲朝飛本無意」與蘇軾「白雲出山初無心」相近；就意義而言，元好問是將白雲喻為自己，從拘管聊城後嚮往自由的投射，因此白雲的朝飛與暮歸，便是元好問生命境遇的深刻體悟。

由此可知，即使元好問與蘇軾在詩篇中存在同樣典故、相似的語句，元好問仍根據自己的情志營造屬於自己的意象或意境。句意仿效當中屬於改易字句其他如元好問的〈有寄〉：「千里呂安思叔夜，五更殘月伴長庚。」中「五更殘月伴長庚」改易蘇軾〈定風波（月滿苕溪照夜堂）〉：「十五年間眞夢裡。何事。長庚配月獨淒涼。」元好問的〈寶嚴紀行〉：「陰崖轉清深，

〔註44〕《元史》記載「李冶字仁卿，眞定欒城人。登金進士第，調高陵簿，未上，辟知鈞州事。……至元二年，再以學士召，就職期月，復以老病辭去，卒于家，年八十八。」（明）宋濂等撰、楊家駱主編，《新校本元史並附編二種（6）》卷一百六十〈列傳第四十七・李冶〉，頁 3759～3760。

〔註45〕見（金）元好問著、狄寶心校注，《元好問詩編年校注（第二冊）》，頁 830。

〔註46〕見（宋）蘇軾撰、（清）王文誥輯注、孔凡禮點校，《蘇軾詩集（第七冊）》，頁 2190。

〔註47〕見（晉）陶潛著、楊勇校箋，《陶淵明集校箋》（上海：上海古籍出版社，2007 年 7 月第 1 版），頁 267。

秋老木堅瘦」中「秋老木堅瘦」改易蘇軾的〈廬山二勝棲賢三峽橋〉:「清寒入山骨，草木盡堅瘦。」元好問的〈贈張致遠〉:「相逢不盡平生意，耆舊風流有幾人」中「耆舊風流有幾人」改易蘇軾〈追和子由去歲試舉人洛下所寄九首：暴雨初晴樓上晚景，五首之二〉:「風流耆舊消磨盡，只有青山對病翁。」等。〔註 48〕

至於在句意仿效當中屬於增損原詩字句，如元好問的〈南溪〉:「梅花娟娟如靜女，寂寞甘與荒山鄰。」〔註 49〕中「娟娟如靜女」便是增損蘇軾〈九日湖上尋周李二君不見君亦見尋於湖上以詩見寄明日乃次其韻〉:「湖上野芙蓉，含思愁脈脈。娟然如靜女，不肯傍阡陌。」〔註 50〕中「娟然如靜女」，兩句都是用來形容花卉的姿態柔美就像一位嫻靜的女子。

又如元好問與朋友飲酒時所寫〈緱山置酒〉:「行人細如蟻，擾擾爭紅塵。」〔註 51〕也是增損蘇軾〈雪齋〉:「春風百日吹不消，五月行人如凍蟻。」〔註 52〕兩人都是在寫由高往下望去的視角，行人如同螞蟻一般，只是蘇軾有感於春寒料峭，即使五月春風使行人如凍僵的螞蟻一樣慢慢行走；然而元好問感於世人爭名逐利，行人如紛紛擾擾密密麻麻的螞蟻。兩種譬喻的形象實則有不同意涵。

其他如元好問〈送高信卿〉:「不能拔劍斫蛟鱷，亦當赤手降於菟」中「亦當赤手降於菟」便是增損蘇軾〈送范純粹守慶州〉:「當年老使君，赤手降於菟。」元好問〈雨夜〉:「千里謾思黃鵠舉，六年眞作賈胡留」中「六年眞作賈胡留」增損蘇軾〈鬱孤臺〉:「不隨猿鶴化，甘作賈胡留。」等。〔註 53〕

---

〔註 48〕以上摘引原詩的頁數可詳見表 4-1-2-1：元好問詩與蘇軾作品「情意相似——句意仿效」對照表，故不再贅註。

〔註 49〕見（金）元好問著、狄寶心校注，《元好問詩編年校注（第一冊）》，頁 169。

〔註 50〕見（宋）蘇軾撰、（清）王文誥輯注、孔凡禮點校，《蘇軾詩集（第二冊）》，頁 509。

〔註 51〕見（金）元好問著、狄寶心校注，《元好問詩編年校注（第一冊）》，頁 215。

〔註 52〕見（宋）蘇軾撰、（清）王文誥輯注、孔凡禮點校，《蘇軾詩集（第三冊）》，頁 928。

〔註 53〕以上摘引原詩的頁數可詳見表 4-1-2-1：元好問詩與蘇軾作品「情意相似——句意仿效」對照表，故不再贅註。

表 4-1-2-1：元好問詩與蘇軾作品「情意相似——句意仿效」對照表

| 元好問詩——句意仿效 | | | | |
|---|---|---|---|---|
| 元好問詩 | 頁數 | 蘇軾作品 | 頁數 | 備註 |
| 〈結楊柳怨〉：「柳色年年歲歲青，關人何事管離情」 | 4 | 〈臨安三絕：將軍樹〉：「不會世間閑草木，與人何事管興亡。」 | 490 | |
| 〈長安少年行〉：「八月蒼鷹一片雪，五花驕馬四蹄風」 | 5 | 〈祭常山回小獵〉：「弄風驕馬跑空立，趁兔蒼鷹掠地飛。」 | 647 | |
| 〈隋故宮行〉：「繁華夢覺人不知，留得寒螿泣秋月」 | 6 | 〈中秋見月和子由〉：「明月易低人易散，歸來呼酒更重看。堂前月色愈清好，咽咽寒螿鳴露草。……。明朝人事隨日出，悅然一夢瑤臺客。」 | 863 | |
| 〈陽興砦〉：「雨爛沙仍軟，秋偏氣自清。年年避營馬，幾向此中行。」 | 9 | 〈種茶〉：「移栽白鶴嶺，土軟春雨後。彌旬得連陰，似許晚遂茂。」 | 2225 | |
| 〈過晉陽故城舊事〉：「中原北門形勢雄，想見城闕雲煙中。望川亭上閱今古，但有麥浪搖春風。」 | 18 | 〈題寶雞縣斯飛閣〉：「昏昏水氣浮山麓，泛泛春風弄麥苗。誰使愛官輕去國，此身無計老漁樵。」 | 168 | |
| 〈箕山〉：「古人不可作，百念肝肺熱。浩歌北風前，悠悠送孤月。」 | 27 | 〈鳳翔八觀：秦穆公墓〉：「今人不復見此等，乃以所見疑古人。古人不可望，今人益可傷。」 | 119 | |
| 〈并州少年行〉：「我欲橫江鬥蛟鼉，萬弩迸射陽侯波。」 | 36 | 〈和仲伯達〉：「君方傍海看初日，我已橫江擊素波。」 | 1345 | |
| 〈論詩三十首〉：「南窗白日羲皇上，未害淵明是晉人。」 | 48 | 〈廣陵後園題扇子〉：「閑吟「繞屋扶疏」句，須信淵明是可人。」 | 1283 | |
| 〈三鄉雜詩三首〉：「溪南老子坐詩窮，窮到簞瓢更屢空」 | 78 | 〈孫莘老寄墨，四首之四〉：「吾窮本坐詩，久服朋友戒。」 | 1322 | |
| 〈孤劍詠〉：「清霜棱棱風入骨，殘月耿耿燈映壁。」 | 91 | 〈和陶雜詩，十一首之一〉：「耿耿如缺月，獨與長庚晨」 | 2272 | |

| 元好問詩——句意仿效 | | | | |
|---|---|---|---|---|
| 元好問詩 | 頁數 | 蘇軾作品 | 頁數 | 備註 |
| 〈虞鄉麻長官成趣園二首〉之一：「虛舟有天遊，我定物自擾。豈不與世並，自是萬物表。」 | 96 | 〈次韻陽行先〉：「室空惟法喜，心定有天游。摩詰原無病，須洹不入流。」 | 2431 | |
| 〈虞鄉麻長官成趣園二首〉之一：「虛舟有天遊，我定物自擾。豈不與世並，自是萬物表。」 | 96 | 〈和陶雜詩，十一首之六〉：「博大古眞人，老聃、關尹喜。獨立萬物表，長生乃餘事。」 | 2275 | |
| 〈萬化如大路〉：「暴公今在亡，轉磷起蓬蒿」 | 101 | 〈和陶擬古，九首之七〉：「斯人今在亡，未遽掩一丘。」 | 2265 | |
| 〈寄英禪師，師時住龍門寶應寺〉：「愛君梅花篇，入手如彈丸」 | 106 | 〈次韻答参寥〉：「新詩如彈丸，脱手不暫停。」 | 949 | |
| 〈龍門雜詩二首〉其二：「不見木庵師，胸中滿泥塵。西窗一握手，大笑傾冠巾。」 | 116 | 〈贈潘谷〉：「潘郎曉踏河陽春，明珠白璧驚市人。那知望拜馬蹄下，胸中一斛泥與塵。」 | 1276 | |
| 〈龍門雜詩二首〉其二：「遙遙洛陽城，梅花千樹春。山中有忙事，寄謝城中人」 | 116 | 〈和秦太虛梅花〉：「江頭千樹春欲闇，竹外一枝斜更好。孤山山下醉眠處，點綴裙腰紛不掃。」 | 1184 | |
| 〈示崔雷詩社諸人〉：「賣劍買牛眞得計，腰金騎鶴恐非才。游從肯結雞豚社，便約歲時相往來」 | 119 | 〈次韻曹九章見贈〉：「賣劍買牛眞欲老，得錢沽酒更無疑。雞豚異日爲同社，應有千篇唱和詩。」 | 1188 | |
| 〈雪後招鄰舍王贊子襄飲〉：「賣刀買犢未厭早，腰金騎鶴非所望。河南冬來已三白，土膏墳起如蜂房。」 | 128 | 〈次韻曹九章見贈〉：「賣劍買牛眞欲老，得錢沽酒更無疑。」 | 1188 | |
| 〈王子端內翰山水同屛山賦二詩〉其二：「萬里承平一夢間，風流人物與江山。眼明今日題詩處，卻見明昌玉筍斑。」 | 161 | 〈秀州報本禪院鄉僧文長老方丈〉：「萬里家山一夢中，吳音漸已變兒童。每逢蜀叟談終日，便覺峨眉翠掃空。」 | 412 | |

| 元好問詩——句意仿效 | | | | |
| --- | --- | --- | --- | --- |
| 元好問詩 | 頁數 | 蘇軾作品 | 頁數 | 備註 |
| 〈寄趙宜之〉：「莘川三月春事忙，布穀勸耕鳩喚雨。舊聞抱犢山，摩雲出蒼稜。」 | 164 | 〈山村五絕，五首之二〉：「煙雨濛濛雞犬聲，有生何處不安生。但令黃犢無人佩，布穀何勞也勸耕。」 | 438 | |
| 〈南溪〉：「梅花娟娟如靜女，寂寞甘與荒山鄰。詩人愛花山亦好，幽林穹穀生陽春。」 | 169 | 〈九日，湖上尋周、李二君，不，見君亦見尋於湖上，以詩見寄，明日乃次其韻〉：「湖上野芙蓉，含思愁脈脈。娟然如靜女，不肯傍阡陌。」 | 509 | |
| 〈贈答楊煥然〉：「詩亡又已久，雅道不復陳。人人握和璧，燕石誰當分？」 | 181 | 〈和陶雜詩，十一首之十〉：「遂令青衿子，珠璧人人懷。」 | 2278 | |
| 〈繼愚軒和黨承旨雪詩四首〉之三：「乾坤有二鳥，一息當一鳴」 | 187 | 〈書丹元子所示《李太白眞》〉：「天人幾何同一漚，謫仙非謫乃其遊。麾斥八極隘九州，化爲兩鳥鳴相酬。一鳴一止三千秋，開元有道爲少留。」 | 1995 | |
| 〈送欽叔內翰並寄劉達卿郎中、白文舉編修五首〉之二：「君歸不可緩，獻壽迫歲始。遙知慈母心，已爲烏鵲喜。」 | 193 | 〈謝運使仲適座上送王敏仲北使〉：「幸子遇明主，陳經入西廂。歸期不可緩，倚相宜在旁。」 | 1993 | |
| 〈送欽叔內翰並寄劉達卿郎中、白文舉編修五首〉之三：「我有一樽酒，澆君塊磊胸。」 | 195 | 〈與頓起、孫勉泛舟，探韻得未字〉：「朝來一樽酒，晤語聊自慰。」 | 865 | |
| 〈送欽叔內翰並寄劉達卿郎中、白文舉編修五首〉之五：「古人遙相望，每恨不同時」 | 198 | 〈哭刁景純〉：「讀書想前輩，每恨生不早。」 | 773 | |
| 〈北邙〉：「賢愚同一盡，感極增悲歔。」 | 210 | 〈任師中挽詞〉：「貴賤賢愚同盡耳，君今不盡緣賢子。人間得喪了無憑，只有天公終可倚。」 | 1086 | |

| 元好問詩——句意仿效 | | | | |
|---|---|---|---|---|
| 元好問詩 | 頁數 | 蘇軾作品 | 頁數 | 備註 |
| 〈緱山置酒〉:「行人細如蟻，擾擾爭紅塵。」 | 215 | 〈雪齋〉:「春風百日吹不消，五月行人如凍蟻。紛紛市人爭奪中，誰信言公似贊公。」 | 928 | |
| 〈緱山置酒〉:「蓬萊風濤深，鬢毛日夜新。殷勤一杯酒，愧爾雲間人。」 | 215 | 〈留別雩泉〉:「舉酒屬雩泉，白髮日夜新。何時泉中天？復照泉上人。」 | 703 | |
| 〈葉縣雨中〉:「春旱連延入麥秋，今朝一雨散千憂。龍公有力回枯槁，客子何心歎滯留。」 | 235 | 〈和李邦直沂山祈雨有應〉:「半年不雨坐龍慵，共怨天公不怨龍。今朝一雨聊自贖，龍神社鬼各言功。」 | 734 | |
| 〈芳華怨〉:「一片朝雲不成雨，被風吹去落誰家？少年豈無恩澤侯，金鞍繡帽亦風流。」 | 286 | 〈上巳日，與二三子攜酒出游，隨所見輒作數句，明日集之爲詩，故辭無倫次〉:「薄雲霏霏不成雨，杖藜曉入千花塢。柯丘海棠吾有詩，獨笑深林誰敢侮。」 | 1188 | |
| 〈李道人嵩陽歸隱圖〉:「道人本無事，何苦塵中爲。」 | 296 | 〈夜泊牛口〉:「人生本無事，苦爲世味誘。」 | 10 | |
| 〈乙酉六月十一日雨〉:「我夢天河翻，崩騰走雲雷。今日複何日？駃雨東南來。」 | 300 | 〈同正輔表兄遊白水山〉:「偉哉造物眞豪縱，攫土摶沙爲此弄。劈開翠峽走雲雷，截破奔流作潭洞。」 | 2147 | |
| 〈乙酉六月十一日雨〉:「我夢天河翻，崩騰走雲雷。今日複何日？駃雨東南來。」 | 300 | 〈秋懷，二首之二〉:「海風東南來，吹盡三日雨。」 | 383 | |
| 〈乙酉六月十一日雨〉:「惟當作高廩，多具尊與罍。家人笑問我，君用安在哉。」 | 301 | 〈出城送客，不及，步至溪上，二首之一〉:「父老借問我，使君安在哉。今年好雨雪，會見麥千堆。」 | 618 | |

| 元好問詩——句意仿效 | | | | |
| --- | --- | --- | --- | --- |
| 元好問詩 | 頁數 | 蘇軾作品 | 頁數 | 備註 |
| 〈飲酒五首〉其一：「床頭有新釀，意愜成孤斟」 | 302 | 〈和陶飲酒，二十首之七〉：「床頭有敗榼，孤坐時一傾。」 | 1885 | |
| 〈飲酒五首〉其四：「萬事有定分，賢智不能移」 | 305 | 〈和王晉卿〉：「賢愚有定分，樽俎守尸祝。」 | 1423 | |
| 〈後飲酒五首〉其一：「比得酒中趣，日與杯杓俱」 | 307 | 〈和陶飲酒，二十首之一〉：「偶得酒中趣，空杯亦常持。」 | 1883 | |
| 〈中秋雨夕〉：「此生此夜不長好，行雨行雲有底忙？卻恐哦詩太愁絕，且燒銀燭看紅妝。」 | 322 | 〈海棠〉：「東風嫋嫋泛崇光，香霧空濛月轉廊。只恐夜深花睡去，故燒高燭照紅妝。」 | 1187 | |
| 〈方城八景·仙翁雪霽〉：「觀宇巍峨紫翠間，葛公從此煉丹還。」 | 336 | 〈白鶴峰新居欲成夜過西鄰翟秀才，二首之一〉：「林行婆家初閉戶，翟夫子舍尚留關。連娟缺月黃昏後，縹緲新居紫翠間。」 | 2214 | |
| 〈贈湛澄之四章〉其四：「散聖風流有別傳，漆瞳一照出人天。」 | 350 | 〈雲師無著自金陵來，見余廣陵，且遺余支遁鷹馬圖。將歸，以詩送之，且還其畫〉：「玉骨猶寒富貴餘，漆瞳已照人天上。」 | 1346 | |
| 〈追錄舊詩二首〉其二：「潦倒聊爲隴畝民，一犁分得雨聲春。」 | 353 | 〈如夢令〉（爲向東坡傳語）：「歸去，歸去，江上一犁春雨。」 | 584 | 東坡詞 |
| 〈答俊書記學時〉：「詩爲禪客添花錦，禪是詩家切玉刀。」 | 394 | 〈送李公恕赴闕〉：「君才有如切玉刀，見之凜凜寒生毛。」 | 787 | |
| 〈驅豬行〉：「放教田鼠大於兔，任使飛蝗半天黑。」 | 409 | 〈梅聖俞詩集中有毛長官者，今於潛令國華也。聖俞沒十五年，而君猶爲令，捕蝗至其邑，作詩戲之〉：「宦遊逢此歲年惡，飛蝗來時半天黑。」 | 583 | |

| 元好問詩——句意仿效 | | | | |
|---|---|---|---|---|
| 元好問詩 | 頁數 | 蘇軾作品 | 頁數 | 備註 |
| 〈荊棘中杏花〉:「黃昏人歸花不語，唯有落月啼栖鴉」 | 431 | 〈司竹監燒葦園，因召都巡檢柴貽勖左藏，以其徒會獵園下〉:「擊鮮走馬殊未厭，但恐落日催棲鴉。」 | 217 | |
| 〈送高信卿〉:「不能拔劍斫蛟鼉，亦當赤手降於菟」 | 451 | 〈送范純粹守慶州〉:「當年老使君，赤手降於菟。」 | 1397 | |
| 〈段志堅畫龍，爲劉鄧州賦〉:「腥風萬里來，白浪横江湖。」 | 465 | 〈新灘〉:「白浪横江起，槎牙似雪城。」 | 42 | |
| 〈春歸〉:「野杏溪桃三兩枝，春歸也作送春詩。」 | 472 | 〈惠崇春江曉景二首〉:「竹外桃花三兩枝，春江水暖鴨先知。」 | 1401 | |
| 〈鸛雀崖北龍潭〉:「層崖閟頑陰，水木深以阻。湍聲半空落，洶洶如怒虎。」 | 482 | 〈雪林硯屏率魯直同賦〉:「西山無時春，巉巖鎖頑陰。分明倚天壁，點綴無風林。」 | 1461 | |
| 〈送吳子英之官東橋，且爲解嘲〉:「快築糟丘便歸老，世間馬耳過春風。」 | 524 | 〈書晁說之考牧圖後〉:「世間馬耳射東風，悔不長作多牛翁。」 | 1966 | |
| 〈曉發石門渡湍水道中〉:「洋洋游鯈逝，泛泛輕鷗泳。」 | 536 | 〈和陶游斜川〉:「我本無所適，泛泛隨鳴鷗。」 | 2318 | |
| 〈贈鶯〉:「山城無與樂，好鳥亦求侶。時持貫珠來，有唱當和汝。」 | 560 | 〈點絳脣〉(閒倚胡床):「別乘一來，有唱應須和。還知麼。」 | 630 | 東坡詞 |
| 〈望歸吟〉:「少年錦帶佩吳鉤，獨騎匹馬覓封侯。去時只道從軍樂，不道關山空白頭。」 | 569 | 〈次韻和王鞏，六首之二〉:「少年帶刀劍，但識從軍樂。」 | 1128 | |
| 〈有寄〉:「千里呂安思叔夜，五更殘月伴長庚。」 | 572 | 〈定風波〉(月滿苕溪照夜堂):「十五年間眞夢裡。何事。長庚對月獨淒涼。」 | 678 | 東坡詞 |
| 〈杏花雜詩十三首〉其二:「露華浥浥泛晴光，睡足東風倚綠窗。試遣紅妝映銀燭，湘桃爭合伴仙郎?」 | 578 | 〈海棠〉:「東風嫋嫋泛崇光，香霧空濛月轉廊。只恐夜深花睡去，故燒高燭照紅妝。」 | 1187 | |

| 元好問詩——句意仿效 | | | | |
|---|---|---|---|---|
| 元好問詩 | 頁數 | 蘇軾作品 | 頁數 | 備註 |
| 〈題省掾劉德潤家驂鸞圖，並爲同舍郎劉長卿記異。劉在方城，先有碧簫之遇，如芙蓉城事云〉:「洞天花落秋雲冷，腸斷青鸞獨自飛。」 | 602 | 〈菩薩蠻〉(玉童西迓浮丘伯):「玉童西迓浮丘伯。洞天冷落秋蕭瑟。不用許飛瓊。瑤臺空月明。」 | 72 | 東坡詞 |
| 〈追用座主閑閑公韻，上致政馮內翰二首〉其一:「非熊有兆公無恙，會近君王六尺輿。」 | 603 | 〈次韻張昌言喜雨〉:「遙聞爭誦十行詔，無異親巡六尺輿。」 | 1510 | |
| 〈雙峰競秀圖爲參政楊侍郎賦〉:「安得北風吹雨去，倚天長劍看崢嶸。」 | 607 | 〈浴日亭〉:「劍氣崢嶸夜插天，瑞光明滅到黃灣。」 | 2067 | |
| 〈壬辰十二月，車駕東狩後即事五首〉其四:「秋風不用吹華髮，滄海橫流要此身。」 | 626 | 〈再次韻德麟新開西湖〉:「時臨此水照冰雪，莫遣白髮生秋風。」 | 1878 | |
| 〈壬辰十二月，車駕東狩後即事五首〉其四:「蛟龍豈是池中物，蟣虱空悲地上臣。」 | 626 | 〈田國博見示石炭詩，有「鑄劍斬佞臣」之句，次韻答之〉:「千里妖螟一寸鐵，地上空愁蟣蝨臣。」 | 933 | |
| 〈密公寶章小集〉:「悲風蕭蕭吹白楊，丘山零落可憐傷。」 | 673 | 〈舟中夜起〉:「微風蕭蕭吹菰蒲，開門看雨月滿湖。」 | 942 | |
| 〈白屋〉:「地盡更無錐可置，竈閑唯覺井長勤」 | 699 | 〈和陶田舍始春懷古，二首之二〉:「茅茨破不補，嗟子乃爾貧。菜肥人愈瘦，竈閑井常勤。」 | 2281 | |
| 〈冠氏趙莊賦杏花四首〉其二:「文杏堂前千樹紅，雲舒霞捲漲春風」 | 708 | 〈阮郎歸〉(暗香浮動月黃昏):「暗香浮動月黃昏。堂前一樹春。東風何事入西鄰。兒家常閉門。」 | 867 | 東坡詞 |
| 〈繡江泛舟，有懷李、郭二公〉:「荷花如錦水如天，狼藉秋香擁畫船」 | 734 | 〈寄蔡子華〉:「江南春盡水如天，腸斷西湖春水船。」 | 1665 | |

| 元好問詩——句意仿效 | | | | |
|---|---|---|---|---|
| 元好問詩 | 頁數 | 蘇軾作品 | 頁數 | 備註 |
| 〈題解飛卿山水卷〉:「平生魚鳥最相親,夢寐煙霞卜四鄰。」 | 737 | 〈留別雩泉〉:「二年飲泉水,魚鳥亦相親。」 | 703 | |
| 〈藥山道中二首〉其二:「西風砧杵日相催,著破征衣整未回」 | 738 | 〈九月二十日微雪,懷子由弟,二首之一〉:「短日送寒砧杵急,冷官無事屋廬深。」 | 154 | |
| 〈學東坡移居八首〉其七:「九原如可作,從公把犁鋤」 | 756 | 〈和陶貧士,七首之一〉:「我欲作九原,獨與淵明歸。」 | 2137 | |
| 〈學東坡移居八首〉其七:「論人雖甚媿,詩亦豈不如」 | 756 | 〈和陶讀《山海經》,十三首之一〉:「學道雖恨晚,賦詩豈不如。」 | 2130 | |
| 〈學東坡移居八首〉其八:「獨有仲通甫,天馬不可羈」 | 757 | 〈故李誠之待制六丈挽詞〉:「比公嵇中散,龍性不可羈。」 | 1530 | |
| 〈登珂山寺三首〉其一:「澹澹長空白鳥回,江山都入妙高臺」 | 775 | 〈金山妙高臺〉:「中有妙高臺,雪峰自孤起。」 | 1369 | |
| 〈望蘇門〉:「諸父當年此往還,客衣塵土淚斑斑。太行秀發眉宇見,老阮亡來尊俎閑。」 | 799 | 〈歐陽晦夫遺接䍦琴枕,戲作此詩謝之〉:「我懷汝陰六一老,眉宇秀發如春巒。」 | 2372 | |
| 〈寄汴禪師〉:「夢魂歷歷山間路,世事悠悠耳外風。」 | 811 | 〈木蘭花令〉(梧桐葉上三更雨):「夢中歷歷來時路。猶在江亭醉歌舞。」 | 741 | 東坡詞 |
| 〈外家南寺〉:「白頭來往人間徧,依舊僧窗借榻眠。」 | 822 | 〈懷西湖寄晁美叔同年〉:「胡不屏騎從,暫借僧榻眠。」 | 645 | |
| 〈桐川與仁卿飲〉:「海內斯文君未老,不須辛苦賦囚山」 | 824 | 〈王晉卿作《煙江疊嶂圖》,僕賦詩十四韻,晉卿和之,語特奇麗。因復次韻,不獨紀其詩畫之美,亦爲道其出處契闊之故,而終之以不忘在莒之戒, | 1610 | |

| 元好問詩——句意仿效 | | | | |
|---|---|---|---|---|
| 元好問詩 | 頁數 | 蘇軾作品 | 頁數 | 備註 |
| | | 亦朋友忠愛之義也〉：「願君終不忘在莒，樂時更賦《囚山篇》。」 | | |
| 〈和仁卿演太白詩意二首〉其一：「靜坐且留觀眾妙，還丹無用說長生。」 | 828 | 〈廣州何道士眾妙堂〉：「湛然無觀古眞人，我獨觀此眾妙門。」 | 2399 | |
| 〈和仁卿演太白詩意二首〉其一：「解道田家酒應熟，詩中只合愛淵明。」 | 828 | 〈聽武道士彈賀若〉：「琴裏若能知賀若，詩中定合愛陶潛。」 | 1775 | |
| 〈和仁卿演太白詩意二首〉其二：「白雲朝飛本無意，白雲暮歸如有情」 | 830 | 〈贈曇秀〉：「白雲出山初無心，棲鳥何必戀舊林。」 | 2190 | |
| 〈雲峽〉：「故都喬木今如此，夢想熙春百花裏。」 | 834 | 〈送歐陽主簿赴官韋城，四首之四〉：「故國依然喬木在，典刑復見老成人。」 | 1794 | |
| 〈雲峽〉：「退食從容北窗臥，今古起滅眞浮雲。」 | 834 | 〈弔天竺海月辯師，三首之三〉：「欲訪浮雲起滅因，無緣卻見夢中身。」 | 479 | |
| 〈別張御史〉：「只應千里并州道，常並虛危候德星。」 | 839 | 〈二鮮于君以詩文見寄，作詩爲謝〉：「斯人乃德星，遣出虛危間。」 | 1840 | |
| 〈別李周卿三首〉其一：「歌君歸雲曲，清涕留餘潸」 | 841 | 〈中秋月寄子由，三首之二〉：「歌君別時曲，滿座爲淒咽。」 | 860 | |
| 〈雨夜〉：「千里謾思黃鵠舉，六年眞作賈胡留」 | 857 | 〈鬱孤臺〉：「不隨猿鶴化，甘作賈胡留。」 | 2429 | |
| 〈戊戌十月山陽雨夜二首〉其二：「安得西湖展江手，亂鋪雲錦浸青山」 | 876 | 〈和公濟飲湖上〉：「扁舟小棹截湖來，正見青山駁雲錦。」 | 1711 | |
| 〈送楊叔能東至相下〉其一：「芳樹陰陰鳥語嘩，綠雲晴雪映紅霞」 | 893 | 〈留題仙遊潭中興寺，寺東有玉女洞，洞南有馬融讀書石室，過潭而南，山石益奇，潭上有橋，畏其險，不敢渡〉：「清潭百尺皎無泥，山木陰陰谷鳥啼。」 | 131 | |

| 元好問詩——句意仿效 | | | | |
|---|---|---|---|---|
| 元好問詩 | 頁數 | 蘇軾作品 | 頁數 | 備註 |
| 〈遊天壇雜詩十三首〉其四：「想是近山營馬少，青林深處有人家」 | 895 | 〈自興國往筠，宿石田驛南二十五里野人舍〉：「溪上青山三百疊，快馬輕衫來一抹。倚山修竹有人家，橫道清泉知我渴。」 | 1219 | |
| 〈遊天壇雜詩十三首〉其七：「空翠霏煙海浪深，鰲頭鵬背半浮沉。」 | 897 | 〈八聲甘州〉（有情風）：「記取西湖西畔，正暮山好處，空翠煙霏。」 | 668 | 東坡詞 |
| 〈遊天壇雜詩十三首〉其十一：「弱水蓬萊三萬里，青山今古幾何年」 | 900 | 〈金山妙高臺〉：「蓬萊不可到，弱水三萬里。」 | 1368 | |
| 〈答潞人李唐佐贈詩〉：「聞道嗟予晚，求師愧子賢」 | 911 | 〈子由自南都來陳三日而別〉：「嗟我晚聞道，款啓如孫休」 | 1018 | |
| 〈與張、杜飲〉：「山公倒載群兒笑，焦遂高談四座驚。轟醉春風一千日，愁城從此不能兵。」 | 935 | 〈和蔡景繁海州石室〉：「當時醉臥動千日，至今石縫餘糟醑。仙人一去五十年，花老室空誰作主。」 | 1179 | |
| 〈與張、杜飲〉：「陽平城邊握君手，不似銅駝洛陽陌」 | 936 | 〈寄吳德仁兼簡陳季常〉：「銅駝陌上會相見，握手一笑三千年。」 | 1342 | |
| 〈同周帥夢卿、崔振之遊七巖〉：「客路頻年別，僧居半日閑。」 | 1004 | 〈贈孫莘老七絕，七首之七〉：「去年臘日訪孤山，曾借僧窗半日閑。」 | 410 | |
| 〈九日讀書山用陶詩「露淒暄風息，氣清天曠明」爲韻賦十詩〉其四：「造物故豪縱，窮秋變春容。」 | 1017 | 〈同正輔表兄遊白水山〉：「偉哉造物眞豪縱，攫土摶沙爲此弄。」 | 2147 | |
| 〈九日讀書山用陶詩「露淒暄風息，氣清天曠明」爲韻賦十詩〉其八：「歸路踏明月，醉袖風翩翩。」 | 1022 | 〈次韻周長官壽星院同餞魯少卿〉：「困眠不覺依蒲褐，歸路相將踏桂華。」 | 512 | |
| 〈送宋省參，並寄潞府諸人〉：「國中腐鼠凡幾嚇，玉上青蠅非一箇。」 | 1035 | 〈和劉道原寄張師民〉：「腐鼠何勞嚇，高鴻本自冥。」 | 334 | |

| 元好問詩——句意仿效 | | | | |
|---|---|---|---|---|
| 元好問詩 | 頁數 | 蘇軾作品 | 頁數 | 備註 |
| 〈游黃華山〉:「懸流千丈忽當眼，芥蒂一洗平生胸」 | 1044 | 〈送路都曹〉:「恨無乖崖老，一洗芥蒂胸。」 | 1838 | |
| 〈游龍山〉:「快哉萬里風，一掃天四周。」 | 1080 | 〈水調歌頭〉(落日繡簾捲):「一點浩然氣，千里快哉風。」 | 483 | 東坡詞 |
| 〈贈答趙仁甫〉:「想君夜醉潯陽時，明月對影成三人」 | 1109 | 〈再次韻答完夫穆父〉:「免使謫仙明月下，狂歌對影只三人。」 | 1431 | |
| 〈贈答趙仁甫〉:「君居南海我北海，握手一杯情更親。」 | 1109 | 〈章質夫送酒六壺，書至而酒不達，戲作小詩問之〉:「南海使君今北海，定分百榼餉春耕。」 | 2156 | |
| 〈出都二首〉其一:「但見觚稜上金爵，豈知荊棘臥銅駝」 | 1121 | 〈百步洪，二首之一〉:「紛紛爭奪醉夢裏，豈信荊棘埋銅駝。」 | 892 | |
| 〈過寂通庵別陳丈〉:「心遠由來地自偏，不離城市得林泉」 | 1156 | 〈監洞霄宮俞康直郎中所居四詠：遠樓〉:「不獨江天解空闊，地偏心遠似陶潛。」 | 547 | |
| 〈留贈丹陽王煉師三章〉其一:「當時笑伴今誰在？詩客淒涼飯顆山」 | 1159 | 〈次韻錢穆父〉:「故人飛上金鑾殿，遷客來從飯顆山。」 | 1405 | |
| 〈洛陽衛良臣以星圖見貺漫賦三詩爲謝〉其一:「敗筆成丘死不神，侯門書卷欲誰親」 | 1166 | 〈石蒼舒醉墨堂〉:「君於此藝亦云至，堆牆敗筆如山丘。」 | 236 | |
| 〈贈修端卿、張去華、韓君傑三人六首〉其二:「去華手中倒樹槊，亦要筆力挽千鈞」 | 1176 | 〈欒全先生生日，以鐵拄杖爲壽，二首之二〉:「遠寄知公不嫌重，筆端猶自斡千鈞。」 | 1087 | |
| 〈雲巖〔並序〕〉:「阿欣秀發見眉宇，小杜才情淪骨髓。」 | 1219 | 〈歐陽晦夫遺接䍦琴枕，戲作此詩謝之〉:「我懷汝陰六一老，眉宇秀發如春巒。」 | 2372 | |

| 元好問詩——句意仿效 | | | | |
|---|---|---|---|---|
| 元好問詩 | 頁數 | 蘇軾作品 | 頁數 | 備註 |
| 〈曲阜紀行十首〉其一：「我昔入小學，首讀仲尼居。百讀百不曉，但有唾成珠。」 | 1225 | 〈和陶飲酒，二十首之十二〉：「我夢入小學，自謂總角時。不記有白髮，猶誦論語辭。」 | 1887 | |
| 〈曲阜紀行十首〉其四：「尙想瓢飲初，至味久逾永」 | 1231 | 〈和陶乞食〉：「至味久不壞，可爲子孫貽。」 | 2205 | |
| 〈曲阜紀行十首〉其五：「我亦澹蕩人，涉世寡所諧。」 | 1233 | 〈答任師中、家漢公〉：「知我少所諧，教我時卷舒。」 | 757 | |
| 〈曲阜紀行十首〉其八：「許行學神農，耒耜手自親。」 | 1238 | 〈次韻滕元發、許仲塗、秦少游〉：「兩邦旌纛光相照，十畝鋤犁手自親。」 | 1267 | |
| 〈丁未寒食歸自三泉〉：「春山晴暖紫生煙，山下分流百汊泉」 | 1266 | 〈和子由寒食〉：「寒食今年二月晦，樹林深翠已生煙。」 | 169 | |
| 〈寶嚴紀行〉：「陰崖轉清深，秋老木堅瘦」 | 1290 | 〈廬山二勝：棲賢三峽橋〉：「清寒入山骨，草木盡堅瘦。」 | 1217 | |
| 〈祟谷聖燈〉：「紛紛世議何足道，盡付馬耳春風前」 | 1294 | 〈書晁說之《考牧圖》後〉：「世間馬耳射東風，悔不長作多牛翁。」 | 1967 | |
| 〈九月晦日〉：「松楸千里動悲哀，說道回家早晚回。九月忽驚今日盡，滿城風散紙錢灰。」 | 1305 | 〈木蘭花令〉（烏啼鵲噪昏喬木）：「清明寒食誰家哭？風吹曠野紙錢飛，」 | 464 | 東坡詞 |
| 〈送弋唐佐還平陽〉：「晉州一書君肯來，握手大笑心顏開。春風著人不覺醉，快卷更須三百杯」 | 1315 | 〈送沈逵赴廣南〉：「相逢握手一大笑，白髮蒼顏略相似。我方北渡脫重江，君復南行輕萬里。」 | 1270 | |
| 〈送弋唐佐還平陽〉：「春風著人不覺醉，快卷更須三百杯」 | 1315 | 〈韓康公坐上侍兒求書扇上，二首之一〉：「不覺春風吹酒醒，空教明月照人歸。」 | 1565 | |

| 元好問詩——句意仿效 | | | | |
|---|---|---|---|---|
| 元好問詩 | 頁數 | 蘇軾作品 | 頁數 | 備註 |
| 〈壽張復從道〉:「但願頤齋壽金石，歲歲年年作生日」 | 1321 | 〈子由生日〉:「但願白髮兄，年年作生日。」 | 2319 | |
| 〈寄答仰山謙長老〉:「眾狙皆喜芋初熟，一鳥不鳴山更幽。日暮王城市聲合，松風亭上莫回頭」 | 1337 | 〈次韻仲殊雪中遊西湖，二首之二〉:「寶雲樓閣鬧千門，林靜初無一鳥喧。」 | 1751 | |
| 〈贈答樂丈舜咨〉:「兩都秋色皆喬木，耆舊風流有幾人？」 | 1340 | 〈追和子由去歲試舉人洛下所寄九首：暴雨初晴樓上晚景，五首之二〉:「風流耆舊消磨盡，只有青山對病翁。」 | 458 | |
| 〈祁陽劉器之以墨竹得名，今年春薄游鹿泉，因爲予寫眞，重以小景見餉，凡以求予詩而已。賦二十韻答之〉:「衡茅方卜築，亦復謀二頃。」 | 1378 | 〈次韻答頓起，二首之二〉:「茅屋擬歸田二頃，金丹終掃雪千莖。」 | 868 | |
| 〈游承天鎭懸泉〉:「素虬騰擲翠蛟舞，衮衮後出皆鯨鯤」 | 1388 | 〈洞霄宮〉:「庭下流泉翠蛟舞，洞中飛鼠白鴉翻。」 | 503 | |
| 〈游承天鎭懸泉〉:「山深地古自是有神物，不假靈眞誰敢侮？」 | 1389 | 〈起伏龍行〉:「碧潭近在古城東，神物所蟠誰敢侮。」 | 814 | |
| 〈贈別孫德謙〉:「湖亭轟醉臥春風，到手金杯不放空。」 | 1417 | 〈勸金船〉(無情流水多情客):「無情流水多情客。勸我如曾識。杯行到手休辭卻。」 | 87 | 東坡詞 |
| 〈王敦夫祥止庵〉:「舊時詩禮聞家學，此日丹砂見地仙。」 | 1419 | 〈送張軒民寺丞赴省試〉:「傳家各自聞詩禮，與子相逢亦弟兄。」 | 397 | |
| 〈賈氏怡齋二首〉其一：「兒女青紅薦壽觴，階庭蘭玉立諸郎。」 | 1421 | 〈滿江紅〉(憂喜相尋):「光彩照階庭，生蘭玉。」 | 383 | 東坡詞 |

| 元好問詩——句意仿效 | | | | |
|---|---|---|---|---|
| 元好問詩 | 頁數 | 蘇軾作品 | 頁數 | 備註 |
| 〈超禪師晦寂庵〉:「無波古井靜中天，三尺藜床坐欲穿。」 | 1447 | 〈出都來陳，所乘船上有題小詩八首，不知何人作有感余心者，聊爲和之，八首之八〉:「年來煩惱盡，古井無由波」 | 263 | |
| 〈鹿泉新居二十四韻〉:「霏煙空翠有無中，百態陰晴變朝暮。」 | 1457 | 〈和文與可洋川園池三十首：望雲樓〉:「陰晴朝暮幾回新，已向虛空付此身。出本無心歸亦好，白雲還似望雲人。」 | 670 | |
| 〈贈李文伯〉:「承平人物天未絕，耆舊風流今復誰」 | 1517 | 〈追和子由去歲試舉人洛下所寄九首：暴雨初晴樓上晚景，五首之二〉:「風流耆舊消磨盡，只有青山對病翁。」 | 458 | |
| 〈太原贈張彥遠〉:「因君夜話吳江春，酒光瀲灩金杯滑」 | 1530 | 〈有美堂暴雨〉:「十分瀲灩金樽凸，千杖敲鏗羯鼓催。」 | 483 | |
| 〈送田益之從周帥西上二首〉其一:「天日伸眉後，江山洗眼中。」 | 1539 | 〈九日，尋臻闍黎，遂泛小舟至勤師院，二首之二〉:「笙歌叢裏抽身出，雲水光中洗眼來。」 | 507 | |
| 〈賀威卿徐弟得雄〉:「利市金錢四座俱，阿卿新喜到充閭。」 | 1557 | 〈減字木蘭花〉(惟熊佳夢):「利市平分沾四坐。多謝無功。」 | 104 | 東坡詞 |
| 〈趙吉甫西園〉:「築屋臨清流，開窗見西山」 | 1577 | 〈和陶貧士，七首之七〉:「買田帶修竹，築室依清流。」 | 2140 | |
| 〈遣興〉:「但留強健在，老矣復何求」 | 1610 | 〈歸去來集字，十首之七〉:「琴書樂三徑，老矣亦何求。」 | 2358 | |
| 〈玄都觀桃花〉:「人世難逢開口笑，老夫聊發少年狂。」 | 1622 | 〈定風波〉(與客攜壺上翠微):「塵世難逢開口笑。年少。」 | 295 | 東坡詞 |

| 元好問詩——句意仿效 | | | | |
|---|---|---|---|---|
| 元好問詩 | 頁數 | 蘇軾作品 | 頁數 | 備註 |
| 〈追懷趙介叔〉:「哀歌不盡平生意，空想翛然瘦鶴姿」 | 1627 | 〈姚屯田挽詞〉:「七年一別眞如夢，猶記蕭然瘦鶴姿。」 | 329 | |
| 〈楊秘監馬圖〉:「天閑誰省識眞龍，金粟堆前草色空。」 | 1659 | 〈次韻劉景文送錢蒙仲，三首之一〉:「誰識天閑老驥，不爭日暮長途。」 | 1693 | |
| 〈寄杜莘老三首〉其二：「祝君老眼明於鏡，毫末清妍子細分」 | 1661 | 〈書王定國所藏《煙江疊嶂圖》〉:「使君何從得此本，點綴毫末分清妍。」 | 1608 | |
| 〈贈張致遠〉:「相逢不盡平生意，耆舊風流有幾人」 | 1692 | 〈追和子由去歲試舉人洛下所寄九首：暴雨初晴樓上晚景，五首之二〉:「風流耆舊消磨盡，只有青山對病翁。」 | 458 | |
| 〈惠崇蘆雁三首〉其三：「不似畫屏金孔雀，離離花影澹生春」 | 1070 | 〈臺頭寺步月得人字〉:「浥浥爐香初泛夜，離離花影欲搖春。」 | 920 | |
| 〈梨花海棠二首〉其一：「梨花如靜女，寂寞出春暮。」 | 1733 | 〈九日，湖上尋周、李二君，不見，君亦見尋於湖上，以詩見寄，明日乃次其韻〉:「湖上野芙蓉，含思愁脈脈。娟然如靜女，不肯傍阡陌。」 | 509 | |
| 〈寄題沁州韓君錫耕讀軒〉:「束帶見督郵，甘以辭華軒。」 | 1739 | 〈歐陽叔弼見訪，誦陶淵明事，歎其絕識，既去，感慨不已，而賦此詩〉:「束帶向督郵，小屈未爲辱。」 | 1815 | |
| 〈寄題沁州韓君錫耕讀軒〉:「嘯傲南窗下，且樂我所然」 | 1739 | 〈和陶歸園田居，六首之一〉:「悠悠未必爾，聊樂我所然。」 | 2104 | |
| 〈許道寧寒溪古木圖〉:「遺山筆頭有關仝，意匠已在風雲中，留待他日不忽忽」 | 1750 | 〈題王逸少帖〉:「爲君草書續其終，待我他日不匆匆。」 | 1343 | |

| 元好問詩——句意仿效 | | | | |
|---|---|---|---|---|
| 元好問詩 | 頁數 | 蘇軾作品 | 頁數 | 備註 |
| 〈短日〉:「短日砧聲急，重雲雁影深。風霜侵晚節，天地入歸心」 | 1780 | 〈九月二十日微雪，懷子由弟，二首之一〉:「短日送寒砧杵急，冷官無事屋廬深。」 | 154 | |
| 〈墨竹扇頭〉:「只欠雪溪王處士，醉來肝肺出枯槎」 | 1837 | 〈郭祥正家，醉畫竹石壁上，郭作詩爲謝，且遺二古銅劍〉:「空腸得酒芒角出，肝肺槎牙生竹石。」 | 1234 | |
| 〈投書圖〉其一:「一束空書不療飢，浮沉隨水恰相宜。」 | 1860 | 〈和陶飲酒，二十首之十五〉:「惟存一束書，寄食無定跡。」 | 1889 | |
| 〈武善夫桃溪圖二首〉其二:「青山歸計何時辦？畫卷空留馬上看」 | 1862 | 〈醉落魄〉(蒼顏華髮):「故山歸計何時決。舊交新貴音書絕。」 | 114 | 東坡詞 |

(豐庭製表)

### (二)遺山詞多由坡詩取材

同樣在元好問詞作，共計 41 首 43 處存在句意仿效，以「表 4-1-2-2：元好問詞與蘇軾作品『情意相似——句意仿效』對照表」爲呈現。而詞作的句子本身依格律有長短形式，能從蘇軾詩、詞、文借用的層面較廣，字句組合的方式也較多變。

元好問詞有混用蘇軾作品的地方，所謂混用是將一個句子分化或兩個以上的句子重新組合出新的語句。元好問將原本蘇軾作品中一個詩句重新分化，例如〈摸魚兒〉(恨人間):「君應有語，渺萬里層雲，千山暮景，隻影向誰去。」〔註 54〕此闋詞是元好問有名的詞作，悼念雙雁殉情而死，此段爲上半闋收束處，「君」指的便是孤單的大雁，萬里之遠層層籠罩的雲，千山之外的黃昏景色，寂寥的身影在這一片天空又爲誰追尋。「千山暮景，隻影向誰去」便是從蘇軾〈送金山鄉僧歸蜀開堂〉:「振衣忽歸去，隻影千山裏。」〔註 55〕分化而出，蘇軾僅描寫空間景致對比孤身一人，元好問又多「暮景」增添那追尋的身影在時空氛圍的孤獨形象。

---

〔註 54〕見(金)元好問撰、趙永源校註，《遺山樂府校註》，頁 53。
〔註 55〕見(宋)蘇軾撰、(清)王文誥輯注、孔凡禮點校，《蘇軾詩集(第四冊)》，頁 1269。

混用當中重新組合蘇軾字句的，如元好問敘說與朋友共飲的〈蝶戀花〉（明月清風無盡藏）：「明月清風無盡藏，平生老子南樓。閭閻談笑說封侯。誰能知許事，一笑去來休」〔註 56〕此闋詞是寫於從史館辭官歸鄉，因此第三句書寫里巷百姓談笑說封侯的事情，又有誰能眞正知道箇中滋味，不如一笑而歸鄉。因此，首句重新組合蘇軾的〈赤壁賦〉：「惟江上之清風，與山間之明月。……是造物者之無盡藏也，而吾與子之所共食。」〔註 57〕也同樣明白唯有清風、明月才是每個人感官與心靈皆能滿足的寶藏；元好問將蘇軾賦五六個句子縮寫成一句，開門見山、簡潔有力道出心境的開闊。又如元好問的〈蝶戀花〉（最是一年秋好處）：「最是一年秋好處，橘綠橙黃，半帶金莖露。」〔註 58〕明顯重新組合蘇軾〈贈劉景文〉：「一年好景君須記，最是橙黃橘綠時。」〔註 59〕蘇詩是叮囑朋友記得一年中歷經夏秋酷暑與風霜後，仍有豐收成熟的初冬時節，也是暗合著人生接受磨難後終會開花結果。而元好問這首〈蝶戀花〉（最是一年秋好處）前二句同樣化用蘇軾原詩句的表層寫景與深層哲思，是因爲此闋詞下半稱讚朋友有所收穫〔註 60〕，暗合當時蘇軾期許朋友的意涵。

此外，元好問詞也有改易蘇軾詩句的地方，如〈石州慢〉（擊筑行歌）：「生平王粲，而今憔悴登樓，江山信美非吾土。」〔註 61〕本闋詞是元好問對自己前途堪憂，故藉王粲登樓作賦形象來抒發自己的苦悶〔註 62〕；同樣在蘇軾〈次韻答王定國〉：「我雖作郡古云樂，山川信美非吾廬。」〔註 63〕同用王粲登樓典故，明顯的是元好問與蘇軾語句相近，僅更動一兩個字，元好問「土」字更具廣闊空間中無立錐之地的感慨。又如元好問〈南鄉子〉

〔註 56〕見（金）元好問撰、趙永源校註，《遺山樂府校註》，頁 289。

〔註 57〕見（宋）蘇軾撰、（明）茅維編、孔凡禮點校，《蘇軾文集（第一冊）》，頁 5。

〔註 58〕見（金）元好問撰、趙永源校註，《遺山樂府校註》，頁 748。

〔註 59〕見（宋）蘇軾撰、（清）王文誥輯注、孔凡禮點校，《蘇軾詩集（第五冊）》，頁 1713。

〔註 60〕〈蝶戀花（最是一年秋好處）〉：「最是一年秋好處，橘綠橙黃，半帶金莖露。……昨夜玉皇傳詔語。聞道君家，勳業高前古。賜與金丹並玉醑。」見（金）元好問撰、趙永源校註，《遺山樂府校註》，頁 748。

〔註 61〕見（金）元好問撰、趙永源校註，《遺山樂府校註》，頁 167。

〔註 62〕王粲〈登樓賦〉：「雖信美而非吾土兮，曾何足以少留！」見蕭統編、李善注，《文選》（臺北：文津出版社，1987 年 7 月出版），頁 489。

〔註 63〕見（宋）蘇軾撰、（清）王文誥輯注、孔凡禮點校，《蘇軾詩集（第三冊）》，頁 844。

（促坐燭花紅）:「人世只除開口笑，難逢！莫惜金杯到手空」〔註 64〕是寫晚年在友人家宴飲時，覺得能夠相逢又開懷大笑機會甚少，定要讓彼此藉手中杯酒盡興而歡，「人世只除開口笑，難逢！」便是改易蘇軾〈定風波〉（與客攜壺上翠微）:「塵世難逢開口笑。年少。菊花須插滿頭歸。」〔註 65〕元好問特將「難逢」獨立爲一句，除了詞韻格律需要外，也是強調緣份的難以掌握。又如〈念奴嬌〉（嚴陵臺畔）:「玉軸牙籤三萬卷，環列人間東壁」〔註 66〕是靜態筆法呈現仙人居住仙境，好幾卷圖書環列牆壁，都是用象牙所製的卷軸，則是改易蘇軾〈送歐陽主簿赴官韋城，四首之一〉:「讀遍牙籤三萬軸，卻來小邑試牛刀。」〔註 67〕

至於，元好問詞增損蘇軾字句的地方，如元好問在二十五年前曾看見好友崔振之與歌姬訣別事，二十五年後崔振之來拜訪，提及舊事便又爲他寫下〈太常引〉（渚蓮寂寞倚秋煙），這當中一句「白頭青鬢，舊游新夢，相對兩淒然。」〔註 68〕增損蘇軾同樣寫給好友的〈喜王定國北歸第五橋〉:「白露淒風洗瘴煙，夢回相對兩淒然。」〔註 69〕都表現與好友久別重逢，回首往事的無限感慨。又如元好問〈太常引（十年流水共行雲）〉:「風臺月榭，舞裙歌扇，樂事幾回新。」〔註 70〕當中「舞裙歌扇」一句，也是增損蘇軾〈答陳述古，二首之二〉:「聞道使君歸去後，舞衫歌扇總成塵。」〔註 71〕同指歌妓的能歌善舞。再如元好問的〈清平樂〉（小橋流水）:「小橋流水，一逕修篁裏。走馬章臺人未老，只愛明窗淨几。」〔註 72〕的「小橋流水」是描寫濟原奉先觀周圍景色，增損蘇軾的〈如夢令〉（手種堂前桃李）:「驚起五更春睡。居士。居士。莫忘小橋流水。」〔註 73〕

---

〔註 64〕見（金）元好問撰、趙永源校註，《遺山樂府校註》，頁 343。
〔註 65〕見鄒同慶、王宗堂著，《蘇軾詞編年箋注（上冊）》，頁 295。
〔註 66〕見（金）元好問撰、趙永源校註，《遺山樂府校註》，頁 721。
〔註 67〕見（宋）蘇軾撰、（清）王文誥輯注、孔凡禮點校，《蘇軾詩集（第六冊）》，頁 1793。
〔註 68〕見（金）元好問撰、趙永源校註，《遺山樂府校註》，頁 445。
〔註 69〕見（宋）蘇軾撰、（清）王文誥輯注、孔凡禮點校，《蘇軾詩集（第三冊）》，頁 1180。
〔註 70〕見（金）元好問撰、趙永源校註，《遺山樂府校註》，頁 449。
〔註 71〕見（宋）蘇軾撰、（清）王文誥輯注、孔凡禮點校，《蘇軾詩集（第二冊）》，頁 641。
〔註 72〕見（金）元好問撰、趙永源校註，《遺山樂府校註》，頁 635。
〔註 73〕見鄒同慶、王宗堂著，《蘇軾詞編年箋注（上冊）》，頁 586。

元好問詞混用、改易、增損蘇軾作品，不少以蘇詩爲化用對象，甚至還從蘇軾文賦尋找字句靈感，直接證明對東坡創作瞭若指掌，且是運用自如；當中語句變化自有情思安排的巧妙，偶有蘊含蘇軾原作品用意，更保有自身情感表達。其他如元好問〈太常引〉（水光林影入憑欄）：「玉峰詩老，爲君吟嘯，不醉有餘歡。」中「不醉有餘歡」，混用蘇軾〈送千乘千能兩姪還鄉〉：「譬如飲不醉，陶然有餘歡。」又元好問的〈鷓鴣天〉（樓上歌呼倒接離）：「醒來門外三竿日，臥聽春泥過馬蹄」中「醒來門外三竿日」，改易東坡詩〈溪陰堂〉：「酒醒門外三竿日，臥看溪南十畝陰。」又元好問的〈水龍吟〉（兩年金鳳城邊）：「望紅樓翠壁，青田白鷺，誰信是，山陰塞」中「望紅樓翠壁」，增損蘇軾〈水龍吟〉（小舟橫截春江）：「小舟橫截春江，臥看翠壁紅樓起。」等。〔註 74〕

**表 4-1-2-2：元好問詞與蘇軾作品「情意相似——句意仿效」對照表**

| 元好問詞——句意仿效 | | | | |
|---|---|---|---|---|
| 元好問詞 | 頁數 | 蘇軾作品 | 頁數 | 備註 |
| 〈摸魚兒〉（恨人間）：「君應有語，渺萬里層雲，千山暮景，隻影向誰去」 | 53 | 〈送金山鄉僧歸蜀開堂〉：「振衣忽歸去，隻影千山裏。涪江與中泠，共此一味水。」 | 1269 | 東坡詩 |
| 〈木蘭花慢〉（對西山搖落）：「嚴城笳鼓動高秋，萬竈擁貔貅。覺全晉山河，風聲習氣，未減風流」 | 76 | 〈次韻穆父尚書侍祠郊丘，瞻望天光，退而相慶，引滿醉吟〉：「令嚴鐘鼓三更月，野宿貔貅萬竈煙。」 | 1930 | 東坡詩 |
| 〈木蘭花慢〉（擁岧岧雙闕）：「爲誰西望，但哀絃、淒斷似平生。只道江山如畫，爭教天地無情」 | 79 | 〈念奴嬌〉（大江東去）：「亂石穿空，驚濤拍岸，捲起千堆雪。江山如畫，一時多少豪傑。」 | 398 | |
| 〈水龍吟〉（少年射虎名豪）：「少年射虎名豪，等閒赤羽千夫膳。金鈴錦領，平原千騎，星流電轉」 | 87 | 〈江城子〉（老夫聊發少年狂）：「錦帽貂裘，千騎卷平岡。爲報傾城隨太守，親射虎，看孫郎。」 | 146 | |

〔註 74〕以上摘引原詩的頁數可詳見表 4-1-2-2：元好問詞與蘇軾作品「情意相似——句意仿效」對照表，故不再贅註。

| 元好問詞——句意仿效 | | | | |
|---|---|---|---|---|
| 元好問詞 | 頁數 | 蘇軾作品 | 頁數 | 備註 |
| 〈滿江紅〉（天上飛烏）：「弱水蓬萊三萬里，夢魂不到金銀闕。更幾人、能有謝家山，飛仙骨」 | 130 | 〈金山妙高臺〉：「我欲乘飛車，東訪赤松子。蓬萊不可到，弱水三萬里。」 | 1368 | 東坡詩 |
| 〈滿江紅〉（天上飛烏）：「鞭石何年滄海過，三山只是尊中物。暫放教、老子據胡床，邀明月」 | 130 | 〈點絳脣〉（閒倚胡床）：「閒倚胡床，庾公樓外峰千朵。與誰同坐。明月清風我。」 | 630 | |
| 〈滿江紅〉（江上窪尊）：「白鶴重來城郭在，山花山鳥渾相識。便與君、載酒半山亭，追疇昔」 | 138 | 〈常潤道中有懷錢塘寄述古，五首之三〉：「二年魚鳥渾相識，三月鶯花付與公。」 | 554 | 東坡詩 |
| 〈滿江紅〉（漢水方城）：「風月笛，煙霞屐，身易老，時難得。鳥飛天不盡，野春平碧」 | 141 | 〈宿餘杭法喜寺，寺後綠野堂，望吳興諸山，懷孫莘老學士〉：「水流天不盡，人遠思何窮。」 | 343 | 東坡詩 |
| 〈石州慢（擊筑行歌）〉：「生平王粲，而今憔悴登樓，江山信美非吾土。」 | 167 | 〈次韻答王定國〉：「我雖作郡古云樂，山川信美非吾廬。」 | 844 | 東坡詩 |
| 〈蝶戀花〉（明月清風無盡藏）：「明月清風無盡藏，平生老子南樓。閭閻談笑說封侯」 | 289 | 〈赤壁賦〉：「惟江上之清風，與山間之明月。耳得之而爲聲，目遇之而成色。取之無禁，用之不竭。是造物者之無盡藏也，而吾與子之所共食。」 | 5 | 東坡文 |
| 〈臨江仙〉（阿楚新來都六歲）：「舊說張門多靜女，更和靈照情親。誇談休遣孔兄瞋」 | 305 | 〈虔州呂倚承事，年八十三，讀書作詩不已，好收古今帖，貧甚，至食不足〉：「不識孔方兄，但有靈照女。」 | 2450 | 東坡詩 |
| 〈臨江仙〉（試上古城城上望）：「試上古城城上望，水光天影相涵。都將形勝入高談」 | 312 | 〈望江南〉（春未老）：「試上超然臺上看，半壕春水一城花。」 | 164 | |

| 元好問詞——句意仿效 | | | | |
|---|---|---|---|---|
| 元好問詞 | 頁數 | 蘇軾作品 | 頁數 | 備註 |
| 〈南鄉子〉（一雨浣年芳）：「喚取分司狂御史，何妨，暫醉佳人錦瑟傍」 | 331 | 〈初自徑山歸，述古召飲介亭，以病先起〉：「慣眠處士雲菴裏，倦醉佳人錦瑟旁。猶有夢回清興在，臥聞歸路樂聲長。」 | 504 | 東坡詩 |
| 〈南鄉子〉（風雨送春忙）：「枝上桃花吹盡也，殘芳，一片春風一片香」 | 334 | 〈滿江紅〉（東武城南）：「枝上殘花吹盡也，與君更向江頭覓。問向前、猶有幾多春，三之一。」 | 168 | |
| 〈南鄉子〉（促坐燭花紅）：「人世只除開口笑，難逢！莫惜金杯到手空」 | 343 | 〈定風波〉（與客攜壺上翠微）：「塵世難逢開口笑。年少。菊花須插滿頭歸。」 | 295 | |
| 〈鷓鴣天〉（樓上歌呼倒接離）：「醒來門外三竿日，臥聽春泥過馬蹄」 | 362 | 〈溪陰堂〉：「酒醒門外三竿日，臥看溪南十畝陰。」 | 1367 | 東坡詩 |
| 〈鷓鴣天〉（只近浮名不近情）：「醒復醉，醉還醒，靈均憔悴可憐生。」 | 401 | 〈漁父，四首之三〉：「酒醒還醉醉還醒，一笑人間今古。」 | 1330 | 東坡詩 |
| 〈太常引〉（渚蓮寂寞倚秋煙）：「白頭青鬢，舊游新夢，相對兩淒然。」 | 445 | 〈喜王定國北歸第五橋〉：「白露淒風洗瘴煙，夢回相對兩淒然。」 | 1180 | 東坡詩 |
| 〈太常引〉（十年流水共行雲）：「風臺月榭，舞裙歌扇，樂事幾回新。」 | 449 | 〈答陳述古，二首之二〉：「聞道使君歸去後，舞衫歌扇總成塵。」 | 641 | 東坡詩 |
| 〈朝中措〉（時情天意枉論量）：「時情天意枉論量，樂事苦相忘。白酒家家新釀，黃花日日重陽」 | 461 | 〈十拍子〉（白酒新開九醞）：「白酒新開九醞，黃花已過重陽。身外儻來都似夢，醉裏無何即是鄉，東坡日月長。」 | 476 | |
| 〈浣溪紗〉（一夜春寒滿下廳）：「一夜春寒滿下廳，獨眠人起候明星。娟娟山月入疏櫺」 | 500 | 〈與述古自有美堂乘月夜歸〉：「娟娟雲月稍侵軒，潋潋星河半隱山。」 | 482 | 東坡詩 |

| 元好問詞——句意仿效 | | | | |
|---|---|---|---|---|
| 元好問詞 | 頁數 | 蘇軾作品 | 頁數 | 備註 |
| 〈浣溪紗〉（芍藥初開百步香）：「此樂莫教兒輩覺，老夫聊發少年狂。高燒銀燭照紅妝」 | 505 | 〈海棠〉：「只恐夜深花睡去，故燒高燭照紅妝。」 | 1187 | 東坡詩 |
| 〈滿江紅〉（桃李漫山）：「金蕉拍；休直待，芳華歇。到綠陰青子，只供愁絕」 | 548 | 〈正月二十六日，偶與數客野步嘉祐僧舍東南野人家，雜花盛開，扣門求觀。主人林氏媼出應，白髮青裙，少寡，獨居三十年矣。感嘆之餘，作詩記之〉：「縹蒂緗枝出絳房，綠陰青子送春忙。」 | 2100 | 東坡詩 |
| 〈念奴嬌〉（小山招飲）：「誰辦八表神游，古來登覽，此日俱湮沒。天景雲光搖醉眼，興在珠宮瑤闕」 | 551 | 〈水龍吟〉（古來雲海茫茫）：「八表神遊，浩然相對，酒酣箕踞。待垂天賦就，騎鯨路穩，約相將去。」 | 557 | |
| 〈摸魚兒〉（憶元龍、舊家湖海）：「君且道，人間世、虛名得似歡遊好。風流未老，約款段隨車，鴟夷載酒，迎我霸陵道」 | 554 | 〈連日與王忠玉、張全翁游西湖，訪北山清順、道潛二詩僧，登垂雲亭，飲參寥泉，最後過唐州陳使君夜飲，忠玉有詩，次韻答之〉：「載酒有鴟夷，扣門非啄木。」 | 1682 | 東坡詩 |
| 〈摸魚兒〉（問樓桑、故居無處）：「春已暮，君不見、錦城花重驚風雨。劉郎良苦！儘玉壘青雲，錦江秀色，辦作一丘土」 | 556 | 〈滿江紅〉（江漢西來）：「猶自帶、岷峨雲浪，錦江春色。君是南山遺愛守，我爲劍外思歸客。」 | 335 | |
| 〈摸魚兒〉（問樓桑、故居無處）：「西山好，滿意龍盤虎踞，登臨感愴千古。當時諸葛成何事，伯仲果誰伊呂」 | 556 | 〈漁家傲〉（千古龍蟠並虎踞）：「千古龍蟠並虎踞，從公一弔興亡處。渺渺斜風吹細雨。芳草渡。」 | 515 | |
| 〈感皇恩〉（天外想春來）：「扁舟西子，併與雲帆無恙。五湖將底用，黃金像」 | 570 | 〈水龍吟〉（小舟橫截春江）：「五湖聞道，扁舟歸去，仍攜西子。雲夢南州，武昌南岸，昔遊應記。」 | 350 | |

| 元好問詞——句意仿效 | | | | |
|---|---|---|---|---|
| 元好問詞 | 頁數 | 蘇軾作品 | 頁數 | 備註 |
| 〈臨江仙〉（膝上添丁郎小小）：「頭玉嶢嶢眉刷翠，更將秋水爲神。看花留待百年春。金鞍南陌上，驚動洛陽人」 | 572 | 〈借前韻賀子由生第四孫斗老〉：「爛爛開眼電，磽磽峙頭玉。」 | 2303 | 東坡詩 |
| 〈臨江仙〉（連日湖亭風色好）：「連日湖亭風色好，今朝賞遍東城。主人留客過清明。小桃如欲語，楊柳更多情」 | 574 | 〈趙德麟餞飲湖上舟中對月〉：「老守惜春意，主人留客情。官餘閑日月，湖上好清明。」 | 1846 | 東坡詩 |
| 〈臨江仙〉（壯歲論交今晚歲）：「壯歲論交今晚歲，只君知我平生。六年相望若爲情。呂安思叔夜，殘月配長庚」 | 576 | 〈送張軒民寺丞赴省試〉：「人競春蘭笑秋菊，天教明月伴長庚。」 | 397 | 東坡詩 |
| 〈朝中措〉（秋鴻社燕偶相逢）：「秋鴻社燕偶相逢，鞍馬又西東。孤負水南三月，安排萬紫千紅」 | 590 | 〈遊寶雲寺，得唐彥猷爲杭州日送客舟中手畫一絕句云：「山雨霏微不滿空，畫船來往疾輕鴻。誰知獨臥朱簾裡，一榻無塵四面風。」明日，送彥猷之子坰赴鄂州，舟中遇微雨，感歎前事，因和其韻，作兩首送之，且歸其書唐氏，二首之二〉：「出處榮枯一笑空，十年社燕與秋鴻。」 | 1743 | 東坡詩 |
| 〈清平樂〉（小橋流水）：「小橋流水，一逕修篁裏。走馬章臺人未老，只愛明窗淨几」 | 635 | 〈如夢令〉（手種堂前桃李）：「驚起五更春睡。居士。居士。莫忘小橋流水。」 | 586 | |
| 〈太常引〉（水光林影入憑欄）：「玉峰詩老，爲君吟嘯，不醉有餘歡。人物後來看，□畫作、臨流幼安」 | 638 | 〈送千乘、千能兩姪還鄉〉：「治生不求富，讀書不求官。譬如飲不醉，陶然有餘歡。」 | 1604 | 東坡詩 |

| 元好問詞——句意仿效 | | | | |
| --- | --- | --- | --- | --- |
| 元好問詞 | 頁數 | 蘇軾作品 | 頁數 | 備註 |
| 〈水龍吟〉（兩年金鳳城邊）：「水上幽亭，恍然眞似，蘭舟同載。望紅樓翠壁，青田白鷺，誰信是，山陰塞」 | 642 | 〈水龍吟〉（小舟横截春江）：「小舟横截春江，臥看翠壁紅樓起。雲間笑語，使君高會，佳人半醉。」 | 349 | |
| 〈木蘭花慢〉（澮西園暮景）：「澮西園暮景，對別酒、惜臨分。愛襆被中臺，掛冠神武，誰得如君」 | 649 | 〈再送，二首之二〉：「歸來趁別陶弘景，看掛衣冠神武門。」 | 1959 | 東坡詩 |
| 〈臨江仙〉（昨日故人留我醉）：「九萬里風安稅駕，雲鵬悔不卑飛。回頭四十七年非。何因松竹底，茅屋老相依」 | 656 | 〈次韻王鞏顏復同泛舟〉：「憶在錢塘正如此，回頭四十二年非。」 | 876 | 東坡詩 |
| 〈南鄉子〉（衰思怯登樓）：「萬事且休論一醉，都休，前日黃花蝶已愁」 | 687 | 〈南鄉子〉（霜降水痕收）：「萬事到頭都是夢，休休。明日黃花蝶也愁。」 | 331 | |
| 〈鷓鴣天〉（身外虛名一羽輕）：「三會水，半山亭，村村花柳自升平。」 | 686 | 〈安國寺尋春〉：「臥聞百舌呼春風，起尋花柳村村同。」 | 1035 | 東坡詩 |
| 〈念奴嬌〉（嚴陵臺畔）：「嚴陵臺畔，枕清江、仙府□重金碧。玉軸牙籤三萬卷，環列人間東壁」 | 721 | 〈送歐陽主簿赴官韋城，四首之一〉：「讀遍牙籤三萬軸，卻來小邑試牛刀。」 | 1793 | 東坡詩 |
| 〈念奴嬌〉（嚴陵臺畔）：「談笑穩步青霄，扶搖九萬里，垂天橫翼。大纛高牙三授鉞，凜凜威行南國」 | 722 | 〈次前韻寄子由〉：「胡爲適南海，復駕垂天雄。下視九萬里，浩浩皆積風。」 | 2248 | 東坡詩 |
| 〈蝶戀花〉（最是一年秋好處）：「最是一年秋好處，橘綠橙黃，半帶金莖露。」 | 748 | 〈贈劉景文〉：「一年好景君須記，最是橙黃橘綠時。」 | 1713 | 東坡詩 |
| 〈蝶戀花〉（急鼓初鐘催報曉）：「莫向尊前辭醉倒，松枝鶴骨偏宜老」 | 770 | 〈醉落魄〉（分攜如昨）：「尊前一笑休辭卻。天涯同是傷淪落。」 | 123 | |

（豐庭製表）

### （三）遺山文仿用東坡文

元好問除了詩、詞在形式或情意上，借用蘇軾詩、詞、文外，同樣在散文有 8 篇 12 處存在句意仿效，以「表 4-1-2-3：元好問文與蘇軾作品『情意相似——句意仿效』對照表」作為呈現。

在元好問篇章中改易蘇軾字句，如元好問〈吏部掾屬題名記〉：「古人以為吏猶賈然。賈有賢有愚。賢賈之取廉，日計不足，月計有餘；……」〔註 75〕本篇是為吏部佐治的官吏題名予以獎勵與勸勉，將官員比喻做商人，而好的官員自知廉潔，短時間之內或許無法察覺，積累甚久後方顯績效；而「日計不足，月計有餘」是改易蘇軾〈賜宰相呂公著乞退不允批答〉：「用賢之功，必要之久遠。日計不足，歲計有餘。」〔註 76〕此為蘇軾代替君主對百官章奏書面批示答覆，也是提到任用賢士為國理政，是需要長年累月才能有所政績。

也有顛倒蘇軾原句語序，如元好問〈蒲桃酒賦並序〉中提到：「水泉資香潔之助，秫稻取精良之材。效眾技之畢前，敢一物之不偕？艱難而出美好，徒酖毒之貽哀。」〔註 77〕此賦前有序文在寫好友劉祖謙告知元好問，他偶然從鄉里間發現蒲桃酒釀造之法，元好問在後面的賦感嘆前世造酒工藝之困難，這當中五句先說水泉的潔淨、糯稻的精良在釀造之前便要準備好，酒的香甜美味是從大自然取材而來，這當中是需要時間栽種、過濾，想投機取巧的人只徒留哀嘆。「艱難而出美好」一句便是從蘇軾〈和陶西田穫早稻〉：「人間無正味，美好出艱難。」〔註 78〕顛倒語序而來，況且化用的情意是相呼應，蘇軾表達農圃耕種的辛苦，能因收穫豐富而樂在其中。

更有在同一篇中多次與蘇軾語句有關，如在元好問的〈陶然集詩序〉：「子美夔州以後，樂天香山以後，東坡海南以後，皆不煩繩削而自合，非技進於道者能之乎？」〔註 79〕中「技進於道」一句是讚許東坡自貶謫海南後，在寫詩的技巧已蘊涵對人生哲理的體悟，便是改易引自蘇軾在〈跋秦少游書〉：「技進而道不進，則不可，少游乃技道兩進也。」〔註 80〕所論及的「技道兩進」。

〔註 75〕見（金）元好問著、狄寶心校注，《元好問文編年校注（上冊）》，頁 86。
〔註 76〕見（宋）蘇軾撰、（明）茅維編、孔凡禮點校，《蘇軾文集（第三冊）》，頁 1239。
〔註 77〕見（金）元好問著、狄寶心校注，《元好問文編年校注（上冊）》，頁 123。
〔註 78〕見（宋）蘇軾撰、（清）王文誥輯注、孔凡禮點校，《蘇軾詩集（第七冊）》，頁 2315。
〔註 79〕見（金）元好問著、狄寶心校注，《元好問文編年校注（下冊）》，頁 1147。
〔註 80〕見（宋）蘇軾撰、（清）王文誥輯注、孔凡禮點校，《蘇軾文集（第四冊）》，頁 2194。

又〈陶然集詩序〉最後幾句提到：「萬慮洗然，深入空寂；蕩元氣於筆端，寄妙理於言外」〔註 81〕創作是在所有思緒洗淨清晰後，進入幽深寂靜之處，才能將自我精神徹底抒發，並能寄託精微的道理在文字形式之外，「寄妙理於言外」便是化用蘇軾〈書吳道子畫後〉：「出新意於法度之中，寄妙理於豪放之外」〔註 82〕，同樣傳達創作的理念，是隨意揮灑中又寄寓著精妙的神理。元好問在同一篇連兩處改易蘇軾語句，代表透過〈陶然集詩序〉所傳達的創作意識，相當認同東坡部分觀點，也內化爲自己勸勉他人時宣揚的理念。

元好問在詩、詞、文都對蘇軾作品存在「句意仿效」的借用方式，代表元好問與蘇軾在語句表達上的心靈共鳴，雖然容易顯示元好問亦步亦趨、跟隨仿作，然而從舉例析論中可發現，第一，元好問引用蘇軾作品相當廣泛，在整體意境或形象的傳達上顯得駕輕就熟又能自成一格；第二，元好問詩、詞、文皆有從蘇軾不同文類仿效使用，無論「以詩爲詞」、「以詞爲詩」或「以詩入文」，充分呈現元好問在創作上的層次上，不僅是模擬而是一種另循途徑的再創造。

表 4-1-2-3：元好問文與蘇軾作品「情意相似——句意仿效」對照表

| 元好問文——句意仿效 | | | | |
|---|---|---|---|---|
| 元好問文 | 頁數 | 蘇軾作品 | 頁數 | 備註 |
| 〈吏部掾屬題名記〉：「古人以爲吏猶賈然。賈有賢有愚。賢賈之取廉，日計不足，月計有餘；」 | 86 | 〈賜宰相呂公著乞退不允批答〉：「用賢之功，必要之久遠。日計不足，歲計有餘。」 | 1239 | |
| 〈蒲桃酒賦並序〉：「水泉資香潔之助，秫稻取精良之材。效眾技之畢前，敢一物之不偕？艱難而出美好，徒酖毒之貽哀。」 | 123 | 〈和陶西田穫早稻〉：「人間無正味，美好出艱難。」 | 2315 | 東坡詩 |
| 〈蒲桃酒賦並序〉：「惟揮殘天下之聖法，可以複嬰兒之未孩。安得純白之士，而與之同此味哉。」 | 123 | 〈酒子賦【并引】〉：「先生既醉而醒，醒而歌之曰：吾觀穉酒之初泫兮，嬰兒之未孩。」 | 14 | |

〔註 81〕見（金）元好問著、狄寶心校注，《元好問文編年校注（下冊）》，頁 1147。
〔註 82〕見（宋）蘇軾撰、（清）王文誥輯注、孔凡禮點校，《蘇軾文集（第四冊）》，頁 2210。

| 元好問文——句意仿效 | | | | |
|---|---|---|---|---|
| 元好問文 | 頁數 | 蘇軾作品 | 頁數 | 備註 |
| 〈南陽縣令題名記〉:「然唐虞之際，司空則平水土，後稷教民稼穡，司徒則敬敷五教在寬，士明於五刑，虞則若予上下草木鳥獸，伯典禮，夔典樂，龍納言。」 | 205 | 〈王省惟歲〉:「此上下之分，煩簡之宜也。禹之平水土，稷爲之殖百穀，契爲之敷五教，伯夷爲之典三禮，皋陶爲之平五刑，羲和爲之歷日月。堯舜果何爲哉。」 | 169 | |
| 〈天硯銘〉:「篝火縋綆，求中產之售；漆室緹衣，致賓筵之奉」 | 488 | 〈端硯銘〉:「千夫挽綆，百夫運斤。篝火下縋，以出斯珍。一噓而泫，歲久愈新。」 | 549 | |
| 〈朝元觀記〉:「異時羽衣翩躚，過朝元之上，俯華表而語留，望五雲而翻翔者，汝庸安知其不爲清溪翁邪？」 | 957 | 〈後赤壁賦〉:「予亦就睡，夢一道士；羽衣翩躚，過臨皋之下，揖予而言曰:「赤壁之游樂乎？」問其姓名，俛而不答。。」 | 8 | |
| 〈令旨重修眞定廟學記〉:「況乎周制雖亡，而出於人心者固在，惟厭亂所以思治，惟順流易於更始。」 | 1052 | 〈省試策問三首：省冗官裁奉給〉:「天下初定，民始休息，下既厭亂而思靜，上亦虛心而無作，是以公私富溢，」 | 214 | |
| 〈李參軍友山亭記〉:「愚獨以爲巖巖青峙，壁立千仞，如端人神士朗出天外，雲興霞蔚，光彩溢目」 | 1119 | 〈雩泉記〉:「吁嗟常山，東武之望。匪石巖巖，惟德之常。」 | 378 | |
| 〈李參軍友山亭記〉:「褰裳裹足，遠引高蹈，以與麋鹿同群而游乎」 | 1119 | 〈中山松醪賦〉:「望西山之咫尺，欲褰裳以遊遨。跨超峰之奔鹿，接挂壁之飛猱。」 | 12 | |
| 〈陶然集詩序〉:「子美夔州以後，樂天香山以後，東坡海南以後，皆不煩繩削而自合，非技進於道者能之乎？」 | 1147 | 〈跋秦少游書〉:「乃知此人不可使閑，遂兼百技矣。技進而道不進，則不可，少游乃技道兩進也。」 | 2194 | |
| 〈陶然集詩序〉:「萬慮洗然，深入空寂；蕩元氣於筆端，寄妙理於言外」 | 1147 | 〈書吳道子畫後〉:「得自然之數，不差毫末，出新意於法度之中，寄妙理於 | 2210 | |

| 元好問文——句意仿效 | | | | |
|---|---|---|---|---|
| 元好問文 | 頁數 | 蘇軾作品 | 頁數 | 備註 |
| | | 豪放之外，所謂遊刃餘地，運斤成風，蓋古今一人而已。」 | | |
| 〈琴辨引〉：「夫八音與政通爲難，審音以知政、居今而行古又爲難，合是二難，」 | 1481 | 〈林希中書舍人〉：「文章之變，與時盛衰。譬如八音，可以觀政。」 | 1129 | |

（豐庭製表）

## 三、成句襲改：沿用原句佐思緒

這裡的「成句」指的是蘇軾作品中一個完整的句子，而「襲改」一詞是據董季常定義變化而來〔註 83〕，雖指直接套用前人語句，未做任何修改，然而在自己詩歌中仍有自我情感的呈現。清代查愼行的《初白庵詩評》是選評蘇詩重要著作，同時也指出元好問詩在十七處用「東坡成語」、「坡公成句」〔註 84〕，然而查愼行提出現象並未探究深意，見解淺顯不曾評判優劣。論者詳實細究後發現，首先，元好問在詩、詞、文都曾直接引用東坡作品；第二，即使直接完全使用東坡語句，深入了解表達的意義各有妙處，因爲沿用原句代表認同原作者意境，藉以移情投射、輔助強化自身的情感表達。

### （一）遺山詩蹈襲化用東坡句

元好問直接使用蘇軾詩句，並且在情意上完全相通的並不多，共計 6 首 7 處有成句襲改，資料整理以「表 4-1-3-1：元好問詩與蘇軾作品『情意相似——成句襲改』對照表」爲呈現。元好問直接引用蘇軾語句，未稍作任何潤飾，就因襲沿革的形式易使人毫無新意之感，然可能出於記憶選材的靈感，或是情意足以表達的借用，甚至是一種刻意的必然，有值得玩味之處，在於能無

〔註 83〕見董季常，《修辭析論》，頁 193。

〔註 84〕「〈贈休糧張煉師〉『一點』句：東坡成語也。」、「〈贈張潤之〉『人物』句：坡公成語。」、「〈許道寧寒溪古木圖〉『留待』句：亦蘇成語。」、「〈此日不足惜〉『四十』句：東坡成語。」、「〈同漕司諸人賦紅梨花二首〉其一評：坡公成句。」、「〈贈司天王子正二首〉其二評：『天容』句評：東坡成語。」見孔凡禮編，《元好問資料彙編》，頁 145～161。

所窒礙的表達思緒。如元好問在讚許王庭筠山水墨竹畫時曾寫〈王子端內翰山水同屛山賦二詩〉其一：

　　鄭虔三絕舊知名，付與時人分重輕。

　　遼海東南天一柱，胸中誰比玉崢嶸？〔註 85〕

「鄭虔三絕」是指唐代善工書畫的鄭虔〔註 86〕，舊有知名的畫家與當今的王庭筠的作品都會留給現代或後人來評斷，而王庭筠的氣質剛正高潔的胸懷早是當代中流砥柱之一。「付與時人分重輕」一句是完全使用蘇軾〈戲子由〉：「如今衰老俱無用，付與時人分重輕。」〔註 87〕，蘇軾一方面感嘆自己與弟弟，年華日漸老去而在政局無實質建樹；另一方面也自信文采留有名聲，可讓當代的人評判一切。元好問透過蘇軾詩句來稱許王庭筠是頗有深意的，因爲好友李純甫曾對王庭筠評價是「東坡變而山谷，山谷變而黃華，人難及也。」〔註 88〕又這首〈王子端內翰山水同屛山賦二詩〉是元好問與李純甫寫詩給王庭筠，才特用蘇軾字句認同王庭筠山水墨畫能承蘇軾風格變化而來。

　　此外，又如晚年重回趙秉文遊玩之處，寫下了〈游承天鎭懸泉〉：

　　詩人愛山愛徹骨，十月東來犯冰雪。

　　懸流百里行不前，但覺飛湍醒毛髮。

　　閑閑老仙仙去久，石壁姓名苔蘚滑。

　　此翁可是六一翁，四十三年如電抹。

　　并州之山水所洑，駭浪幾轟山石裂。……〔註 89〕

元好問自己也愛山水，即使十月滿山冰雪使得尋找泉水的道路不易前進，奔流而下的寒氣使人毛髮爲之豎立，過往趙秉文曾於此遊玩作賦〔註 90〕，石壁上所留下的名字也逐漸布滿青苔而不明顯，但是回想趙秉文曾如歐陽脩一樣

〔註 85〕見（金）元好問著、狄寶心校注，《元好問詩編年校注（第一冊）》，頁 159。

〔註 86〕《新唐書》：「鄭虔，鄭州滎陽人。……虔善圖山水，好書，常苦無紙，於是慈恩寺貯柿葉數屋，遂往日取葉肄書，歲久殆遍。嘗自寫其詩幷畫以獻，帝大署其尾曰：『鄭虔三絕。』遷著作郎。」見（宋）宋祁、歐陽脩等撰、楊家駱主編，《新校本新唐書附索引（7）》卷二百二〈列傳第一百二十七．文藝中．鄭虔〉，頁 5766。

〔註 87〕見（宋）蘇軾撰、（清）王文誥輯注、孔凡禮點校，《蘇軾詩集（第二冊）》，頁 326。

〔註 88〕見（金）劉祁撰、崔文印點校，《歸潛志》，頁 100。

〔註 89〕見（金）元好問著、狄寶心校注，《元好問詩編年校注（第三冊）》，頁 1388。

〔註 90〕語出《閑閑老人滏水文集》卷二。見（金）趙秉文撰，《閑閑老人滏水文集．附續遺（二）》，收於《叢書集成初編》，頁 26。

是文壇領袖，這幾年間如電光石火般消逝。「此翁可是六一翁，四十三年如電抹。」便與蘇軾〈木蘭花令〉（霜餘已失長淮闊）：「佳人猶唱醉翁詞，四十三年如電抹。」〔註 91〕語句與心境都一樣，蘇軾在這闋詞下有小序「次歐公西湖韻」，遊西湖時懷念曾提攜自己的歐陽脩。所以元好問的引用，是將蘇軾對歐陽脩感激懷念，也化爲對曾提拔他的趙秉文身上，是一種景仰的投射。

至於元好問唯一一組連用蘇軾兩詩句的〈王學士熊嶽圖〉：

洗參池水甜於蜜，玉堂仙翁髮如漆。

膝前文度更風流，盡捲風流入詩筆。

長松手種欲摩天，海嶽樓空落照邊。

古來說有遼東鶴，仙語星星誰爲傳。

五百年間異人出，卻將錦繡裹山川。〔註 92〕

這裡的王學士是指王庭筠（字子端，號黃華山主，1151 年～1202 年）〔註 93〕，尤善山水墨竹〔註 94〕，詩中提到「海嶽樓」是王庭筠曾待過的地方〔註 95〕，因此前六句是在歌頌王庭筠樣貌與才氣，其風流氣息浸入他的詩筆與畫筆，最後兩句是用蘇軾〈臨安三絕：錦溪〉：「五百年間異人出，盡將錦繡裹山川。」〔註 96〕原是形容錦溪的壯麗，然元好問移植而來恰巧以「異人出」、「錦繡裹山川」更凸顯王庭筠的書畫地位。

除此之外如元好問〈游泰山〉：「古今一俯仰，感極令人哀」〔註 97〕與蘇軾〈種松得徠字〉：「古今一俯仰，作詩寄餘哀。」〔註 98〕前者是寫於拘管聊城後游泰山之感，而後者是寫於任徐州太守時，感於小人在朝中訕謗日深；如此同用語句是元好問對蘇軾生命歷程相似的感嘆，從過往至今國破家亡的境遇，無不令人哀嘆。而晚年元好問所寫的〈臨汾李氏任運堂二首並序〉二

〔註 91〕見鄒同慶、王宗堂著，《蘇軾詞編年箋注（中冊）》，頁 699。

〔註 92〕見（金）元好問著、狄寶心校注，《元好問詩編年校注（第四冊）》，頁 1754。

〔註 93〕見（金）元好問編、（明）毛晉刊，《中州集（卷三）》，頁 58。

〔註 94〕見（元）脫脫等撰、楊家駱主編，《新校本金史並附編七種（4）》卷一百二十六〈列傳第六十四．文藝下〉，頁 2731～2732。

〔註 95〕李純甫有詩〈子端山水同裕之賦〉有「只留海嶽樓中景，長在經營慘澹中」見（金）元好問編、（明）毛晉刊，《中州集（卷四）》，頁 81。

〔註 96〕見（宋）蘇軾撰、（清）王文誥輯注、孔凡禮點校，《蘇軾詩集（第二冊）》，頁 490。

〔註 97〕見（金）元好問著、狄寶心校注，《元好問詩編年校注（第二冊）》，頁 769。

〔註 98〕見（宋）蘇軾撰、（清）王文誥輯注、孔凡禮點校，《蘇軾詩集（第三冊）》，頁 922。

首：「行樂當及時，莫待頭雪白」〔註 99〕與蘇軾〈和陶飲酒，二十首之十九〉：「行樂當及時，綠髮不可恃。」〔註 100〕也是一樣，差別在於元好問是贈人勸慰把握當下，而蘇軾是寬慰自己內心。

如此看來，元好問襲改蘇軾語句，一方面既保留原有詩句的形式，卻也能運用得宜，在渾然天成中自有用意；另一方面元好問對寫作主題或人物仍蘊含深意，如讚許王庭筠、追念趙秉文時皆用蘇軾字句，是熟悉當代人物處世風格、文藝地位，而選用前代大家來烘托價值，這屬於他個人創造的巧思。

表 4-1-3-1：元好問詩與蘇軾作品「情意相似——成句襲改」對照表

| 元好問詩——成句襲改 | | | | |
|---|---|---|---|---|
| 元好問詩 | 頁數 | 蘇軾作品 | 頁數 | 備註 |
| 〈王子端內翰山水同屏山賦二詩〉其一：「鄭虔三絕舊知名，付與時人分重輕。」 | 159 | 〈戲子由〉：「如今衰老俱無用，付與時人分重輕。」 | 326 | |
| 〈范寬秦川圖〉：「乃今得子胸中秦，作詩一笑君應聞。」 | 504 | 〈書丹元子所示《李太白眞》〉：「手污吾足乃敢瞋，作詩一笑君應聞。」 | 1995 | |
| 〈游泰山〉：「古今一俯仰，感極令人哀」 | 769 | 〈種松得徠字〉：「古今一俯仰，作詩寄餘哀。」 | 922 | |
| 〈游承天鎮懸泉〉：「此翁可是六一翁，四十三年如電抹」 | 1388 | 〈木蘭花令〉（霜餘已失長淮闊）：「佳人猶唱醉翁詞，四十三年如電抹。」 | 699 | 東坡詞 |
| 〈臨汾李氏任運堂二首並序〉二首：「行樂當及時，莫待頭雪白」 | 1737 | 〈和陶飲酒，二十首之十九〉：「行樂當及時，綠髮不可恃。」 | 1891 | |
| 〈王學士熊嶽圖〉：「五百年間異人出，卻將錦繡裹山川」 | 1754 | 〈臨安三絕：錦溪〉：「五百年間異人出，盡將錦繡裹山川。」 | 490 | |

（豐庭製表）

〔註 99〕見（金）元好問著、狄寶心校注，《元好問詩編年校注（第四冊）》，頁 1737。

〔註 100〕見（宋）蘇軾撰、（清）王文誥輯注、孔凡禮點校，《蘇軾詩集（第六冊）》，頁 1891。

### （二）遺山詞熟取東坡詩詞

元好問詞直接使用蘇軾原句，僅有 6 首 7 處有成句襲改，資料整理以「表 4-1-3-2：元好問詩與蘇軾作品『情意相似——成句襲改』對照表」爲呈現。同樣明顯的詩詞互用，例如元好問的〈鷓鴣天〉（少日驪駒白玉珂）下半闋：

> 流素月，澹秋河，百年狂興一聲歌。
> 醉歸扶路人應笑，頭上花枝奈老何。〔註 101〕

元好問與好友共飲後，在皎潔月光與淡泊銀河狂興高歌，最後兩句「醉歸扶路人應笑，頭上花枝奈老何」，分別沿用蘇軾〈吉祥寺賞牡丹〉：「醉歸扶路人應笑，十里珠簾半上鉤。」〔註 102〕與〈李鈴轄坐上分題戴花〉：「簾前柳絮驚春晚，頭上花枝奈老何。」〔註 103〕蘇軾前一首是與太守在吉祥寺飲酒觀花，後一首則是在聚會上分探題目賦詩，都是愉悅快樂的情緒。元好問巧妙將原本蘇軾兩首作品的詩句，作爲詞作的結尾兩句，因爲元好問「狂興高歌」，所以無論醉態百出、年華老去，都不因旁人訕笑或鮮豔花朵，而一減自己的豪邁風流，末二句的收束形成一組映襯烘托的技巧。

也有沿用東坡詞作，在元好問表達離別而寫〈點絳唇〉（玉葉璁瓏）下半闋中：

> 手把青枝，憶得斜橫髻。西州淚，玉觴無味，強爲清香醉。〔註 104〕

「玉觴無味」是沿用蘇軾〈減字木蘭花〉（玉觴無味）：「玉觴無味，中有佳人千點淚」〔註 105〕，蘇軾在此闋詞下有序「彭門留別」，同樣書寫離情別緒，酒杯裡的酒無味，是因爲裝滿眼前佳人止不住的淚水，甜苦酸澀已無心品嚐。而元好問沿用此句後，下一句「強爲清香醉」使情感更爲凝鍊，即使無味也要借手中青梅散發的清香使自己一醉，「強」字將無法面對離愁的悲痛更加深化。

即使元好問沿用原句，仍可細察他在整體詞境上的呈現；元好問在創作

---

〔註 101〕見（金）元好問撰、趙永源校註，《遺山樂府校註》，頁 390。

〔註 102〕見（宋）蘇軾撰、（清）王文誥輯注、孔凡禮點校，《蘇軾詩集（第二冊）》，頁 331。

〔註 103〕見（宋）蘇軾撰、（清）王文誥輯注、孔凡禮點校，《蘇軾詩集（第六冊）》，頁 447。

〔註 104〕見（金）元好問撰、趙永源校註，《遺山樂府校註》，頁 523。

〔註 105〕見鄒同慶、王宗堂著，《蘇軾詞編年箋注（上冊）》，頁 265。

觀點是強烈自覺不蹈前人路徑，因此，他明顯使用蘇軾成句時，除了情感傳達的巧妙偶合，從上下詞句結構來看，元好問既不違背眞情實感的邏輯表達，也是用心經營藝術形象。

表 4-1-3-2：元好問詞與蘇軾作品「情意相似——成句襲改」對照表

| 元好問詞——成句襲改 | | | | |
|---|---|---|---|---|
| 元好問詞 | 頁數 | 蘇軾作品 | 頁數 | 備註 |
| 〈沁園春〉（腐朽神奇）：「江上窪尊，人道有、浮休遺跡。尊俎地、江山如畫，百年岑寂」 | 138 | 〈念奴嬌〉（大江東去）：「亂石穿空，驚濤拍岸，捲起千堆雪。江山如畫，一時多少豪傑。」 | 398 | |
| 〈石州慢〉（兒女籃輿）：「舊家年少，也曾東抹西塗，鬢毛爭信星星卻。歲暮日斜時，儘棲遲零落」 | 170 | 〈除夜病中贈段屯田〉：「龍鍾三十九，勞生已強半。歲暮日斜時，還爲昔人歎。」 | 607 | 東坡詩 |
| 〈鷓鴣天〉（少日驪駒白玉珂）：「醉歸扶路人應笑，頭上花枝奈老何」 | 390 | 〈吉祥寺賞牡丹〉：「人老簪花不自羞，花應羞上老人頭。醉歸扶路人應笑，十里珠簾半上鉤。」 | 331 | 東坡詩 |
| 〈鷓鴣天〉（少日驪駒白玉珂）：「醉歸扶路人應笑，頭上花枝奈老何」 | 390 | 〈李鈐轄坐上分題戴花〉：「簾前柳絮驚春晚，頭上花枝奈老何。」 | 447 | 東坡詩 |
| 〈點絳唇〉（玉葉璁瓏）：「手把青枝，憶得斜橫髻。西州淚，玉觴無味，強爲清香醉」 | 523 | 〈減字木蘭花〉（玉觴無味）：「玉觴無味，中有佳人千點淚。」 | 265 | |
| 〈臨江仙〉（昨日故人留我醉）：「九萬里風安稅駕，雲鵬悔不卑飛。回頭四十七年非。何因松竹底，茅屋老相依」 | 656 | 〈次韻郭功甫觀予畫雪雀有感，二首之一〉：「九萬里風安稅駕，雲鵬今悔不卑飛。」 | 2455 | 東坡詩 |
| 〈點絳唇〉（衰思怯登樓）：「未了塵緣，可道歡緣短。雲山亂，武陵溪岸，幾誤鶯聲喚」 | 695 | 〈行香子〉（一葉舟輕）：「君臣一夢，今古虛名。但遠山長，雲山亂，曉山青。」 | 24 | |

（豐庭製表）

### （三）遺山文因循東坡文

元好問在古文也有少部分藉蘇軾原句來表達義理，共 4 篇 5 處，以「表 4-1-3-3：元好問文與蘇軾作品『情意相似——成句襲改』對照表」爲呈現。

在散文完全引用蘇軾文句的地方，大致上可分爲兩個原因，一個是恰巧同用前人語典，如元好問任南陽縣令曾寫〈南陽縣令題名記〉勸勉底下官吏：「夫安靜之吏，悃愊無華，日計不足，月計有餘者，理誠有之。」〔註106〕此一組文句與蘇軾在〈呂溫卿知饒州李元輔知絳州〉：「夫安靜之吏，悃愊無華，日計不足，歲計有餘。」〔註107〕期許呂溫卿、李元輔治理一郡能誠樸不浮華，元好問與蘇軾同用《後漢書．章帝紀》中漢章帝劉炟詔告三公的話。〔註108〕又如元好問拜完孔林與孔廟所寫〈手植檜聖像贊〉：「望之儼然，即之溫然。」〔註109〕與蘇軾在〈金山長老寶覺師眞贊〉：「望之儼然，即之也溫。」〔註110〕兩人皆是用《論語》中子夏論君子由外貌、互動、言語存在不同層次的內涵〔註111〕，元好問與蘇軾都是用此表達對聖像與長老的敬重。

另一個原因便是，元好問認同東坡文中的見解，例如元好問所寫的〈杜詩學引〉當中稱讚杜甫詩「元氣淋漓，隨物賦形；如三江五湖，合而爲海。」〔註112〕「隨物賦形」一句，便是用蘇軾〈自評文〉：「及其與山石曲折，隨物賦形，而不可知也。」〔註113〕都是在說明創作者要貴在生動的描繪客觀事物本身的不同形態。又如元好問在〈南陽縣令題名記〉勉勵自己與底下部屬「唯稍自振厲、不入於墮窳，斯可矣。」〔註114〕而這「稍自振厲」一句同蘇軾〈答

〔註106〕見（金）元好問著、狄寶心校注，《元好問文編年校注（上冊）》，頁 205。
〔註107〕見（宋）蘇軾撰、（明）茅維編、孔凡禮點校，《蘇軾文集（第三冊）》，頁 1068。
〔註108〕《後漢書．肅宗孝章帝紀第三》紀載，肅宗曾詔三公曰：「……見靜之吏，悃愊無華，日計不足，月計有餘。如襄城令劉方，吏人同聲謂之不煩，雖未有它異，斯亦殆近之矣。……」見（宋）范曄撰，王德毅、徐芹庭等斷句，《後漢書集解》，頁 148。
〔註109〕見（金）元好問著、狄寶心校注，《元好問文編年校注（中冊）》，頁 914。
〔註110〕見（宋）蘇軾撰、（明）茅維編、孔凡禮點校，《蘇軾文集（第三冊）》，頁 636。
〔註111〕語出《論語．子張第十九》：「子夏曰：『君子有三變：望之儼然，即之也溫，聽其言也厲。』」見楊伯峻，《〈論語〉譯注》，頁 208。
〔註112〕見（金）元好問著、狄寶心校注，《元好問文編年校注（上冊）》，頁 91。
〔註113〕見（宋）蘇軾撰、（明）茅維編、孔凡禮點校，《蘇軾文集（第五冊）》，頁 2069。
〔註114〕見（金）元好問著、狄寶心校注，《元好問文編年校注（上冊）》，頁 205。

張文潛縣丞書〉：「作〈黃樓賦〉，乃稍自振厲，若欲以警發憒憒者。」〔註 115〕都在規勸自己要勤勉振作。

由「字面仿效」、「句意仿效」到「成句襲改」的析論，層層深入代表元好問效法蘇軾的多元性，又廣泛徵引、選用蘇軾詩、詞、文作品，更是代表元好問鑽研蘇軾作品功力之深厚，存在深刻體悟。在「以意爲主」的創作態度下，元好問並未停留在直接的模擬，是有自我生命的展現，存在引用的必然或創作上靈感來源的素材。

元好問的創作態度是「以意爲主」、「熟處變化」〔註 116〕，對蘇軾作品形式的參考、仿擬，還是來自元好問本身情智的主動選擇與呈現，既存在情感義理傳達的共同性，又有部分字句的相仿雷同，卻仍傳達出屬於元好問獨特生命經歷的智慧結晶，這正是推陳出新的功力。

表 4-1-3-3：元好問文與蘇軾作品「情意相似——成句襲改」對照表

| 元好問文——成句襲改 | | | | |
|---|---|---|---|---|
| 元好問文 | 頁數 | 蘇軾作品 | 頁數 | 備註 |
| 〈杜詩學引〉：「今觀其詩如元氣淋漓，隨物賦形；如三江五湖，合而爲海，浩浩瀚瀚，無有涯涘」 | 91 | 〈自評文〉：「及其與山石曲折，隨物賦形，而不可知也。」 | 2069 | |
| 〈南陽縣令題名記〉：「仁人君子，正其誼不謀其利，明其道不計其功，與夫安靜之吏，悃愊無華，日計不足，月計有餘者，理誠有之；」 | 205 | 〈呂溫卿知饒州李元輔知絳州〉：「敕呂溫卿等。監司郡縣，其職不同，其爲養民一也。夫安靜之吏，悃愊無華，日計不足，歲計有餘。」 | 1068 | |
| 〈南陽縣令題名記〉：「嗚呼，道喪久矣！召、杜之政，豈人人能之？唯稍自振厲、不入於墮窳，斯可矣。」 | 205 | 〈答張文潛縣丞書〉：「作〈黃樓賦〉，乃稍自振厲，若欲以警發憒憒者。」 | 1427 | |

〔註 115〕見（宋）蘇軾撰、（明）茅維編、孔凡禮點校，《蘇軾文集（第四冊）》，頁 1427。
〔註 116〕《詩文自警》中元好問所強調創作的態度，見姚奠中編、李正民增訂，《元好問全集（增訂本）下》，頁 1240、1242。

| 元好問文——成句襲改 | | | | |
|---|---|---|---|---|
| 元好問文 | 頁數 | 蘇軾作品 | 頁數 | 備註 |
| 〈雙溪集序〉:「中令慊然自以爲不足，長轡遠馭，進進而不已，如欲踔宇宙而遺俗、渺翩翩而獨征者。」 | 815 | 〈賜宰相呂公著乞罷免相位不允詔〉:「羌人既俘，士氣益振。長轡遠馭，方資老謀。」 | 1153 | |
| 〈手植檜聖像贊〉:「體則微，理則全；望之儼然，即之溫然。見其參於前，手所植焉，形所寓焉。」 | 914 | 〈金山長老寶覺師眞贊〉:「望之儼然，即之也溫。是惟寶覺，大士之像。」 | 636 | |

（豐庭製表）

## 第二節　情意衍生

元好問與蘇軾在「情意相似」的語句中，兩人在語句情感是有相通的。至於「情意衍生」一類，指的便是元好問語句與蘇軾作品相比，並非意義相通，而是從蘇軾原詩中事理或情感，延展推廣到同一方向主題，正如周振甫所說：

> 一種點化，是借用前人的話融化到自己的境界中去，把前人的話的說法改一下，因而把它的風格也改變了，創造了新的風格。……如點染本是畫家的筆法，也可運用到寫作上去。那麼同屬於不同風格的描寫，更可以互相吸收了。
>
> 有一種點化，是只模仿形式結構和個別詞語，內容完全不同，因此所創的意境也是全新的。〔註117〕

周振甫所說的「點化」，便是創作者從原創詩句中情感再衍生開拓，他以「點染」爲例，從畫家的技巧延伸至寫作的技巧，同屬於創作手法，只是不同類型的藝術呈現；或許再借取已有的類似形式或者是既有的字面語句，來表達屬於創作的新意義，便是一種「舊瓶裝新酒」。

故「點化」表示從原作者文句中在自己作品中衍生開拓，在元好問的詩、詞、文中點化蘇軾作品的方式，可分爲「字面點化」、「句意點化」、「成句點化」三大類。

〔註117〕見周振甫著，《詩詞例話》，頁229～230、234。

## 一、字面點化：熔鑄新詞

「字面點化」代表元好問截取蘇軾字面後，經過琢磨錘鍊，融合到自己的語句，延伸至相似方向，既非情意相通也非情意相反，相較於「情意仿效」已非單純的借用前人語句，而是擇材煉意的構思。

### （一）遺山詩取東坡字面造詩句

元好問詩共計 112 首 123 處存在字面點化，在本小節最後以「表 4-2-1-1：元好問詩與蘇軾作品『情意衍生——字面點化』對照表」爲呈現。

先從元好問與蘇軾作品獨立出相似的字面，再細察兩人詩題、前後語句所構成的意境，便會發現同中有異的差別。如金亡後元好問所寫的〈俳體雪香亭雜詠十五首〉其十五：「白髮累臣幾人在？就中愁殺庾蘭成。」〔註 118〕以及蘇軾因烏臺詩案入獄所寫的〈十月二十日恭聞太皇太后升遐以軾罪人不許成服欲哭則不敢欲泣則不可故作挽詞二章，二首之二〉：「〈關雎〉、〈卷耳〉平生事，白首纍臣正坐詩。」〔註 119〕「白髮累臣」、「白首纍臣」都指的是白髮蒼蒼被拘管的官吏；然蘇軾僅指自己的遭遇，而元好問泛指失去家國的金朝遺官，更感慨滄海桑田、人事全非。

又兩人同樣在重陽節所寫的詩，元好問〈甲寅九日，同臨漳提領王明之、鹿泉令張奉先、賈千戶令春、李進之、翼衡甫游龍泉寺，僧顯求詩二首〉其一：「遠水寒煙接戍樓，黃花白酒浣羈愁。」〔註 120〕與蘇軾〈九日黃樓作〉：「黃花白酒無人問，日暮歸來洗靴襪」〔註 121〕「黃花白酒」都指重陽節的賞菊喝酒，在蘇軾詩中是懷念過往與好友的相聚，在元好問詩卻是與好友一起共飲洗盡憂愁；「黃花白酒」這一字面便可單指重陽活動的鮮明意象，結合後面語詞，便產生心境的變化。

因此，「字面點化」在元好問與蘇軾作品中，可能形式結構或個別語詞相同，最終呈現的面貌各有情境與特色，兩人在語詞運用上的方向是一致的，然元好問不再是簡單的借用與借意，是創造屬於自己的意境，這類例子還有諸多篇章值得玩味。元好問年輕所寫〈并州少年行〉：

---

〔註 118〕見（金）元好問著、狄寶心校注，《元好問詩編年校注（第二冊）》，頁 641。

〔註 119〕見（宋）蘇軾撰、（清）王文誥輯注、孔凡禮點校，《蘇軾詩集（第三冊）》，頁 1002。

〔註 120〕見（金）元好問著、狄寶心校注，《元好問詩編年校注（第三冊）》，頁 1451。

〔註 121〕見（宋）蘇軾撰、（清）王文誥輯注、孔凡禮點校，《蘇軾詩集（第三冊）》，頁 868。

北風動地起，天際浮雲多。登高一長嘯，六龍忽蹉跎。

我欲橫江鬥蛟鼉，萬弩迸射陽侯波。

或當大獵燕趙間，黃熊朱豹皆遮羅。

……君不見并州少年夜枕戈，

破屋耿耿天垂河，欲眠不眠淚滂沱。

著鞭忽記劉越石，拔劍起舞雞鳴歌。

東方未明兮奈夜何。〔註 122〕

從詩題到語句可清楚感受「遊俠」的慷慨激越，首兩句借天候變化代表時局的紛亂動盪，蒙古一直虎視眈眈的南侵。因此，元好問才希冀自己能登高發出清越的歌聲，使時光稍作停滯讓自己能一展抱負，想要鬥蛟鼉、想要在燕趙北地狩獵捕捉熊豹，就是藉指自己能在戰場上大顯身手，所以最後說自己是枕戈待旦的并州少年，從破屋望出去的是明亮星河，滿腔熱血使自己整夜難眠，想學劉琨、祖逖這般愛國志士的英勇，卻只能無可奈何面對漫漫長夜，理想難以實現的無奈。「浮雲多」這一字面，截取於蘇軾的〈次韻子由送陳侗知陝州〉:「別來不可說，事與浮雲多。」〔註 123〕在意義上有所延伸，此詩是與蘇轍送陳侗的唱和詩，當時蘇軾五十一歲在朝中與司馬光詳定役法上有所意見分歧，因此「浮雲多」代表蘇軾心境的紛擾也是國政內憂的紛擾；而元好問〈并州少年行〉「浮雲多」一句，在詩作結構上，引領底下「鬥蛟鼉」、「萬弩迸射」、「大獵燕趙間」、「夜枕戈」、「拔劍起舞」等各慷慨激昂的鬥志，「浮雲多」暗合元好問身處國勢外患的紛擾、諸多理想亟待實現。

又如元好問在任內鄉令時，送好友杜仁傑投鄧州刺瑗幕府，所做贈別詩〈去歲君遠遊送仲梁出山〉:

去歲君遠游，今年客他州。

青天萬古一明月，只與行人生暮愁。

問君游何許，情多地遐兮徧處處。……

幕中多士君又往，談笑已覺南夷空。

東州春回十月後，梅花分香入春酒。……〔註 124〕

〔註 122〕見（金）元好問著、狄寶心校注，《元好問詩編年校注（第一冊）》，頁 36。

〔註 123〕見（宋）蘇軾撰、（清）王文誥輯注、孔凡禮點校，《蘇軾詩集（第五冊）》，頁 1451。

〔註 124〕見（金）元好問著、狄寶心校注，《元好問詩編年校注（第二冊）》，頁 456。

前面四句是感嘆好友從去年至今年行蹤不定，就如那青天高掛的月亮，照得行人引發思念惆悵，探詢杜仁傑將受金朝南邊重鎮鄧州幕府邀約，使元好問思情更盛。元好問深感南邊蠻夷人才皆聚於鄧州幕府，等到十月後，好友已在那聞著梅花香味與諸多賢士飲酒暢談。「談笑已覺南夷空」與蘇軾在元豐年間所作〈聞洮西捷報〉：「似聞指揮築上郡，已覺談笑無西戎。放臣不見天顏喜，但驚草木回春容。」〔註 125〕有相近之處，此一捷報是指元豐四年北宋大破西夏軍隊〔註 126〕，因此蘇軾的「已覺談笑無西戎」表示對外患平息的喜悅，而元好問的「談笑已覺南夷空」是高興朋友深受幕府的重視、又能廣結才智之士，卻仍帶有不捨的情緒。

其他如元好問的〈古意其一〉：「桃李弄嬌嬈，梨花澹豐容。」中「澹豐容」，與蘇軾〈題王逸少帖〉：「謝家夫人澹豐容，蕭然自有林下風。」都指的是閒適美好的容貌姿態，蘇軾形容謝家夫人的姿態，元好問延伸形容梨花姿態。又元好問隱居嵩山時做〈飲酒五首〉其五：「徘徊雲間月，相對澹以默。」與蘇軾年少時所寫〈巫山〉：「徘徊雲日晚，歸意念城市。」在蘇詩中「徘徊」是因自己遊巫山不知不覺太陽逐漸下山，而元好問是在月光下漫步飲酒，恬淡靜默與月亮相對，傳達出自己歸隱生活的淡然。元好問〈觀淅江漲〉：「雷風入先驅，大塊供一噫。」與蘇軾任密州太守時所寫〈次韻秦太虛見戲耳聾〉：「人將蟻動作牛鬥，我覺風雷眞一噫。」「一噫」是指風的呼氣，蘇軾是藉由唱和秦觀的詩，蘇軾暗諷他人構陷的言語訕謗，只覺得是一陣風雷吹過；而元好問是將「一噫」延伸至淅江漲潮兇猛的氣勢。〔註 127〕

---

〔註 125〕見（宋）蘇軾撰、（清）王文誥輯注、孔凡禮點校，《蘇軾詩集（第四冊）》，頁 1090。

〔註 126〕蘇軾在〈聞捷〉一詩序：「元豐四年十月二十二日，謁王文父齊愈於江南。坐上得陳季常書報：是月四日，種諤領兵深入，破殺西夏六萬餘人，獲馬五千匹。眾喜忭唱樂，各飲一巨觥。」見（宋）蘇軾撰、（清）王文誥輯注、孔凡禮點校，《蘇軾詩集（第四冊）》，頁 1089。

〔註 127〕以上摘引原詩的頁數可詳見表 4-2-1-1：元好問詩與蘇軾作品「情意衍生——字面點化」對照表，故不再贅註。

表 4-2-1-1：元好問詩與蘇軾作品「情意衍生——字面點化」對照表

| 元好問詩——字面點化 | | | | |
|---|---|---|---|---|
| 元好問詩 | 頁數 | 蘇軾作品 | 頁數 | 備註 |
| 〈出京〉：「巫峽歸雲底處尋？高城渺渺暮煙沉。春風不剪垂楊斷，繫盡行人北望心。」 | 8 | 〈過永樂文長老已卒〉：「初驚鶴瘦不可識，旋覺雲歸無處尋。三過門間老病死，一彈指頃去來今。」 | 566 | |
| 〈過晉陽故城舊事〉：「鬼役天財千萬古，爭教一炬成焦土。至今父老哭向天，死恨河南往來苦。」 | 18 | 〈送將官梁左藏赴莫州〉：「至今父老哀公孫，蒸土爲城鐵作門。城中積穀三百萬，猛士如雲驕不戰。」 | 846 | |
| 〈并州少年行〉：「北風動地起，天際浮雲多」 | 36 | 〈次韻子由送陳侗知陝州〉：「別來不可說，事與浮雲多。」 | 1451 | |
| 〈并州少年行〉：「登高一長嘯，六龍忽蹉跎。」 | 36 | 〈人日獵城南，會者十人，以「身輕一鳥過，槍急萬人呼」爲韻，得鳥字〉：「放弓一長嘯，目送孤鴻矯。」 | 918 | |
| 〈并州少年行〉：「破屋耿耿天垂河，欲眠不眠淚滂沱」 | 36 | 〈端午遍遊諸寺得禪字〉：「歸來記所歷，耿耿清不眠。」 | 952 | |
| 〈愚軒爲趙宜之賦〉：「我雲俗士蔽一曲，全笑不全從古眾。渠儂六鑿日相攘，內不錙銖徒外重。」 | 40 | 〈次韻秦太虛見戲耳聾〉：「大朴初散失渾沌，六鑿相攘更勝敗。」 | 950 | |
| 〈論詩三十首〉：「縱橫詩筆見高情，何物能澆磈磊平。」 | 50 | 〈用前韻答西掖諸公見和〉：「羨君意氣風生座，落筆縱橫盤走汞。」 | 1430 | |
| 〈論詩三十首〉：「江山萬古潮陽筆，合在元龍百尺樓」 | 60 | 〈次答邦直子由，五首之四〉：「恨無揚子一區宅，懶臥元龍百尺樓。」 | 741 | |
| 〈論詩三十首〉：「謝客風容映古今，發源誰似柳州深？朱弦一拂遺音在，卻是當年寂寞心。」 | 63 | 〈答仲屯田次韻〉：「秋來不見渼陂岑，千里詩盟忽重尋。大木百圍生遠籟，朱絃三歎有遺音。」 | 857 | |

| 元好問詩——字面點化 | | | | |
|---|---|---|---|---|
| 元好問詩 | 頁數 | 蘇軾作品 | 頁數 | 備註 |
| 〈論詩三十首〉:「縱橫正有淩雲筆，俯仰隨人亦可憐。」 | 64 | 〈送李公恕赴闕〉:「安能終老塵土下，俯仰隨人如桔橰。」 | 788 | |
| 〈三鄉雜詩三首〉:「溪南老子坐詩窮，窮到簞瓢更屢空」 | 78 | 〈叔弼云，履常不飲，故不作詩，勸履常飲〉:「我本畏酒人，臨觴未嘗訴。平生坐詩窮，得句忍不吐。」 | 1799 | |
| 〈古意其一〉:「桃李弄嬌嬈，梨花澹豐容。」 | 87 | 〈題王逸少帖〉:「謝家夫人澹豐容，蕭然自有林下風。」 | 1342 | |
| 〈寄英禪師，師時住龍門寶應寺〉:「故人今何如？念子獨輕安。孤雲望不及，冥鴻杳難攀。」 | 105 | 〈次韻王鞏留別〉:「去國已八年，故人今有誰？當時交游內，未數蔡克兒。豈無知我者，好爵半已縻。」 | 878 | |
| 〈雪後招鄰舍王贊子襄飲〉:「遺山山人伎倆拙，食貧口眾留他鄉。五車載書不堪煮，兩都覓官自取忙。」 | 127 | 〈虔州呂倚承事，年八十三，讀書作詩不已，好收古今帖，貧甚，至食不足〉:「飢來據空案，一字不堪煮。枯腸五千卷，磊落相撐拄。」 | 2450 | |
| 〈龍潭〉:「孤雲鐵梁北，宇宙一仰俯。」 | 143 | 〈宿臨安淨土寺〉:「昔照熊虎姿，今爲猿鳥顧。廢興何足弔，萬古一仰俯。」 | 344 | |
| 〈贈答劉御史雲卿四首〉其三:「何時沂水上，同詠舞雩風」 | 157 | 〈次韻樂著作野步〉:「植杖偶逢爲黍客，披衣閑詠舞雩風。」 | 1038 | |
| 〈王子端內翰山水同屏山賦二詩〉其一:「鄭虔三絕舊知名，付與時人分重輕。遼海東南天一柱，胸中誰比玉崢嶸」 | 159 | 〈王晉卿作《煙江疊嶂圖》，僕賦詩十四韻，晉卿和之，語特奇麗。因復次韻，不獨紀其詩畫之美，亦爲道其出處契闊之故，而終之以不忘在莒之戒，亦朋友忠愛之義也〉:「畫山何必山中人，田歌自古非知田。鄭虔三絕君有二，筆勢挽回三百年。」 | 1610 | |

| 元好問詩——字面點化 | | | | |
|---|---|---|---|---|
| 元好問詩 | 頁數 | 蘇軾作品 | 頁數 | 備註 |
| 〈橫波亭〉:「孤亭突兀插飛流,氣壓元龍百尺樓。萬里風濤接瀛海,千年豪傑壯山丘。」 | 162 | 〈次答邦直子由,五首之四〉:「恨無揚子一區宅,懶臥元龍百尺樓。」 | 741 | |
| 〈繼愚軒和黨承旨雪詩四首〉之二:「水風清鶴夢,月露洗蟬腹。白頭兩遺編,吟唱心自足。誰爲起九原?寒泉薦芳菊。」 | 186 | 〈書林逋詩後〉:「我笑吳人不好事,好作祠堂傍修竹。不然配食水仙王,一盞寒泉薦秋菊。」 | 1344 | |
| 〈繼愚軒和黨承旨雪詩四首〉之三:「臨風三太息,此意何時平」 | 188 | 〈送俞節推〉:「一唱三太息,至今有遺音。」 | 993 | |
| 〈送欽叔內翰並寄劉達卿郎中、白文舉編修五首〉之三:「無聊複無聊,又複招災凶。我有一樽酒,澆君塊磊胸。」 | 195 | 〈罷徐州,往南京,馬上走筆寄子由,五首之二〉:「窮人命分惡,所向招災凶。水來非吾過,去亦非吾功。」 | 937 | |
| 〈送欽叔內翰並寄劉達卿郎中、白文舉編修五首〉之四:「懲忿與窒欲,百年有良規。與子各努力,歲晚以爲期。」 | 196 | 〈正月二十四日,與兒子過、賴仙芝、王原秀才、僧曇穎、行全、道士何宗一同遊羅浮道院及棲禪精舍,過作詩,和其韻,寄邁、迨一首〉:「門户各努力,先期畢租稅。」 | 2100 | |
| 〈麥歎〉:「田間一太息,此歲何時周」 | 219 | 〈和陶詠荊軻〉:「廢書一太息,可見千古情。」 | 2187 | |
| 〈濦亭〉:「春物已清美,客懷自幽獨。危亭一徘徊,翛然若新沐。」 | 223 | 〈答李邦直〉:「放懷語不擇,撫掌笑脫頤。別來今幾何,春物已含姿。」 | 666 | |
| 〈光武臺〉:「白水日夜東,石麟幾秋風。空餘廣武歎,無複雲臺功。」 | 243 | 〈甘露寺〉:「古今共一軌,後世徒辛酸。聊興廣武嘆,不待雍門彈。」 | 313 | |
| 〈懷叔能〉:「酒官未得高安上,詩印空從吏部傳。」 | 256 | 〈與子由同游寒溪西山〉:「高安酒官雖未上,兩腳垂欲穿塵泥。」 | 1055 | |

| 元好問詩——字面點化 | | | | |
|---|---|---|---|---|
| 元好問詩 | 頁數 | 蘇軾作品 | 頁數 | 備註 |
| 〈西園〉:「百草千花雨氣新，今朝陌上有遊塵。」 | 275 | 〈安州老人食蜜歌〉:「蜜中有詩人不知，千花百草爭含姿。」 | 1708 | |
| 〈後芳華怨〉:「長門曉夕壽相如，儘著千金買消渴」 | 290 | 〈眉子石硯歌贈胡誾〉:「書生性命何足論，坐費千金買消渴。」 | 1263 | |
| 〈乙酉六月十一日雨〉:「時時怪事發，雨雹如李梅。」 | 300 | 〈惜花〉:「夜來雨雹如李梅，紅殘綠暗吁可哀。」 | 625 | |
| 〈飲酒五首〉其五:「徘徊雲間月，相對澹以默。」 | 305 | 〈巫山〉:「徘徊雲日晚，歸意念城市。不到今卅年，衰老筋力憊。」 | 36 | |
| 〈飲酒五首〉其五:「三更風露下，巾袖警微濕。浩歌天壤間，今夕知何夕?」 | 306 | 〈江月，五首之四〉:「野橋多斷板，山寺有微行。今夕定何夕，夢中遊化城。」 | 2141 | |
| 〈丹霞下院同仲澤、鼎玉賦〉:「壯志自憐消客路，深居誰得似禪關?只應頻有西來夢，夜夜青林杳靄間。」 | 323 | 〈次韻王忠玉遊虎丘絕句，三首之三〉:「舞衫歌扇轉頭空，只有青山杳靄中。若共吳王鬥百草，使君未敢借驚鴻。」 | 1664 | |
| 〈追錄舊詩二首〉其一:「聞君話我才名在，不道儒冠已誤身。」 | 351 | 〈贈李兕彥威秀才〉:「棄書捐劍學萬人，紈褲儒冠皆誤身。」 | 2353 | |
| 〈出山〉:「松門石逕靜無關，布襪青鞋幾往還。少日漫思爲世用，中年直欲伴僧閑。」 | 354 | 〈贈李道士〉:「平生狎侮諸公子，戲著幼輿巖石裏。故教世世作黃冠，布襪青鞋弄雲水。」 | 1533 | |
| 〈同希顏再登箕山〉:「長風萬里來，筋骸覺輕矯。」 | 359 | 〈滿庭芳〉(歸去來兮):「船頭轉，長風萬里，歸馬駐平坡。」 | 568 | 東坡詞 |
| 〈送詩人秦略簡夫歸蘇墳別業〉:「蹇驢駝入醉鄉去，袖中知有眉山春。」 | 397 | 〈喜劉景文至〉:「別後新詩巧摹寫，袖中知有錢塘湖。」 | 1816 | |

| 元好問詩——字面點化 | | | | |
|---|---|---|---|---|
| 元好問詩 | 頁數 | 蘇軾作品 | 頁數 | 備註 |
| 〈茗飲〉:「宿酲未破厭觥船，紫筍分封入曉煎。槐火石泉寒食後，鬢絲禪榻落花前。」 | 400 | 〈和子由四首:送春〉:「芍藥櫻桃俱掃地，鬢絲禪榻兩忘機。憑君借取《法界觀》，一洗人間萬事非。」 | 628 | |
| 〈放言〉:「韓非死孤憤，虞卿著窮愁。」 | 402 | 〈寄題清溪寺〉:「口舌安足恃，韓非死說難。」 | 48 | |
| 〈汴禪師自斲普照瓦爲硯，以詩見餉，爲和二首〉其二:「禪河一勺水，更擬就師傳。」 | 423 | 〈西山詩和者三十餘人，再用前韻爲謝〉:「願求南宗一勺水，往與屈、賈湔餘哀。」 | 1460 | |
| 〈九月七日夢中作詩續以末後二句〉:「六國印，何如負郭二頃田，千載名，不及即時一杯酒。」 | 426 | 〈送喬施州〉:「恨無負郭田二頃，空有載行書五車。」 | 697 | |
| 〈飲酒〉:「仙人一丸藥，洗我芥蔕胸」 | 427 | 〈送路都曹〉:「恨無乘崖老，一洗芥蔕胸。」 | 1838 | |
| 〈去歲君遠遊送仲梁出山〉:「幕中多士君又往，談笑已覺南夷空。東州春回十月後，梅花分香入春酒。」 | 456 | 〈聞洮西捷報〉:「似聞指揮築上郡，已覺談笑無西戎。牧臣不見天顏喜，但驚草木回春容。」 | 1090 | |
| 〈去歲君遠遊送仲梁出山〉:「三年一夢南陽道，汴水迢迢入秋草。」 | 456 | 〈贈寫御容妙善師〉:「三年歸來眞一夢，橋山松檜淒風霜。」 | 771 | |
| 〈劉鄧州家聚鴨圖〉:「若爲化作江鷗去，拍拍隨君貼水飛。」 | 463 | 〈和文與可洋川園池三十首・菡萏亭〉:「若爲化作龜千歲，巢向田田亂葉中。」 | 675 | |
| 〈劉鄧州家聚鴨圖〉:「沙浦空明洲景微，枯荷折葦澹相依。」 | 463 | 〈次韻孔毅甫久旱已而甚雨三首其二〉:「奔流未已坑谷平，折葦枯荷恣漂溺。」 | 1123 | |
| 〈聞仲澤丁內艱〉:「昨夜東南雷雨惡，遙知號哭遶新墳。」 | 467 | 〈杜沂游武昌以酴醾花菩薩泉見餉二首其一〉:「怪君呼不歸，定爲花所挽。昨宵雷雨惡，花盡君應返。」 | 1044 | |

| 元好問詩——字面點化 | | | | |
|---|---|---|---|---|
| 元好問詩 | 頁數 | 蘇軾作品 | 頁數 | 備註 |
| 〈觀淅江漲〉:「一旱千里赤，一雨垣屋敗。」 | 477 | 〈起伏龍行〉:「東方久旱千里赤，三月行人口生土。」 | 814 | |
| 〈觀淅江漲〉:「雷風入先驅，大塊供一噫。」 | 478 | 〈次韻秦太虛見戲耳聾〉:「人將蟻動作牛鬥，我覺風雷眞一噫。」 | 950 | |
| 〈題省掾劉德潤家鵔鸞圖，並為同舍郎劉長卿記異。劉在方城，先有碧簫之遇，如芙蓉城事云〉:「洞天花落秋雲冷，腸斷青鸞獨自飛。」 | 602 | 〈菩薩蠻〉（玉童西迓浮丘伯）:「玉童西迓浮丘伯。洞天冷落秋蕭瑟。」 | 72 | 東坡詞 |
| 〈俳體雪香亭雜詠十五首〉其十五:「白髮累臣幾人在？就中愁殺庾蘭成。」 | 641 | 〈十月二十日，恭聞太皇太后升遐，以軾罪人，不許成服，欲哭則不敢，欲泣則不可，故作挽詞二章，二首之二〉:「〈關雎〉、〈卷耳〉平生事，白首纍臣正坐詩。」 | 1002 | |
| 〈南冠行〉:「層冰千里不可留，離魂楚些招歸來」 | 654 | 〈過萊州雪後望三山〉:「帝鄉不可期，楚些招歸來。」 | 1391 | |
| 〈十二月六日二首〉其一:「閶門隔九虎，休續楚臣騷。」 | 668 | 〈次韻張安道讀杜詩〉:「《大雅》初微缺，流風困暴豪。張為詞客賦，變作楚臣《騷》。」 | 265 | |
| 〈密公寶章小集〉:「撐腸文字五千卷，靈臺架構森鋪張。」 | 672 | 〈試院煎茶〉:「不用撐腸拄腹文字五千卷，但願一甌常及睡足日高時。」 | 371 | |
| 〈秋夜〉:「百年世事兼身事，尊酒何人與細論。」 | 686 | 〈臨江仙〉（尊酒何人懷李白）:「尊酒何人懷李白，草堂遙指江東。」 | 689 | 東坡詞 |
| 〈學東坡移居八首〉其三:「讀之三歎息，此日何時光」 | 745 | 〈中秋月寄子由，三首之一〉:「撫枕三歎息，扶杖起相從。」 | 859 | |

| 元好問詩——字面點化 | | | | |
| --- | --- | --- | --- | --- |
| 元好問詩 | 頁數 | 蘇軾作品 | 頁數 | 備註 |
| 〈學東坡移居八首〉其七：「荒田拾瓦礫，賤役分僮奴」 | 756 | 〈東坡，八首之一〉：「端來拾瓦礫，歲旱土不膏。」 | 1079 | |
| 〈登珂山寺三首〉其二：「悠悠誰瞭未生前，一落泥涂又幾年」 | 776 | 〈次韻鄭介夫，二首之一〉：「一落泥途迹愈深，尺薪如桂米如金。」 | 2406 | |
| 〈衛州感事二首〉其二：「太行千里青如染，落日欄干有所思」 | 798 | 〈臨城道中作〉：「逐客何人著眼看，太行千里送征鞍。」 | 2024 | |
| 〈望蘇門〉：「湧金亭上秋如畫，興在青林杳靄間」 | 799 | 〈次韻王忠玉遊虎丘，三首之三〉：「舞衫歌扇轉頭空，只有青山杳靄中。」 | 1664 | |
| 〈銅鞮次村道中〉：「與世恒背馳，用力何自省」 | 908 | 〈次韻王鞏留別〉：「公子表獨立，與世頗異馳。」 | 879 | |
| 〈南湖先生雪景乘騾圖〔並引〕〉：「高亭出秀樾，窗戶連青紅」 | 939 | 〈水調歌頭〉（落日繡簾捲）：「落日繡簾捲，亭下水連空。知君爲我，新作窗户溼青紅。」 | 483 | 東坡詞 |
| 〈不寐〉：「雞棲因失曉，蟲語苦爭秋」 | 968 | 〈和黃魯直效進士作二首：歲寒知松柏〉：「龍蟄雖高臥，雞鳴不廢時。……難與夏蟲語，永無秋實悲。」 | 1615 | |
| 〈幽蘭〉：「寸根如山不可移，雙纍不返夷叔飢」 | 969 | 〈寓居定惠院之東，雜花滿山，有海棠一株土人不知貴也〉：「寸根千里不易致，銜子飛來定鴻鵠。」 | 1037 | |
| 〈醉後走筆〉：「短燈檠子移近床，秋風吹簾月轉廊」 | 988 | 〈海棠〉：「東風嫋嫋泛崇光，香霧空濛月轉廊。只恐夜深花睡去，故燒高燭照紅妝。」 | 1187 | |
| 〈醉後走筆〉：「掩書一太息，夜如何其夜未央。」 | 989 | 〈和陶詠荊軻〉：「至今天下人，愍燕欲其成。廢書一太息，可見千古情。」 | 2187 | |

| 元好問詩——字面點化 | | | | |
| --- | --- | --- | --- | --- |
| 元好問詩 | 頁數 | 蘇軾作品 | 頁數 | 備註 |
| 〈杏花二首〉其一：「一般疏影黃昏月，獨愛寒梅恐未平。」 | 999 | 〈御史臺榆、槐、竹、柏四首：槐〉：「破巢帶空枝，疎影挂殘月。」 | 1003 | |
| 〈賦瓶中雜花七首〉其七：「古銅瓶子滿芳枝，裁剪春風入小詩。看看海棠如有語，杏花也到退房時。」 | 1011 | 〈元祐六年六月，自杭州召還，汶公館我於東堂，閱舊詩卷，次諸公韻，三首之三〉：「尺一東來喚我歸，衰年已迫故山期。文章曹植今堪笑，卻卷波瀾入小詩。」 | 1767 | |
| 〈九日讀書山用陶詩「露淒暄風息，氣清天曠明」爲韻賦十詩〉其一：「枌榆雖尚存，歲晏多霜露。」 | 1014 | 〈廣陵會三同舍，各以其字爲韻，仍邀同賦：劉莘老〉：「歲晚多霜露，歸耕當及辰。」 | 300 | |
| 〈紫微劉丈《山水》，爲濟川賦〉：「千章古木散巖谷，鶴髮松姿餘典刑。」 | 1026 | 〈廣州蒲澗寺〉：「千章古木臨無地，百尺飛濤瀉漏天。」 | 2065 | |
| 〈南樓月夕望鳳山有懷武鍊師子和〉：「相望不相見，山中君得知」 | 1054 | 〈武昌西山〉：「當時相望不可見，玉堂正對金鑾開。」 | 1459 | |
| 〈晨起〉：「燈火青熒語夜闌，柴荊寂寞掩春寒」 | 1062 | 〈次韻柳子玉過陳絕糧，二首之二〉：「圖書跌宕悲年老，燈火青熒語夜深。」 | 275 | |
| 〈感興〉：「五十三年等閑裏，一窗風葉雨瀟瀟」 | 1065 | 〈送戴蒙赴成都玉局觀，將老焉〉：「我欲歸尋萬里橋，水花風葉暮蕭蕭。」 | 1410 | |
| 〈跋紫微劉尊師所畫山水橫披四首·江亭會飲〉：「瓦盆濁酒憶同傾，鄉社豐年有笑聲。世外華胥誰復夢？且從圖畫看升平」 | 1068 | 〈上元侍飲樓上三首呈同列，三首之二〉：「薄雪初消野未耕，賣薪買酒看升平。吾君勤儉倡優拙，自是豐年有笑聲。」 | 1956 | |
| 〈游龍山〉：「亭亭妙高臺，玉斧何年修？」 | 1079 | 〈金山妙高臺〉：「中有妙高臺，雪峰自孤起。」 | 1369 | |

| 元好問詩——字面點化 | | | | |
|---|---|---|---|---|
| 元好問詩 | 頁數 | 蘇軾作品 | 頁數 | 備註 |
| 〈游龍山〉:「胸中隱然復有此大物，便可揮斥八極隘九州。」 | 1080 | 〈書丹元子所示《李太白眞》〉:「天人幾何同一漚，謫仙非謫乃其遊。麾斥八極隘九州，化爲兩鳥鳴相酬。」 | 1995 | |
| 〈李峪園亭看雨〉:「金城百里纔一俯，半尖浮圖插蒼煙。」 | 1086 | 〈同王勝之遊蔣山〉:「略彴橫秋水，浮圖插暮煙。歸來踏人影，雲細月娟娟。」 | 1260 | |
| 〈贈答趙仁甫〉:「都門回首一大笑，袖中知有江南春。」 | 1109 | 〈喜劉景文至〉:「別後新詩巧摹寫，袖中知有錢塘湖。」 | 1816 | |
| 〈宿張靖田家〉:「青衿昨日爾，素髮忽垂領。」 | 1133 | 〈送程建用〉:「歸來一笑粲，素髮颯垂領。」 | 1455 | |
| 〈甲辰三月旦日以後雜詩三首〉其三:「落落湖山如有喜，欣欣魚鳥亦相親。」 | 1136 | 〈留別雩泉〉:「二年飲泉水，魚鳥亦相親。」 | 703 | |
| 〈嶽祠齋宮夜宿〉:「鶴書來何遲，素髮迫垂領。」 | 1151 | 〈送程建用〉:「歸來一笑粲，素髮颯垂領。」 | 1455 | |
| 〈過寂通庵別陳丈〉:「從教上界多官府，且放閑身作地仙」 | 1156 | 〈李行中秀才醉眠亭，三首之一〉:「已向閑中作地仙，更於酒裏得天全。」 | 586 | |
| 〈下黃榆嶺〉:「摩圍可望不可到，青壁無梯猿叫絕」 | 1162 | 〈歐陽少師令賦所蓄石屏〉:「崖崩澗絕可望不可到，孤煙落日相溟濛。」 | 277 | |
| 〈大簡之畫松風圖，爲修端卿賦二首〉其一:「絕似鳳凰山下路，秋風無際海波寒」 | 1181 | 〈與葉淳老、侯敦夫、張秉道同相視新河，秉道有詩次韻，二首之一〉:「至今鳳皇山下路，長借一箭開兩翼。」 | 1753 | |
| 〈過皋州寄聶侯〉:「別後故人應念我，一詩聊與話離憂。」 | 1213 | 〈荊州，十首之七〉:「故人應念我，相望各天涯。」 | 66 | |
| 〈曲阜紀行十首〉其四:「塵埃竟何有，素髮忽垂領。」 | 1231 | 〈送程建用〉:「歸來一笑粲，素髮颯垂領。」 | 1455 | |

| 元好問詩——字面點化 | | | | |
|---|---|---|---|---|
| 元好問詩 | 頁數 | 蘇軾作品 | 頁數 | 備註 |
| 〈曲阜紀行十首〉其十：「聖人與天大，聖道難爲言。」 | 1241 | 〈次韻王覿正言喜雪〉：「聖人與天通，有詔寬獄市。」 | 1425 | |
| 〈丙午九日詠菊二首〉其二：「几案得新供，小窗幽更宜。」 | 1259 | 〈端午遍遊諸寺得禪字〉：「微雨止還作，小窗幽更妍。」 | 951 | |
| 〈丁未寒食歸自三泉〉：「未放小桃妝野景，已看茅屋映秋千」 | 1266 | 〈四時詞，四首之一〉：「漸看遠水綠生漪，未放小桃紅入萼。」 | 1092 | |
| 〈呂國材家醉飲〉：「世事悠悠殊未涯，七年回首一長嗟。」 | 1277 | 〈送陳睦知潭州〉：「湖南萬古一長嗟，付與騷人發嘲弄。」 | 1429 | |
| 〈缾谷聖燈〉：「飛行起伏誰控摶，華麗清圓自殊勝。」 | 1294 | 〈甘露寺〉：「廢興屬造物，遷逝誰控摶。」 | 313 | |
| 〈湧金亭示同游諸君〉：「江山如此不一醉，拊掌笑煞孫公和」 | 1298 | 〈游金山寺〉：「江山如此不歸山，江神見怪驚我頑。」 | 308 | |
| 〈聽姨女喬夫人鼓風入松〉：「瀟灑寒松度虛籟，悠揚飛絮攪青冥。胎仙不比湘靈瑟，五字錢郎莫漫驚」 | 1342 | 〈水調歌頭〉（昵昵兒女語）：「一鼓塡然作氣，千里不留行。回首暮雲遠，飛絮攪青冥。」 | 323 | 東坡詞 |
| 〈二月十五日鶴〉：「石壇花落松風冷，戛然長鳴人語定」 | 1348 | 〈鶴歎〉：「戛然長鳴乃下趨，難進易退我不如。」 | 2003 | |
| 〈祁陽劉器之以墨竹得名，今年春薄游鹿泉，因爲予寫眞，重以小景見餉，凡以求予詩而已。賦二十韻答之〉：「高懸大圓鏡，寓我形神影」 | 1378 | 〈吳子野將出家贈以扇山枕屏〉：「誰知大圓鏡，衡霍入户牖。」 | 1975 | |
| 〈祁陽劉器之以墨竹得名，今年春薄游鹿泉，因爲予寫眞，重以小景見 | 1378 | 〈送程建用〉：「歸來一笑粲，素髮颯垂領。」 | 1455 | |

| 元好問詩——字面點化 | | | | |
| --- | --- | --- | --- | --- |
| 元好問詩 | 頁數 | 蘇軾作品 | 頁數 | 備註 |
| 餉，凡以求予詩而已。賦二十韻答之〉：「青衿昨日爾，素髮忽垂領。」 | | | | |
| 〈自題寫眞〉：「不晝幼輿巖穴裡，野麋山鹿欲何成」 | 1385 | 〈贈李道士〉：「平生狎侮諸公子，戲著幼輿巖石裏。」 | 1533 | |
| 〈游承天鎭懸泉〉：「石林六月清無暑，人家青紅濕窗戶」 | 1389 | 〈水調歌頭〉（落日繡簾捲）：「知君爲我，新作窗户溼青紅。」 | 483 | 東坡詞 |
| 〈賈漕東城中隱堂〉：「智水仁山德有鄰，柳塘花塢靜無塵。」 | 1400 | 〈雨中過舒教授〉：「窗扉靜無塵，几硯寒生霧。」 | 831 | |
| 〈賈漕東城中隱堂〉：「安吉總輸中隱士，典刑眞見老成人。」 | 1400 | 〈送歐陽主簿赴官韋城，四首之四〉：「故國依然喬木在，典刑復見老成人。」 | 1794 | |
| 〈甲寅九日，同臨漳提領王明之、鹿泉令張奉先、賈千戶令春、李進之、翼衡甫游龍泉寺，僧顥求詩二首〉其一：「遠水寒煙接戍樓，黃花白酒浣羈愁。」 | 1451 | 〈九日黃樓作〉：「黃花白酒無人問，日暮歸來洗靴襪」 | 868 | |
| 〈與馮、呂飲秋香亭〉：「莫對青山談世事，且將遠目送歸鴻」 | 1473 | 〈贈莘老，七絕之一〉：「若對青山談世事，當須舉白便浮君」 | 407 | |
| 〈留月軒〉：「多談令人厭，坐睡驚墮幘」 | 1480 | 〈岐亭，五首之一〉：「須臾我徑醉，坐睡落巾幘。」 | 1205 | |
| 〈贈張潤之〉：「許年不唱龍津第，人物尤難到衰世。」 | 1526 | 〈子由新修汝州龍興寺吳畫壁〉：「丹青久衰工不藝，人物尤難到今世。」 | 2027 | |
| 〈同姚公茂徐溝道中聯句〉：「聯詩強一笑，淒絕恐銷魂」 | 1607 | 〈王伯敭所藏趙昌花四首：芙蓉〉：「幽姿強一笑，暮景迫摧倒。」 | 1335 | |
| 〈遣興〉：「千載陶元亮，平生馬少游。」 | 1610 | 〈山村五絕，五首之五〉：「不須更待飛鳶墮，方念平生馬少游。」 | 439 | |

| 元好問詩——字面點化 | | | | |
|---|---|---|---|---|
| 元好問詩 | 頁數 | 蘇軾作品 | 頁數 | 備註 |
| 〈示白誠甫〉:「崑山多美玉，江水發初源」 | 1611 | 〈游金山寺〉:「我家江水初發源，宦游直送江入海。」 | 307 | |
| 〈吊岳家千里駒〉:「蜀客淒涼土一丘，後身還有化身愁。」 | 1621 | 〈白帝廟〉:「浩蕩荊江遠，淒涼蜀客悲。」 | 30 | |
| 〈趙元德御史之兄七秩之壽〉:「富貴浮雲世態新，典刑依舊老成人。」 | 1633 | 〈送歐陽主簿赴官韋城，四首之四〉:「故國依然喬木在，典刑復見老成人。」 | 1794 | |
| 〈九日午後入府知曹子囚問夜不能寐爲作詩二首〉其二:「造物無心賦耦奇，敢從窮達計前期。」 | 1639 | 〈次韻孔毅父久旱已而甚雨，三首之二〉:「沛然例賜三尺雨，造物無心怳難測。」 | 1123 | |
| 〈息軒秋江捕魚圖三首〉其三:「正始風流一百年，竹谿衣缽有眞傳」 | 1654 | 〈蘇子容母陳夫人挽詞〉:「蘇、陳甥舅眞冰玉，正始風流起頹俗。」 | 1279 | |
| 〈答定齋李兄〉:「小山叢桂姓名香，舉世何人得雁行」 | 1699 | 〈次韻王忠玉遊虎丘絕句，三首之一〉:「白髮重來故人盡，空餘叢桂小山幽。」 | 1663 | |
| 〈劉氏明遠庵三首〉其一:「豪氣元龍百尺樓，功名場上早抽頭」 | 1715 | 〈趙令晏崔白大圖幅徑三丈〉:好臥元龍百尺樓，笑看江水拍天流。」 | 1483 | |
| 〈巨然松吟萬壑圖〉:「方外賞音誰具眼，莫將輕比李營丘」 | 1742 | 〈重寄〉:「乞取千篇看俊逸，不將輕比鮑參軍。」 | 995 | |
| 〈德和墨竹扇頭〉:「明月清風自在，紅塵白日何妨」 | 1796 | 〈南鄉子〉(不到謝公臺):「不到謝公臺。明月清風好在哉。」 | 107 | 東坡詞 |
| 〈楊秘監馬圖〉:「八表神游下筆難，畫師胸次自酸寒。」 | 1831 | 〈水龍吟〉(古來雲海茫茫):「謫仙風采，無言心許。八表神遊，浩然相對，酒酣箕踞。」 | 556 | 東坡詞 |
| 〈贈羅友卿三首〉其三:「閑中日月病中身，寂寞相求有幾人?莫怪門前可羅雀，詩家所得是清貧」 | 1836 | 〈次韻答章傳道見贈〉:「吾衰信久矣，書絕十年舊。門前可羅雀，感子煩屢叩。」 | 425 | |

| 元好問詩——字面點化 | | | | |
|---|---|---|---|---|
| 元好問詩 | 頁數 | 蘇軾作品 | 頁數 | 備註 |
| 〈樂天不能忘情圖二首〉其一：「得便宜是落便宜，木石癡兒自不知。就使此情忘得瞭，可能長在老頭皮」 | 1847 | 〈題楊朴妻詩〉：「眞宗東封還，訪天下隱者，能爲詩。召對，自言不能。上問臨行有人作詩送否？朴言：「無有。惟臣妻一絕云：『且休落魄貪杯酒，更莫猖狂愛詠詩。今日捉將官裡去，這回斷送老頭皮。』」上大笑，放還山，命其子一官就養。」 | 2161 | 東坡文 |
| 〈楚山清曉圖〉：「遙知別後西州夢，一抹春愁淺淡中」 | 1854 | 〈次韻周邠寄《雁蕩山圖》，二首之二〉：「遙知別後添華髮，時向樽前說病翁。」 | 700 | |
| 〈雪行圖〉：「騎驢虧殺吟詩客，到處相逢是雪中」 | 1857 | 〈與莫同年雨中飲湖上〉：「到處相逢是偶然，夢中相對各華顛。」 | 1647 | |
| 〈春雲淡冶〉：「春雲可是多姿態，五字韋郎畫不成」 | 1877 | 〈和孔周翰二絕：觀靜觀堂效韋蘇州詩〉：「樂天長短三千首，卻愛韋郎五字詩。」 | 754 | |

（豐庭製表）

### （二）遺山詞多借東坡詩呈現詞意

同樣在元好問的詞作，也有 22 闋詞 22 處存在字面點化蘇軾作品，以「表 4-2-1-2：元好問詞與蘇軾作品「情意衍生——字面點化」對照表」呈現。從對照表元好問詞明顯多從蘇軾詩句截取，只有 3 處從東坡詞摘選字面重新呈現。

相同離情別緒的主題的詞作中，元好問在其中選用與東坡相同的字面，仍存在不同的興發感動，如元好問在身陷圍城時所寫〈玉遲漏〉（淅江歸路杳）在下半闋結尾幾句：

> 四壁秋蟲夜語，更一點、殘燈斜照。青鏡曉。白髮又添多少。〔註 128〕

〔註 128〕見（金）元好問撰、趙永源校註，《遺山樂府校註》，頁 126。

在燈火微弱的夜晚，無法安眠聽著四壁秋蟲的低語。等到早上對鏡一照，百髮又更增多。「更一點、殘燈斜照」這一字面，截取蘇軾送友人而寫的〈南鄉子〉（回首亂山橫）：「一枕初寒夢不成。今夜殘燈斜照處，熒熒。秋雨晴時淚不晴。」〔註129〕蘇軾就著殘餘燈火、微光閃爍處思念朋友，即使秋雨放晴，自己內心只仍淚流不止。蘇軾的「今夜殘燈斜照處」是暗合朋友模糊的身影，而元好問的「更一點、殘燈斜照」代表國勢衰亡、自身生命渺茫。

又如元好問〈臨江仙〉（一段江山英秀氣）下半闋結尾處，「相逢一醉莫停觴。東山看老去，湖海永相忘。」〔註130〕是代表與朋友難得相遇，不如痛快暢飲忘記江湖現實的遭遇。「相逢一醉」截用蘇軾〈鵲橋仙（緱山仙子）〉：「相逢一醉是前緣，風雨散、飄然何處。」〔註131〕但蘇軾意指現在能與好友相逢已是前世緣分積累，等到風雨散後彼此又不知各在何方。「相逢一醉」從蘇軾把握當下、對彼此未來的掛念，而元好問延伸至把握當下、暫且不想日後離別的悲傷，字句的情緒明顯有別，蘇軾的消極無奈不同於元好問的樂觀豪放。

而元好問從東坡詩截取字面，再組合別的字句後，呈現不同意境的例子；如元好問在金亡拘管聊城時所寫〈江城子〉（河山亭上酒如川）：「長記鶯啼花落處，歌扇後，舞衫前」〔註132〕這句表達懷念過往與好友、歌妓宴飲的美好時光。「歌扇後，舞衫前」兩字面，與蘇軾〈朝雲詩〉：「經卷藥爐新活計，舞衫歌扇舊因緣。」〔註133〕感念朝雲伴隨自己貶謫南遷，拋卻、遠離長袖的舞衫、悅耳的歌板。「歌扇舞衫」這字面在蘇軾、元好問作品同指過往時光，結合上下語句，蘇軾滿懷感激而元好問則是無限想念。

又如元好問辭官後所寫的〈鷓鴣天〉（白白紅紅小樹花）當中兩句「煙霄自屬千金馬，月旦眞成兩部蛙。」〔註134〕是說明千里駿馬自然能飛黃騰達，旁人的批評如同亂蛙鼓噪，一無是處。「成兩部蛙」截取蘇軾〈次韻述古過周長官夜飲〉：「已遣亂蛙成兩部，更邀明月作三人。」〔註135〕本實寫蛙鳴陣陣

〔註129〕見鄒同慶、王宗堂著，《蘇軾詞編年箋注（上冊）》，頁85。
〔註130〕見（金）元好問撰、趙永源校註，《遺山樂府校註》，頁292。
〔註131〕見鄒同慶、王宗堂著，《蘇軾詞編年箋注（上冊）》，頁65。
〔註132〕見（金）元好問撰、趙永源校註，《遺山樂府校註》，頁219。
〔註133〕見（宋）蘇軾撰、（清）王文誥輯注、孔凡禮點校，《蘇軾詩集（第六冊）》，頁2074。
〔註134〕見（金）元好問撰、趙永源校註，《遺山樂府校註》，頁408。
〔註135〕見（宋）蘇軾撰、（清）王文誥輯注、孔凡禮點校，《蘇軾詩集（第二冊）》，頁513。

來住飲酒興趣，而元好問延伸至謾罵、叫囂，此爲意象經營的想像展現。

其他如元好問〈水調歌頭〉（山家釀初熟）：「山家釀初熟，取醉不論錢。清溪留飲三日，魚鳥亦欣然」中「不論錢」，從蘇軾〈與潘三失解後飲酒〉：「醉裡未知誰得喪，滿江風月不論錢。」截取後再重新揉合，單指痛飲無須計較錢財。又元好問〈江城子〉（二更轟飲四更回）：「青天蕩蕩鏡奩開，月光來，且徘徊。」中「青天蕩蕩」，截取蘇軾〈次韻孔毅父久旱已而甚雨，三首之一〉：「青天蕩蕩呼不聞，況欲稽首號泥佛。」也單指夜晚天空明鏡開闊。〔註 136〕

「字面點化」不同於「字面仿效」更明顯看見元好問並非生搬硬套的創作，是經過一番心思成爲自己創作的血肉，與蘇軾作品字面相同但煉意而出，意境迥然有別，並非拾人牙慧而了無新意。又總結「字面點化」的數量遠比「字面仿效」來得豐富，也知元好問還是多能從舊有詩句得出新意。

**表 4-2-1-2：元好問詞與蘇軾作品「情意衍生——字面點化」對照表**

| 元好問詞——字面點化 | | | | |
|---|---|---|---|---|
| 元好問詞 | 頁數 | 蘇軾作品 | 頁數 | 備註 |
| 〈水調歌頭〉（山家釀初熟）：「山家釀初熟，取醉不論錢。清溪留飲三日，魚鳥亦欣然」 | 1 | 〈與潘三失解後飲酒〉：「醉裏未知誰得喪，滿江風月不論錢。」 | 1088 | 東坡詩 |
| 〈玉漏遲〉（淅江歸路杳）：「四壁秋蟲夜語，更一點、殘燈斜照。青鏡曉。白髮又添多少」 | 126 | 〈南鄉子〉（回首亂山橫）：「一枕初寒夢不成。今夜殘燈斜照處，熒熒。秋雨晴時淚不晴。」 | 85 | |
| 〈江城子〉（姚家池館魏家鄰）：「折枝圖上看精神，見來頻，畫來眞。辦作黃徐，無負百年身」 | 198 | 〈青玉案〉（三年枕上吳中路）：「輞川圖上看春暮，常記高人右丞句。」 | 716 | |
| 〈江城子〉（二更轟飲四更回）：「青天蕩蕩鏡奩開，月光來，且徘徊。」 | 217 | 〈次韻孔毅父久旱已而甚雨，三首之一〉：「青天蕩蕩呼不聞，況欲稽首號泥佛。」 | 1121 | 東坡詩 |

〔註 136〕以上摘引原詞的頁數可詳見表 4-2-1-2：元好問詞與蘇軾作品「情意衍生——字面點化」對照表，故不再贅註。

| 元好問詞——字面點化 | | | | |
|---|---|---|---|---|
| 元好問詞 | 頁數 | 蘇軾作品 | 頁數 | 備註 |
| 〈江城子〉（河山亭上酒如川）：「長記鶯啼花落處，歌扇後，舞衫前」 | 219 | 〈朝雲詩〉：「經卷藥爐新活計，舞衫歌扇舊因緣。丹成逐我三山去，不作巫陽雲雨仙。」 | 2074 | 東坡詩 |
| 〈玉樓春〉（吹臺蕭瑟行雲暮）：「百年同是紅塵路，行近醉鄉差有趣。坐中誰是獨醒人，我醉欲眠卿可去」 | 268 | 〈九日次韻王鞏〉：「我醉欲眠君罷休，已教從事到青州。」 | 870 | 東坡詩 |
| 〈臨江仙〉（一段江山英秀氣）：「相逢一醉莫停觴。東山看老去，湖海永相忘」 | 292 | 〈鵲橋仙〉（緱山仙子）：「相逢一醉是前緣，風雨散、飄然何處。」 | 65 | |
| 〈江月晃重山〉（塞上秋風鼓角）：「塞上秋風鼓角，城頭落日旌旗。少年鞍馬適相宜。」 | 314 | 〈次韻黃魯直畫馬試院中作〉：「少年鞍馬勤遠行，臥聞齕草風雨聲，」 | 1567 | 東坡詩 |
| 〈鷓鴣天〉（總道狙公不易量）：「總道狙公不易量，朝三暮四盡無妨。舊時鄴下劉公幹，今日家中白侍郎」 | 405 | 〈次韻劉景文西湖席上〉：「將辭鄴下劉公幹，卻見雲間陸士龍。」 | 1760 | 東坡詩 |
| 〈鷓鴣天〉（白白紅紅小樹花）：「煙霄自屬千金馬，月旦眞成兩部蛙」 | 408 | 〈次韻述古過周長官夜飲〉：「已遣亂蛙成兩部，更邀明月作三人。」 | 513 | 東坡詩 |
| 〈太常引〉（衣冠人物渺翩翩）：「一簪華髮，一篇秋水，得意已忘言。圖畫看他年，與松上、幽人並傳」 | 452 | 〈臺頭寺步月得人字〉：「回首舊游眞是夢，一簪華髮岸綸巾。」 | 920 | 東坡詩 |
| 〈點絳唇〉（國豔天香）：「國豔天香，一叢百朵開來半。燕忙鶯亂，要結尋芳伴」 | 527 | 〈再用前韻〉：「天香國艷肯相顧，知我酒熟詩清溫。」 | 2076 | 東坡詩 |
| 〈蝶戀花〉（梅信初傳金點小）：「臨水幽姿空自照，羅浮山下孤村曉。」 | 563 | 〈食荔支，二首之二〉：「羅浮山下四時春，盧橘楊梅次第新。」 | 2194 | 東坡詩 |

| 元好問詞——字面點化 | | | | |
|---|---|---|---|---|
| 元好問詞 | 頁數 | 蘇軾作品 | 頁數 | 備註 |
| 〈臨江仙〉（壯歲論交今晚歲）：「濟上買田堪共隱，嵩丘朝暮陰晴。紫雲仙季白雲兄。風流成二老，林下看昇平」 | 576 | 〈和文與可洋川園池三十首：望雲樓〉：「陰晴朝暮幾回新，已向虛空付此身。」 | 670 | 東坡詩 |
| 〈漁家傲〉（午醉醒來春欲去）：「午醉醒來春欲去，鶯兒燕子都無語。好箇一春行樂處，花無數，寶釵貰酒花前舞。」 | 600 | 〈春日〉：「午醉醒來無一事，只將春睡賞春晴。」 | 1331 | 東坡詩 |
| 〈婆羅門引〉（短衣匹馬）：「短衣匹馬，白頭重過洛陽城，百年一夢初驚」 | 615 | 〈次韻段縫見贈〉：「短衣匹馬非吾事，只擬關門不問天。」 | 1256 | 東坡詩 |
| 〈喜遷鶯〉（雲雷天造）：「雲雷天造，快嫖姚玉節，生平豪妙。野宿貔貅，江橫組練，畫角一聲霜曉」 | 601 | 〈次韻穆父尚書侍祠郊丘，瞻望天光，退而相慶，引滿醉吟〉：「令嚴鐘鼓三更月，野宿貔貅萬灶煙。」 | 1930 | 東坡詩 |
| 〈玉樓春〉（秋燈連夜寒生暈）：「秋燈連夜寒生暈，書硯朝來龍尾潤。朧朧窗口暗移時，槭槭簷聲還一陣」 | 663 | 〈章錢二君見和，復次韻答之，二首之二〉：「君應旅睫寒生暈，我亦飢腸夜自呼。」 | 1305 | 東坡詩 |
| 〈玉樓春〉（惜花長被花枝惱）：「惜花長被花枝惱，一夜落紅紛不掃。綠雲爲幄繡爲裀，不惜春衫還藉草」 | 669 | 〈和秦太虛梅花〉：「孤山山下醉眠處，點綴裙腰紛不掃。」 | 1185 | 東坡詩 |
| 〈定風波〉（小□香來醉夢中）：「瀟灑小溪新雪後，唯有，蕭蕭霜葉臥殘紅。幾欲問花應有恨，休問，爭教不肯嫁春風」 | 673 | 〈四時詞，四首之四〉：「霜葉蕭蕭鳴屋角，黃昏斗覺羅衾薄。」 | 1093 | 東坡詩 |
| 〈浣溪紗〉（一片煙蓑一葉舟）：「秋月春風行處有，蒼苔濁酒醉時休。人生雖異水同流」 | 679 | 〈和文與可洋川園池三十首：涵虛亭〉：「水軒花榭兩爭妍，秋月春風各自偏。」 | 673 | 東坡詩 |

| 元好問詞——字面點化 | | | | |
|---|---|---|---|---|
| 元好問詞 | 頁數 | 蘇軾作品 | 頁數 | 備註 |
| 〈江城子〉（梅梅柳柳鬧新晴）：「頭上花枝如解語，應笑我，未忘情」 | 701 | 〈李鈐轄坐上分題戴花〉：「簾前柳絮驚春晚，頭上花枝奈老何。」 | 447 | 東坡詩 |

（豐庭製表）

## 二、句意點化：奪胎變化爲己情

北宋黃庭堅提出奪胎換骨，便是對語意或語句的襲用或變化，而這一主張是從惠洪的《冷齋夜話》卷一才有所記載：

> 山谷云：詩意無窮，而人之才有限，以有限之才追無窮之意，雖淵明、少陵，不得工也。然不易其意，而造其語，謂之換骨法；窺入其意而形容之，謂之奪胎法。〔註 137〕

就黃庭堅的說法，換骨奪胎都是與前人作品傳達情意有關，在於側重點不同。而惠洪在記載黃庭堅這句話後，所做的舉例可知，換骨法強調模仿前人語意，是意同而辭異，用不同的語言形式表達相同情感。〔註 138〕而奪胎法重視對原詩語句的開拓，將規模、形象透過想像，發展出新穎、生動的意義。〔註 139〕

因此，換骨法便如同前面論述的「情意相似」當中「句意仿效」這一大類，而奪胎法便如同「情意衍生」中的「句意點化」，代表元好問的詩詞文對比蘇軾作品中一個完整語句，有增損、改易或重組等方式差異，兩者之間獨立來看意思相通，若從各自作品上下連貫的語句來判斷，元好問從蘇軾詩句衍生出不同方向，既非情意相通也非情意相反，在元好問詩、詞、文皆存在這一現象。

〔註 137〕見商務印書館四庫全書出版工作委員會編，《文津閣四庫全書（285 冊）．子部．雜家類》（北京：商務印書館，2005 年第 1 版），頁 692。

〔註 138〕在《冷齋夜話》中舉李白詩曰：「鳥飛不盡暮天碧。」又曰：「青天盡處沒孤鴻。」而黃庭堅作詩曰：「白鳥去盡青天回。」李白詩與黃庭堅詩之意相同，只是語言文字不同，這是換骨之例。見商務印書館四庫全書出版工作委員會編，《文津閣四庫全書（285 冊）．子部．雜家類》，頁 692。

〔註 139〕在《冷齋夜話》中舉白居易詩曰：「臨風杪秋樹，對酒長年身。醉貌如霜葉，雖紅不是春。」秋風蕭瑟，楓林紅透，自己酒醉臉紅如同楓葉，感受如樹木步入老年一般。而蘇軾曾寫：「小兒誤喜朱顏在，一笑那知是酒紅。」惠洪認爲蘇軾擴充白居易的酒醉以爲朱顏，這是奪胎法。見商務印書館四庫全書出版工作委員會編，《文津閣四庫全書（285 冊）．子部．雜家類》，頁 693。

### （一）遺山詩剪裁組合東坡句

元好問詩共計 120 首 132 處有「句意點化」，在本小節最後以「表 4-2-2-1：元好問詩與蘇軾作品『情意衍生——句意點化』對照表」爲呈現。元好問點化蘇軾詩句，所融會貫通而不停於字句或形式上的相仿，展現靈活運用、觸類旁通的技巧，使同樣的句子在他與蘇軾身上都有迥異的意涵。如元好問在年輕時所寫的

〈論詩三十首〉其九：

鬬靡誇多費覽觀，陸文猶恨冗于潘。

心聲只要傳心瞭，布穀瀾翻可是難。〔註 140〕

此首道出浮誇奢靡的詩風反而使讀者耗費心神觀看，陸機的詩文尚比潘岳冗長，只要創作者能完整明確表達出心聲即可，要如那布穀鳥滔滔不絕才能表達是創作者最大的隱憂。「布穀瀾翻可是難」是點化蘇軾〈戲用晁補之韻〉：「知君忍飢空誦詩，口頰瀾翻如布穀。」〔註 141〕原指忍著飢餓吟哦詩歌，口頰不絕吐出言辭如布穀鳥，元好問引申爲創作者逞才作詩的弊病。

元好問存在自我體會世間人事的態度，才能不受限於字句形式與前人相似的困境，在面對不同生命處境時，能眞切體會不同層面的感受，如面對百姓疾苦時所寫〈宿菊壇〉：

……

我雖禁吏出，將無夜叩扉？教汝子若孫，努力逃寒饑。

軍租星火急，期會切勿違。期會不可違，鞭朴傷汝肌。

傷肌尚云可，夭閼令人悲。〔註 142〕

元好問任內鄉令禁止吏員夜晚叩門擾民，也願勤奮教導百姓逃離飢寒交迫的困境，因爲上繳軍租的期限將至，希望不要誤了期限免受責罰，倘若傷及肌膚還有得療傷，倘若因摧折而死便令人感受悲傷。「軍租星火急，期會切勿違」與蘇軾〈湯村開運鹽河雨中督役〉：「鹽事星火急，誰能卹農耕。」〔註 143〕都是同樣爲百姓生活窘境來悲訴，蘇軾認爲政府重視鹽事，卻痛心

---

〔註 140〕見（金）元好問著、狄寶心校注，《元好問詩編年校注（第一冊）》，頁 53。

〔註 141〕見（宋）蘇軾撰、（清）王文誥輯注、孔凡禮點校，《蘇軾詩集（第五冊）》，頁 1524。

〔註 142〕見（金）元好問著、狄寶心校注，《元好問詩編年校注（第一冊）》，頁 447。

〔註 143〕見（宋）蘇軾撰、（清）王文誥輯注、孔凡禮點校，《蘇軾詩集（第二冊）》，頁 389。

未體恤農夫辛勞；元好問一樣痌瘝在抱、爲民解憂，再三叮囑百姓的口吻。

面對自己困阨處境時，也循蘇軾作品做一種精神上的寄託，例如〈濟南雜詩十首〉其十：

看山看水自由身，著處題詩發興新。

日日扁舟藕花裏，有心長作濟南人。〔註 144〕

此一組雜詩寫於從聊城拘管移至冠氏，稍稍獲得自由心境也有所開脫，看著山水四處引發作詩雅興，願意天天華著小船穿梭在蓮花池塘中，有心做一個濟南人。後二者明顯點化蘇軾〈食荔支，二首之二〉：「日啖荔支三百顆，不辭長作嶺南人。」〔註 145〕蘇軾當時貶謫遠在嶺南的惠州，是對當下處境的曠達。元好問引申至對家國破滅一種不得不接受事實，「自由身」來自於對朝政實無須也無法過多牽掛，「長做濟南人」代表自己對於金亡遺臣身分的接受，因此元好問引申蘇軾詩句，實則同病相憐下更深沉的悲痛，欲尋求一種精神的灑脫與慰藉。

面對至親朋友的逐一離世，元好問也能在悲痛之情透過蘇軾語句來深化意念，如〈追懷曹徵君〉：

生死論交不易忘，一回言別淚千行。

空勞結伴歸蓮社，無復題詩寄草堂。……〔註 146〕

對於曹珏的離世，元好問在〈曹徵君墓表〉表達兩人情感之濃厚〔註 147〕，因此首二句說明兩人是可共生死的情誼，過往曾相遇一次揮別後未料天人永隔，這份情感也無須在佛寺結緣或題詩寄贈，對元好問來說是永存於心的。「生死論交不易忘，一回言別淚千行」明顯點化蘇軾悼念亡妻的〈江城子（十年生死兩茫茫）〉：「十年生死兩茫茫。不思量。自難忘。……相顧無言，惟有淚千行。」〔註 148〕代表元好問將好友的情分看得如此情深義重、刻骨銘心，再熟知蘇軾詞句的意涵，更翻一層擴及對朋友的悼念。

---

〔註 144〕見（金）元好問著、狄寶心校注，《元好問詩編年校注（第二冊）》，頁 725。

〔註 145〕見（宋）蘇軾撰、（清）王文誥輯注、孔凡禮點校，《蘇軾詩集（第七冊）》，頁 2194。

〔註 146〕見（金）元好問著、狄寶心校注，《元好問詩編年校注（第三冊）》，頁 1262。

〔註 147〕〈曹徵君墓表〉：「壬辰之兵，君流寓宏州。癸卯冬，予自新興將之燕中，乃枉道過之。死生契闊，始一見顏色，握手而語，恍如隔世，不覺流涕之覆面也！」見（金）元好問著、狄寶心校注，《元好問文編年校注（中冊）》，頁 984。

〔註 148〕見鄒同慶、王宗堂著，《蘇軾詞編年箋注（上冊）》，頁 141。

又在讚許朋友墨寶時也頗有巧思，元好問的〈胡壽之待月軒三首〉其三：

形似何曾有定名，每從游戲得天成。

墨君解語應須道，猶欠風琴一再行。〔註 149〕

首二句與蘇軾〈題文與可墨竹〉：「斯人定何人，游戲得自在。」〔註 150〕稱許文與可能揮灑自如劃出竹子精神，元好問更是推崇好友畫竹能有神似之美，且遊戲寫生中渾然天成，認爲竹子倘若能說話，定然是希望能有古琴相伴催促著胡壽之多畫一些墨君的風采。

晚年元好問金亡不仕，四處至幕府拜訪好友或遊歷山水，以閒淡心境面對周圍生活，在與蘇軾相似的詞彙或意象時，整體呈現後有所區別，如〈下黃榆嶺〉：

北厓玄武暮，黕黑如積鐵。東厓劫火餘，絢爛開錦纈。

就中嶺頭一峰凸樸奇，剩費寒雲幾千疊。

摩圍可望不可到，青壁無梯猿叫絕。

林煙日射彩翠新，跬步疑有黃金闕。

畫工胸次墨汁滿，那得冰壺貯秋月。……〔註 151〕

頭四句是形容黃榆嶺北方與東方山崖的不同色調，北方如積鐵成石般的黝黑，東邊如火烤後絢麗燦爛，而中間一高峰特別凸出既樸實又出奇，更有那層層疊帳的寒雪與白雲。山勢的高聳可以仰望但無法到達，陽光照映迷濛的林間顯得翠綠光彩，在漫步移動間覺得色彩艷麗，而即使一般世俗畫師有著飽滿的匠氣，都畫不出黃榆嶺清新明麗的韻味。「冰壺貯秋月」指的是黃榆嶺在天地間高聳潔淨的存在，與蘇軾贈送賣墨者潘谷所寫〈贈潘谷〉：「布衫漆黑手如龜，未害冰壺貯秋月。」〔註 152〕是有所差別，蘇詩中「冰壺貯秋月」是指潘谷的人品高潔。

茲更舉五例來說明，第一例爲元好問〈愚軒爲趙宜之賦〉：「人人具此清淨眼，妄翳無根嗟自種」〔註 153〕與蘇軾〈次韻黃魯直赤目〉：「天公戲人亦薄

〔註 149〕見（金）元好問著、狄寶心校注，《元好問詩編年校注（第四冊）》，頁 1867。

〔註 150〕見（宋）蘇軾撰、（清）王文誥輯注、孔凡禮點校，《蘇軾詩集（第五冊）》，頁 1439。

〔註 151〕見（金）元好問著、狄寶心校注，《元好問詩編年校注（第三冊）》，頁 1162。

〔註 152〕見（宋）蘇軾撰、（清）王文誥輯注、孔凡禮點校，《蘇軾詩集（第四冊）》，頁 1276。

〔註 153〕見（金）元好問著、狄寶心校注，《元好問詩編年校注（第一冊）》，頁 40。

相，略遣幻翳生明珠。」〔註 154〕元好問認爲人人具有清澈無垢的眼睛，最後成爲虛妄的目障是來自於本身處事的緣故；而蘇軾是指上天故意戲弄，使人在假象的障蔽中生出明亮的眼珠。第二例如元好問的〈贈答劉御史雲卿四首〉其三：「九原如可作，吾欲起韓歐」〔註 155〕與蘇軾〈和陶貧士，七首之一〉：「我欲作九原，獨與淵明歸。」〔註 156〕兩人皆欲探索黃泉皆在於上遊古人，差別在於元好問期待能接續韓歐在文學上地位，蘇軾想同陶淵明歸隱田園，便爲心境上的分別。

第三例如元好問〈張主簿草堂賦大雨〉：「長虹一出林光動，寂歷村墟空落暉」的後面一句，點化蘇軾〈次韻奉和錢穆父蔣穎叔王仲至詩四首：玉津園〉：「千畝何時躬帝藉，斜陽寂歷鎖雲莊。」元好問描寫斜陽餘暉落在寂靜的村落中，是因一場大雨喧鬧過後；而蘇軾描寫皇帝很少親巡苑囿，感嘆只剩夕陽餘暉鎖住整個莊園的清冷。第四例爲元好問〈嶽祠齋宮夜宿〉：「妙香淨餘習，灝氣發新警。」的前一句，點化蘇軾〈雨中過舒教授〉：「濃茗洗積昏，妙香淨浮慮。」元好問是指齋宮中殊妙香氣洗淨煩惱，才能感受到瀰漫於天地之氣所給予的新體悟；蘇軾是指濃厚茶香味讓自己心神獲得舒緩，而浮動的思慮也澄淨，同樣是「妙香洗淨思慮」卻是不同香味與體悟。第五例是元好問〈臺山雜詠十六首〉其四：「好個臺山眞面目，爭教坡老不曾來」和蘇軾〈題西林壁〉：「不識廬山眞面目，只緣身在此山中。」明顯點化蘇軾詩意，蘇軾的不識眞面目是因爲已身在山中無法一一望盡，而元好問所謂不知臺山眞面目是因東坡不曾來過。〔註 157〕

〔註 154〕見（宋）蘇軾撰、（清）王文誥輯注、孔凡禮點校，《蘇軾詩集（第五冊）》，頁 1457。

〔註 155〕見（金）元好問著、狄寶心校注，《元好問詩編年校注（第一冊）》，頁 155。

〔註 156〕見（宋）蘇軾撰、（清）王文誥輯注、孔凡禮點校，《蘇軾詩集（第七冊）》，頁 2137。

〔註 157〕以上摘引原詩的頁數可詳見表 4-2-2-1：元好問詩與蘇軾作品「情意衍生——句意點化」對照表，故不再贅註。

表 4-2-2-1：元好問詩與蘇軾作品「情意衍生——句意點化」對照表

| （二）情意衍生——（2）句意點化 | | | | |
|---|---|---|---|---|
| 元好問詩 | 頁數 | 蘇軾作品 | 頁數 | 備註 |
| 〈虞坂行〉：「我行坂路多閱馬，敢謂群空如冀北」 | 22 | 〈予昔作《壺中九華》詩，其後八年，復過湖口，則石已爲好事者取去，乃和前韻以自解云〉：「江邊陣馬走千峰，問訊方知冀北空。」 | 2454 | |
| 〈愚軒爲趙宜之賦〉：「人人具此清淨眼，妄翳無根嗟自種」 | 40 | 〈次韻黃魯直赤目〉：「天公戲人亦薄相，略遣幻翳生明珠。」 | 1457 | |
| 〈論詩三十首〉：「心聲只要傳心了，布穀瀾翻可是難」 | 53 | 〈戲用晁補之韻〉：「知君忍飢空誦詩，口頰瀾翻如布穀。」 | 1524 | |
| 〈論詩三十首〉：「謝客風容映古今，發源誰似柳州深？朱弦一拂遺音在，卻是當年寂寞心。」 | 63 | 〈送俞節推〉：「吳興有君子，淡如朱絲琴。一唱三太息，至今有遺音。嗟余與夫子，相避如辰參。」 | 993 | |
| 〈論詩三十首〉：「古雅難將子美親，精純全失義山眞。」 | 72 | 〈次韻孔毅父集古人句見贈，五首之三〉：「天下幾人學杜甫，誰得其皮與其骨？……前生子美只君是，信手拈得俱天成。」 | 1157 | |
| 〈步虛詞三首其二〉：「萬神朝罷出通明，和氣歡聲滿玉京。」 | 94 | 〈上元侍飲樓上三首呈同列，三首之一〉：「侍臣鵠立通明殿，一朵紅雲捧玉皇。」 | 1955 | |
| 〈虞鄉麻長官成趣園二首〉之二：「淵明不可作，此士寧復有」 | 98 | 〈和李太白〉：「謫仙固遠矣，此士亦難復。」 | 1233 | |
| 〈贈答劉御史雲卿四首〉其三：「九原如可作，吾欲起韓歐」 | 155 | 〈和陶貧士，七首之一〉：「我欲作九原，獨與淵明歸。」 | 2137 | |
| 〈橫波亭〉：「孤亭突兀插飛流，氣壓元龍百尺樓。萬里風濤接瀛海，千年豪傑壯山丘。」 | 162 | 〈趙令晏崔白大圖幅徑三丈〉：「畫堂粉壁翻雲幕，十里江天無處著。好臥元龍百尺樓，笑看江水拍天流。」 | 1483 | |

| （二）情意衍生——（2）句意點化 | | | | |
|---|---|---|---|---|
| 元好問詩 | 頁數 | 蘇軾作品 | 頁數 | 備註 |
| 〈寄趙宜之〉：「莘川三月春事忙，布穀勸耕鳩喚雨。舊聞抱犢山，摩雲出蒼稜。」 | 164 | 〈和子由聞子瞻將如終南太平宮溪堂讀書〉：「中間罹旱暵，欲學喚雨鳩。」 | 180 | |
| 〈灊亭〉：「人生要適情，無榮複何辱。乾坤入望眼，容我謝羈束。」 | 223 | 〈贈上天竺辯才師〉：「乃知戒律中，妙用謝羈束。何必言法華，佯狂啖魚肉。」 | 466 | |
| 〈西園〉：「皇州春色濃於酒，醉殺西園歌舞人。」 | 275 | 〈寒具〉：「纖手搓來玉數尋，碧油輕蘸嫩黃深。夜來春睡濃於酒，壓褊佳人纏臂金。」 | 1694 | |
| 〈芳華怨〉：「勸君滿酌金屈卮，明日無花空折枝。」 | 286 | 〈杭州牡丹開時，僕猶在常、潤，周令作詩見寄，次其韻，復次一首送赴闕，二首之一〉：「玉臺不見朝酣酒，金縷猶歌空折枝。」 | 557 | |
| 〈乙酉六月十一日雨〉：「時時怪事發，雨雹如李梅。」 | 300 | 〈惜花〉：「夜來雨雹如李梅，紅殘綠暗吁可哀。」 | 625 | |
| 〈飲酒五首〉其三：「利端始萌芽，忽複成禍根。名虛買實禍，將相安足論。」 | 304 | 〈送魯元翰少卿知衛州〉：「刑政雖首務，念當養其源。一聞襦褲音，盜賊安足論。」 | 726 | |
| 〈飲酒五首〉其四：「唯當飲美酒，儻來非所期。」 | 305 | 〈次韻子由除日見寄〉：「臨池飲美酒，尚可消永日。但恐詩力弱，鬥健未免馘。」 | 121 | |
| 〈飲酒五首〉其五：「三更風露下，巾袖警微濕。浩歌天壤間，今夕知何夕？」 | 306 | 〈念奴嬌〉（憑高眺遠）：「起舞徘徊風露下，今夕不知何夕。便欲乘風，翻然歸去，何用騎鵬翼。」 | 426 | 東坡詞 |
| 〈後飲酒五首〉其五：「飲人不飲酒，正自可飲泉。飲酒不飲人，屠沽從擊鮮。」 | 310 | 〈和陶飲酒，二十首之十四〉：「我家小馮君，天性頗醇至。清坐不飲酒，而能容我醉。」 | 1888 | |

| （二）情意衍生——（2）句意點化 | | | | |
|---|---|---|---|---|
| 元好問詩 | 頁數 | 蘇軾作品 | 頁數 | 備註 |
| 〈方城八景・仙翁雪霽〉：「觀宇巍峨紫翠間，葛公從此煉丹還。」 | 336 | 〈浴日亭〉：「忽驚鳥動行人起，飛上千峰紫翠間。」 | 2068 | |
| 〈同希顏再登箕山〉：「是時夏春交，野色亂青縹。川光乍明滅，地脈互縈繞。」 | 359 | 〈七月一日出城舟中苦熱〉：「涼飆呼不來，流汗方被體。稀星乍明滅，暗水光瀰瀰。」 | 342 | |
| 〈送詩人秦略簡夫歸蘇墳別業〉：「論文一樽酒，雅道誰當陳」 | 397 | 〈與頓起、孫勉泛舟，探韻得未字〉：「朝來一樽酒，晤語聊自慰。」 | 865 | |
| 〈放言〉：「曾是萬戶封，不博一掉頭。有來且當避，未至吾何求。」 | 402 | 〈去年秋，偶遊寶山上方。入一小院，闃然無人。有一僧，隱几低頭讀書。與之語，漠然不甚對。問其鄰之僧，曰：「此雲闍黎也，不出十五年矣。」今年六月，自常、潤還，復至其室，則死葬數月矣。作詩題其壁〉：「卻疑此室中，常有斯人不。所遇孰非夢，事過吾何求。」 | 576 | |
| 〈洧川行〉：「爺娘惜女如惜玉，近前細看面發紅。無端嫁作蕩子婦，流落棄擲風埃中。」 | 412 | 〈章質夫寄惠《崔徽真》〉：「水邊何處無麗人，近前試看丞相嗔。」 | 798 | |
| 〈宿菊壇〉：「軍租星火急，期會切勿違。」 | 447 | 〈湯村開運鹽河雨中督役〉：「鹽事星火急，誰能卹農耕。」 | 389 | |
| 〈西齋夜宴〉：「飄零無物慰天涯，酒伴相逢飲倍加。」 | 449 | 〈次韻沈長官三首之一〉：「家山何在兩忘歸，盃酒相逢慎勿違。」 | 563 | |
| 〈送高信傾〉：「濕薪煙滿眼，破硯冰生須」 | 451 | 〈次韻答舒教授觀余所藏墨〉：「聞君此詩當大笑，寒窗冷硯冰生水。」 | 839 | |
| 〈半山亭招仲梁飲〉：「半山亭前淅江水，只可與君消百憂。」 | 454 | 〈送文與可出守陵州〉：「壁上墨君不解語，見之尚可消百憂。」 | 250 | |

| （二）情意衍生——（2）句意點化 | | | | |
|---|---|---|---|---|
| 元好問詩 | 頁數 | 蘇軾作品 | 頁數 | 備註 |
| 〈去歲君遠遊送仲梁出山〉：「破屋仰見星，疏衾風露清。匣中有長劍，爲君鳴不平。」 | 456 | 〈次韻柳子玉二首：紙帳〉：「錦衾速卷持還客，破屋那愁仰見天。」 | 316 | |
| 〈張主簿草堂賦大雨〉：「長虹一出林光動，寂歷村墟空落暉」 | 474 | 〈次韻奉和錢穆父、蔣潁叔、王仲至詩四首：玉津園〉：「千畝何時躬帝藉，斜陽寂歷鎖雲莊。」 | 1936 | |
| 〈示姪孫伯安〉：「讀書誤人多，闊疏亦天資。」 | 497 | 〈送劉攽倅海陵〉：「讀書不用多，作詩不須工，」 | 242 | |
| 〈鎭平書事〉：「可是諸人哀老子，半窗紅日擁黃紬。」 | 515 | 〈和孫同年卞山龍洞禱晴〉：「看君擁黃紬，高臥放晚衙。」 | 966 | |
| 〈鎭平縣齋感懷〉：「四十頭顱半白生，靜中身世兩關情。」 | 517 | 〈送段屯田分得于字〉：「四十豈不知頭顱，畏人不出何其愚。」 | 618 | |
| 〈謝鄧州帥免從事之辟〉：「憂端擾擾力難任，世事駸駸日見臨。」 | 544 | 〈初到杭州寄子由二絕，二首之一〉：「眼看時事力難任，貪戀君恩退未能。」 | 314 | |
| 〈壬辰十二月，車駕東狩後即事五首〉其三：「西南三月音書絕，落日孤雲望眼穿」 | 624 | 〈《虔州八境圖》，八首之二〉：「倦客登臨無限思，孤雲落日是長安。」 | 793 | |
| 〈壬辰十二月，車駕東狩後即事五首〉其五：「五雲宮闕露盤秋，銀漢無聲桂樹稠」 | 627 | 〈陽關詞三首：中秋月〉：「暮雲收盡溢清寒，銀漢無聲轉玉盤。」 | 753 | |
| 〈雜著四首〉其四：「東君去作誰家客？花柳無情各自春。」 | 644 | 〈單同年求德興俞氏聚遠樓詩，三首之一〉：「雲山煙水苦難親，野草幽花各自春。」 | 591 | |
| 〈喜李彥深過聊城〉：「圍城十月鬼爲鄰，異縣相逢白髮新」 | 682 | 〈次韻韶倅李通直，二首之一〉：「老去常憂伴新鬼，歸來且喜是陳人。曾陪令尹蒼髯古，又見郎君白髮新。」 | 2411 | |

| （二）情意衍生——（2）句意點化 | | | | |
|---|---|---|---|---|
| 元好問詩 | 頁數 | 蘇軾作品 | 頁數 | 備註 |
| 〈紀子正杏園燕集〉：「花開花落十日耳，對花不飲花應嗔」 | 712 | 〈惜花〉：「而我食菜方清齋，對花不飲花應猜。」 | 625 | |
| 〈濟南雜詩十首〉其五：「只應畫戟清香地，多欠韋郎五字詩」 | 723 | 〈和孔周翰二絕：觀靜觀堂效韋蘇州詩〉：「樂天長短三千首，卻愛韋郎五字詩。」 | 754 | |
| 〈濟南雜詩十首〉其十：「日日扁舟藕花裏，有心長作濟南人」 | 725 | 〈食荔支，二首之二〉：「日啖荔支三百顆，不辭長作嶺南人。」 | 2194 | |
| 〈學東坡移居八首〉其一：「瓦礫雜糞壤，白骨深蒼苔」 | 742 | 〈柏石圖詩〉：「土膏雜糞壤，成壞幾何耳。」 | 1579 | |
| 〈學東坡移居八首〉其六：「濕薪煙滿眼，破硯冰生髭」 | 754 | 〈次韻答舒教授觀余所藏墨〉：「聞君此詩當大笑，寒窗冷硯冰生水。」 | 839 | |
| 〈學東坡移居八首〉其八：「季昌妙琴事，足以相娛嬉」 | 757 | 〈次韻王鞏留別〉：「君歸與何人，文字相娛嬉」 | 879 | |
| 〈楊煥然生子四首〉其二：「我欲去爲湯餅客，買羊沽酒約何時」 | 764 | 〈賀陳述古弟章生子〉：「甚欲去爲湯餅客，惟愁錯寫弄麞書。」 | 521 | |
| 〈戲題新居二十韻〉：「胸中廣廈千萬間，天地一身無著處。」 | 785 | 〈豆粥〉：「我老此身無著處，賣書來問東家住。」 | 1272 | |
| 〈松上幽人圖〉：「秋風謖謖松樹枝，仙人骨輕雲一絲」 | 789 | 〈次韻奉和錢穆父、蔣穎叔、王仲至詩四首：見和西湖月下聽琴〉：「謖謖松下風，靄靄隴上雲。」 | 1934 | |
| 〈懷州子城晚望少室〉：「洛陽見說兵猶滿，半夜悲歌意未平」 | 805 | 〈次韻秦少章和錢蒙仲〉：「山圍故國城空在，潮打西陵意未平。」 | 1643 | |
| 〈望嵩少二首〉其一：「長河一葦人千里，望斷西城碧玉環」 | 809 | 〈送張職方吉甫赴閩漕六和寺中作〉：「門前江水去掀天，寺後清池碧玉環。」 | 335 | |

| （二）情意衍生——（2）句意點化 | | | | |
|---|---|---|---|---|
| 元好問詩 | 頁數 | 蘇軾作品 | 頁數 | 備註 |
| 〈寄汴禪師〉:「白頭歲月坐詩窮，止有相逢一笑同」 | 811 | 〈次韻子由送陳侗知陜州〉:「相逢一笑外，奈此白髮何。」 | 1451 | |
| 〈桐川與仁卿飲〉:「蕭蕭茅屋繞清灣，四面雲開碧玉環。」 | 824 | 〈張競辰永康所居萬卷堂〉:「清江縈山碧玉環，下有老龍千古閑。」 | 2452 | |
| 〈和仁卿演太白詩意二首〉其二:「四十九年堪一笑，昨非今是可憐生。」 | 830 | 〈歸去來集字，十首之十〉:「寄傲疑今是，求榮感昨非。」 | 2359 | |
| 〈雲峽〉:「一堆寒碧几研間，寶氣崢嶸插箕尾」 | 834 | 〈浴日亭〉:「劍氣崢嶸夜插天，瑞光明滅到黃灣。」 | 2067 | |
| 〈別張御史〉:「晚學天教及老成，翰林詩裏羨鴻冥」 | 839 | 〈送張軒民寺丞赴省試〉:「龍飛甲子盡豪英，嘗喜吾猶及老成。」 | 397 | |
| 〈別李周卿三首〉其二：「望君清廟瑟，一洗箏笛耳」 | 842 | 〈聽賢師琴〉:「歸家且覓千斛水，淨洗從前箏笛耳。」 | 381 | |
| 〈續小娘歌十首〉其七：「竹溪梅塢靜無塵，二月江南煙雨春」 | 862 | 〈雨中過舒教授〉:「疏疏簾外竹，瀏瀏竹間雨。窗扉靜無塵，几硯寒生霧。」 | 831 | |
| 〈太乙蓮舟圖三首，爲濟源奉先老師賦〉其二:「我與太虛同一體，也無蓮葉也無波」 | 868 | 〈定風波〉（莫聽穿林打葉聲）:「回首向來蕭瑟處，也無風雨也無晴。」 | 356 | 東坡詞 |
| 〈太乙蓮舟圖三首，爲濟源奉先老師賦〉其二:「我與太虛同一體，也無蓮葉也無波」 | 868 | 〈獨覺〉:「回首向來蕭瑟處，也無風雨也無晴。」 | 2284 | |
| 〈戊戌十月山陽雨夜二首〉其二:「枯蒲折葦障清灣，十里風荷指顧間」 | 876 | 〈次韻孔毅父久旱已而甚雨，三首之二〉:「奔流未已坑谷平，折葦枯荷恣漂溺。」 | 1123 | |
| 〈遊天壇雜詩十三首〉其八:「安得天瓢一翻倒，躡雲平下看風雷」 | 898 | 〈二十六日五更起行，至磻溪，天未明。〉:「安得夢隨霹靂駕，馬上傾倒天瓢翻？」 | 174 | |

| （二）情意衍生——（2）句意點化 | | | | |
|---|---|---|---|---|
| 元好問詩 | 頁數 | 蘇軾作品 | 頁數 | 備註 |
| 〈遊天壇雜詩十三首〉其十二：「八表神游吾豈敢？或能搖筆賦垂天」 | 902 | 〈水龍吟〉（古來雲海茫茫）：「八表神遊，浩然相對，酒酣箕踞。待垂天賦就，騎鯨路穩，約相將去。」 | 556 | 東坡詞 |
| 〈雜詩六首道中作〉其一：「已被吳中喚傖父，卻來河朔作炎兒。」 | 916 | 〈憶江南寄純如，五首之一〉：「楚水別來十載，蜀山望斷千重。畢竟擬爲傖父，憑君說與吳儂。」 | 1923 | |
| 〈雜詩六首道中作〉其六：「袖裏新詩一千首，不愁錦繡裹山川」 | 919 | 〈臨安三絕：錦溪〉：「五百年間異人出，盡將錦繡裹山川。」 | 490 | |
| 〈送杜招撫歸西山〉：「少日先聲懾虎貔，只今騎馬欲雞棲」 | 921 | 〈送錢承制赴廣西路分都監〉：「知是丹霞燒佛手，先聲應已懾群夷。」 | 1487 | |
| 〈與張、杜飲〉：「山公倒載群兒笑，焦遂高談四座驚」 | 935 | 〈歐陽晦夫遺接䍦琴枕，戲作此詩謝之〉：「無絃且寄陶令意，倒載猶作山公看。」 | 2372 | |
| 〈南湖先生雪景乘騾圖〔並引〕〉：「風流耆舊今誰似，惆悵相看是畫中」 | 939 | 〈追和子由去歲試舉人洛下所寄九首：暴雨初晴樓上晚景，五首之二〉：「風流耆舊消磨盡，只有青山對病翁。」 | 458 | |
| 〈過劉子中新居〉：「大兒踉蹡挾書歸，土銼疏煙纔一粥」 | 957 | 〈趙郎中往莒縣，逾月而歸，復以一壺遺之，仍用前韻〉：「大兒踉蹡越門限，小兒咿啞語繡帳。」 | 695 | |
| 〈過劉子中新居〉：「微官枉負半生閑，也著區區簿領間」 | 957 | 〈同曾元恕游龍山，呂穆仲不至〉：「青春不覺老朱顏，強半銷磨簿領間。」 | 442 | |
| 〈過劉子中新居〉：「何時卻與溪南老，紫蓋山前共往還」 | 957 | 〈寄題刁景純藏春塢〉：「何時卻與徐元直，共訪襄陽龐德公。」 | 679 | |
| 〈贈祖唐臣〉：「陵夷隨世變，巧僞失天眞」 | 963 | 〈漢水〉：「古風隨世變，寒水空泠泠。」 | 72 | |

| （二）情意衍生——（2）句意點化 | | | | |
|---|---|---|---|---|
| 元好問詩 | 頁數 | 蘇軾作品 | 頁數 | 備註 |
| 〈贈祖唐臣母挽章〉：「升堂結友平生事，重爲王君廢蓼莪」 | 964 | 〈新茶送簽判程朝奉，以饋其母，有詩相謝，次韻答之〉：「從此升堂是兄弟，一甌林下記相逢。」 | 1683 | |
| 〈幽蘭〉：「問何爲來有所期，歲云暮矣胡不歸？」 | 969 | 〈將往終南和子由見寄〉：「歲云暮矣嗟幾餘，欲往南溪侶禽魚。」 | 181 | |
| 〈寄楊飛卿〉：「西風白髮三千丈，故國青山一萬重」 | 973 | 〈宿州次韻劉涇〉：「多情白髮三千丈，無用蒼皮四十圍。」 | 728 | |
| 〈醉後走筆〉：「山鬼獨一脚，拊掌笑我旁。」 | 989 | 〈巫山〉：「野老笑我旁，少年嘗屢至。」 | 35 | |
| 〈醉後走筆〉：「愛茶愛書死不徹，乃以冰炭貯我腸」 | 989 | 〈水調歌頭〉（昵昵兒女語）：「煩子指間風雨，置我腸中冰炭，起坐不能平。」 | 323 | 東坡詞 |
| 〈答郭仲通二首〉其一：「光芒消縮都無幾，慚愧詩人比少微。」 | 994 | 〈戲子由〉：「居高志下眞何益，氣節消縮今無幾。」 | 326 | |
| 〈答郭仲通二首〉其二：「吐氣無妨出芒角，忍窮尤喜見工程。」 | 996 | 〈郭祥正家，醉畫竹石壁上，郭作詩爲謝，且遺二古銅劍〉：「空腸得酒芒角出，肝肺槎牙生竹石。」 | 1234 | |
| 〈賦瓶中雜花七首〉其二：「香中人道瑞香濃，誰信丁香臭味同」 | 1008 | 〈題楊次公蕙〉：「蕙本蘭之族，依然臭味同。」 | 1695 | |
| 〈九日讀書山用陶詩「露淒暄風息，氣清天曠明」爲韻賦十詩〉其六：「爭教十圍腹，滿貯憂與畏」 | 1020 | 〈送顧子敦奉使河朔〉：「便便十圍腹，不但貯書史。」 | 1495 | |
| 〈德華小女五歲能誦予詩數首以此詩爲贈〉：「好個通家女兄弟，海棠紅點紫蘭芽」 | 1038 | 〈送李陶通直赴清溪〉：「喜見通家賢子弟，自言得邑少風塵。」 | 1714 | |

| （二）情意衍生——（2）句意點化 | | | | |
|---|---|---|---|---|
| 元好問詩 | 頁數 | 蘇軾作品 | 頁數 | 備註 |
| 〈送詩人李正甫〉：「安坐誰不如？半生走逡巡。」 | 1047 | 〈和陶答龐參軍〉：「才智誰不如，功名歎無緣。」 | 2327 | |
| 〈送詩人李正甫〉：「蒼蒼不可問，藐藐誰當親」 | 1047 | 〈用前韻再和孫志舉〉：「唱高和自寡，非我誰當親。」 | 2440 | |
| 〈送王亞夫舉家歸許昌〉：「監河貸粟困欲死，望望江水湔塵泥」 | 1069 | 〈莫笑銀杯小答喬太博〉：「會當拂衣歸故丘，作書貸粟監河侯。」 | 617 | |
| 〈送王亞夫舉家歸許昌〉：「天公醉著百不問，汝偶而偶奇而奇」 | 1069 | 〈次韻孔毅父集古人句見贈，五首之四〉：「何當一醉百不問，我欲眠矣君歸休。」 | 1158 | |
| 〈癸卯歲杏花〉：「待開竟不開，怕寒貪睡嗔人催」 | 1072 | 〈紅梅，三首之一〉：「怕愁貪睡獨開遲，自恐冰容不入時。故作小紅桃杏色，尚餘孤瘦雪霜姿。」 | 1107 | |
| 〈游龍山〉：「須臾視六合，浩蕩不可求」 | 1079 | 〈和陶擬古，九首之七〉：「一見春秋末，渺焉不可求。」 | 2265 | |
| 〈懷安道中寄懷曹征君子玉〉：「祝君飽喫殘年飯，會有鄰牆白版扉」 | 1097 | 〈儋耳〉：「殘年飽飯東坡老，一壑能專萬事灰。」 | 2363 | |
| 〈東丹騎射〉：「血毛不見南山虎，想得弦聲裂石時」 | 1101 | 〈起伏龍行〉：「何年白竹千鈞弩，射殺南山雪毛虎。」 | 814 | |
| 〈梁移忠詩卷〉：「龍種作駒元自異，虎頭食肉未應遲」 | 1107 | 〈聞喬太博換左藏知欽州，以詩招飲〉：「馬革裹屍眞細事，虎頭食肉更何人。」 | 682 | |
| 〈嶽祠齋宮夜宿〉：「妙香淨餘習，灝氣發新警。鶴書來何遲，素髮迫垂領。」 | 1151 | 〈雨中過舒教授〉：「濃茗洗積昏，妙香淨浮慮。」 | 831 | |
| 〈留贈丹陽王煉師三章〉其二：「爛醉玄都有舊期，百年人事不勝悲。」 | 1160 | 〈渚宮〉：「百年人事知幾變，直恐荒廢成空陂。」 | 62 | |

| （二）情意衍生——（2）句意點化 | | | | |
|---|---|---|---|---|
| 元好問詩 | 頁數 | 蘇軾作品 | 頁數 | 備註 |
| 〈下黃榆嶺〉：「畫工胸次墨汁滿，那得冰壺貯秋月」 | 1162 | 〈贈潘谷〉：「布衫漆黑手如龜，未害冰壺貯秋月。」 | 1276 | |
| 〈洛陽〉：「城頭大匠論蒸土，地底中郎待摸金」 | 1164 | 〈有言郡東北荊山下，可以溝畎積水，因與吳正字、王户曹同往相視，以地多亂石，不果。還，遊聖女山，山有石室，如墓而無棺槨，或云宋司馬桓魋墓。二子有詩，次其韻，二首之二〉：「縱令司馬能鑱石，奈有中郎解摸金。」 | 770 | |
| 〈同漕司諸人賦紅梨花二首〉其一：「白雪爲肌玉爲骨，淡妝濃抹總相宜。」 | 1198 | 〈再用前韻〉：「羅浮山下梅花村，玉雪爲骨冰爲魂。紛紛初疑月桂樹，耿耿獨與參橫昏」 | 2076 | |
| 〈寄楊弟正卿〉：「東閣官梅動詩興，洞庭春色入新篘。」 | 1201 | 〈次韻王定國會飲清虛堂〉：「何遜揚州又幾年，官梅詩興故依然。」 | 1612 | |
| 〈丙午九日詠菊二首〉其一：「秋菊有何好，只緣風露清。花中誰比數，霜後獨鮮明」 | 1258 | 〈次韻子由所居六詠，六首之二〉：「粲粲秋菊花，卓爲霜中英。萸盤照重九，纈蕊兩鮮明。」 | 2207 | |
| 〈追懷曹徵君〉：「生死論交不易忘，一回言別淚千行」 | 1262 | 〈江城子〉（十年生死兩茫茫）：「十年生死兩茫茫。不思量。自難忘。……相顧無言，惟有淚千行。」 | 141 | 東坡詞 |
| 〈善應寺五首〉其三：「夕陽人影臥平橋，倦客登臨不自聊」 | 1275 | 〈《虔州八境圖》，八首之二〉：「倦客登臨無限思，孤雲落日是長安。」 | 793 | |
| 〈善應寺五首〉其五：「困不成眠百感生，田家燈火夜深明。無因洗耳風沙底，枉費潺潺落枕聲。」 | 1276 | 〈水調歌頭〉（昵昵兒女語）：「昵昵兒女語，燈火夜微明。恩冤爾汝來去，彈指淚和聲。」 | 323 | 東坡詞 |
| 〈呂國材家醉飲〉：「世事悠悠殊未涯，七年回首一長嗟。」 | 1277 | 〈送陳睦知潭州〉：「湖南萬古一長嗟，付與騷人發嘲弄。」 | 1429 | |

| （二）情意衍生——（2）句意點化 | | | | |
|---|---|---|---|---|
| 元好問詩 | 頁數 | 蘇軾作品 | 頁數 | 備註 |
| 〈水簾記異〉：「神明自足還舊觀，湧浪爭敢徼靈通」 | 1279 | 〈與葉淳老、侯敦夫、張秉道同相視新河，秉道有詩次韻，二首之一〉：「我鑿西湖還舊觀，一眼已盡西南碧。」 | 1754 | |
| 〈湧金亭示同游諸君〉：「平湖油油碧於酒，雲錦十里翻風荷。」 | 1298 | 〈與胡祠部游法華山〉：「歸途十里盡風荷，清唱一聲聞《露薤》。」 | 989 | |
| 〈送弋唐佐還平陽〉：「會最上指冠巍峨，豈肯俯首春官科」 | 1315 | 〈次秦少游韻贈姚安世〉：「剝啄扣君容膝户，巍峨笑我切雲冠。」 | 1950 | |
| 〈送弋唐佐還平陽〉：「崑崙神泉參朮芝，乞與餘膏潤衰朽」 | 1315 | 〈謫居三適三首：午窗坐睡〉：「枯楊不飛花，膏澤回衰朽。」 | 2286 | |
| 〈自題中州集後五首〉其二：「北人不拾江西唾，未要曾郎借齒牙」 | 1331 | 〈辨道歌〉：「哀哉世人爭齒牙，指僞爲眞正爲哇。」 | 2211 | |
| 〈與張仲傑郎中論文〉：「莫訝荊山前，時聞刖人哭」 | 1347 | 〈哀公濟和劉景文《登介亭》詩，復次韻答之〉：「那知君蹭蹬，獨泣荊山玉。」 | 1703 | |
| 〈十一月五日暫往西張〉：「歉歲村虛更荒惡，窮冬人影亦伶俜」 | 1358 | 〈望夫臺〉：「誰能坐待山月出，照見寒影高伶俜。」 | 23 | |
| 〈常仲明教授挽辭〉：「汝南後日先賢傳，猶欠知幾爲勒銘」 | 1364 | 〈聚星堂雪〉：「汝南先賢有故事，醉翁詩話誰續說。」 | 1814 | |
| 〈鄉郡雜詩五首〉其三：「一溝流水幾橋橫，岸上人家種柳成。成歲春風一千樹，綠煙和雨暗重城」 | 1373 | 〈畫車，二首之二〉：「九衢歌舞頌王明，誰惻寒泉獨自清。賴有千車能散福，化爲膏雨滿重城。」 | 2443 | |
| 〈鄉郡雜詩五首〉其四：「新堂縹緲接飛樓，雲錦周遭霜樹秋。」 | 1374 | 〈送陳睦知潭州〉：「華清縹緲浮高棟，上有纈林藏石甕。一杯此地初識君，千巖夜上同飛鞚。」 | 1427 | |

| （二）情意衍生——（2）句意點化 | | | | |
|---|---|---|---|---|
| 元好問詩 | 頁數 | 蘇軾作品 | 頁數 | 備註 |
| 〈祁陽劉器之以墨竹得名，今年春薄游鹿泉，因爲予寫眞，重以小景見餉，凡以求予詩而已。賦二十韻答之〉：「劉生工寫照，游戲出俄頃。」 | 1378 | 〈題文與可墨竹〉：「斯人定何人，游戲得自在。詩鳴草聖餘，兼入竹三昧。」 | 1439 | |
| 〈祁陽劉器之以墨竹得名，今年春薄游鹿泉，因爲予寫眞，重以小景見餉，凡以求予詩而已。賦二十韻答之〉：「詩餘飯山瘦，智縮武庫癭」 | 1378 | 〈次韻沈長官，三首之一〉：「不獨飯山嘲我瘦，也應糠覈怪君肥。」 | 563 | |
| 〈游承天鎭懸泉〉：「周南留滯何敢嘆！投老天教探禹穴。」 | 1388 | 〈神宗皇帝挽詞，三首之三〉：「周南稍留滯，宣室遂淒涼。」 | 1338 | |
| 〈游承天鎭懸泉〉：「承天此水何所本？乃與沇瀆爭雄尊。平地突出隨崩奔，洶如頳波射天門」 | 1388 | 〈次韻滕大夫三首：雪浪石，二首之一〉：「太行西來萬馬屯，勢與岱岳爭雄尊。」 | 1998 | |
| 〈題張彥寶陵川西溪圖〉：「當時膝上王文度，五字詩成眾口傳」 | 1425 | 〈送劉道原歸覲南康〉：「定將文度置膝上，喜動鄰里烹豬羊。」 | 260 | |
| 〈臺山雜詠十六首〉其二：「太行直上猶千里，井底殘山枉叫號」 | 1435 | 〈臨城道中作〉：「逐客何人著眼看，太行千里送征鞍。」 | 2024 | |
| 〈臺山雜詠十六首〉其四：「好個臺山眞面目，爭教坡老不曾來」 | 1436 | 〈題西林壁〉：「不識盧山眞面目，只緣身在此山中。」 | 1219 | |
| 〈醉中送陳季淵〉：「快如懷素書布障，狂笑劉叉寫冰柱」 | 1490 | 〈雪後書北臺壁，二首之二〉：「老病自嗟詩力退，空吟《冰柱》憶劉叉。」 | 605 | |
| 〈醉中送陳季淵〉：「眼中之人不易忘，誰作冰炭置我腸？」 | 1490 | 〈水調歌頭〉（昵昵兒女語）：「置我腸中冰炭，起坐不能平。」 | 323 | 東坡詞 |

| （二）情意衍生——（2）句意點化 | | | | |
|---|---|---|---|---|
| 元好問詩 | 頁數 | 蘇軾作品 | 頁數 | 備註 |
| 〈送劉子東游〉：「書空咄咄知誰解，擊缶嗚嗚頗自憐。」 | 1508 | 〈杜介熙熙堂〉：「咄咄何曾書怪事，熙熙長覺似春臺。」 | 820 | |
| 〈鎮州與文舉、百一飲〉：「眼中二老風流在，一醉從教萬事休。」 | 1571 | 〈贈張刁二老〉：「兩邦山水未淒涼，二老風流總健強。共成一百七十歲，各飲三萬六千觴。」 | 568 | |
| 〈慶高評事八十之壽〉：「化日舒長留暮景，秋風遙落變春溫」 | 1576 | 〈次韻子由柳湖感物〉：「四時盛衰各有態，搖落悽愴驚寒溫。」 | 265 | |
| 〈趙吉甫西園〉：「酸鹹與世殊，至味久乃全」 | 1577 | 〈送參寥師〉：「鹹酸雜眾好，中有至味永。」 | 906 | |
| 〈送曹幹臣〉：「黃楊舊厄三年閏，赤驥非無萬里姿。」 | 1588 | 〈監洞霄宮俞康直郎中所居四詠：退圃〉：「園中草木春無數，只有黃楊厄閏年。」 | 546 | |
| 〈過井陘〉：「北山亭亭如驛堠，南山耽耽虎翹首。」 | 1602 | 〈僕所至，未嘗出游。過長蘆，聞復禪師病甚，不可不一問。既見，則有間矣。明日，阻風，復留，見之。作三絕句，呈聞復，並請轉呈參寥子，各賦數首，三首之一〉：「瑟瑟寒松露骨，耽耽病虎垂頭。」 | 2030 | |
| 〈過井陘〉：「土門東頭望井陘，漢家風雲自奔走」 | 1602 | 〈和張昌言喜雨〉：「二聖憂勤忘寢食，百神奔走會風雲。」 | 1500 | |
| 〈元夕〉：「彰陽舊事無人記，二十三年似夢中」 | 1728 | 〈送陳睦知潭州〉：「舊遊空在人何處，二十三年真一夢。」 | 1428 | |
| 〈太白獨酌圖〉：「會稽賀老何處在，千里名山入酒船」 | 1743 | 〈寄吳德仁兼簡陳季常〉：「稽山不是無賀老，我自興盡回酒船。」 | 1342 | |
| 〈王學士熊嶽圖〉：「膝前文度更風流，盡捲風流入詩筆」 | 1754 | 〈送劉道原歸覲南康〉：「定將文度置膝上，喜動鄰里烹豬羊。」 | 260 | |

| （二）情意衍生——（2）句意點化 | | | | |
|---|---|---|---|---|
| 元好問詩 | 頁數 | 蘇軾作品 | 頁數 | 備註 |
| 〈西山樓爲王仲理賦二首〉其二：「拄笏西山老騎曹，朝來爽氣與秋高。」 | 1846 | 〈和文與可洋川園池三十首：吏隱亭〉：「昨夜清風眠北牖，朝來爽氣在西山。」 | 672 | |
| 〈胡壽之待月軒三首〉其三：「形似何曾有定名，每從游戲得天成。墨君解語應須道，猶欠風琴一再行」 | 1867 | 〈題文與可墨竹〉：「斯人定何人，游戲得自在。」 | 1439 | |

（豐庭製表）

### （二）遺山詞多奪胎化用東坡詩

在元好問詞作，則有 32 首 35 處存在句意點化，以「表 4-2-2-2：元好問詞與蘇軾作品「情意衍生——句意點化」對照表」爲呈現。情意衍生代表從原來意義基礎上，通過聯想或譬喻，或從時空、因果、動靜、物狀等不同方向延伸。〔註 158〕

所以元好問與蘇軾作品的延伸關係是多元變化的，如從時空方向延伸，元好問遊汜水故城遙想劉邦與項羽之戰，寫下〈水調歌頭〉（牛羊散平楚）其中幾句「遙想朱旗回指、萬里風雲奔走，慘澹五年兵。」〔註 159〕敘寫兩軍交戰、風雲變色，「萬里風雲奔走」便是延伸蘇軾〈和張昌言喜雨〉：「二聖憂勤忘寢食，百神奔走會風雲。」〔註 160〕蘇軾借下雨時天空風雲交會的意象，道出當時哲宗與太后爲百姓憂勤，而百官也爲民生衣食奔走紓解問題；而元好問則是衍生至戰場上瞬息萬變。又元好問亡國後所寫〈鷓鴣天〉（玉立芙蓉鏡裏看）最後兩句：「幾時忘得分攜處，黃葉疏雲渭水寒。」〔註 161〕明顯點化蘇

〔註 158〕在此援引的觀點，是《詞匯》在「3.4.2 詞義引申」：「詞義從一點出發，通過聯想和比喻，向不同相關方向延伸，從而在原來意義的基礎上產生一系列的意義，這種語言現象叫做詞義引申」，若將蘇軾原句當作元好問延伸的基礎，便同樣觀察元好問的句子如何多向發展。參考王寧、鄒曉麗主編；趙學清、鄭振峰、萬藝玲著，《詞匯》（香港：海峰出版社，1998 年第 1 版），頁 80～94。

〔註 159〕見（金）元好問撰、趙永源校註，《遺山樂府校註》，頁 44。

〔註 160〕見（宋）蘇軾撰、（清）王文誥輯注、孔凡禮點校，《蘇軾詩集（第五冊）》，頁 1500。

〔註 161〕見（金）元好問撰、趙永源校註，《遺山樂府校註》，頁 418。

軾早年詩作〈贈別〉:「殷勤莫忘分攜處，湖水東邊鳳嶺西。」〔註 162〕元好問與蘇軾都在訴說無法忘懷離別之處，然蘇軾所寫空間與友人分別處，而元好問透過「黃葉」、「疏雲」、「渭水寒」疊加出廣闊空間，實寓故國之思。

也有抽象思緒的延伸，如元好問的〈玉樓春〉(惜花長被花枝惱):「綠雲爲幄繡爲裀，不惜春衫還藉草」〔註 163〕最後一句點化蘇軾〈送段屯田分得于字〉:「勸農使者古大夫，不惜春衫踐泥塗。」〔註 164〕蘇軾原意爲幫助百姓農事的官員，願意親力親爲；而元好問的「不惜春衫還藉草」是將情緒轉而延伸，享受綠草如茵、落花繽紛的時節。又如元好問與好友李輔之在濟源遊湖寫到〈臨江仙〉(荷葉荷花何處好):「江山如畫裏，人物更風流。」〔註 165〕這一組語句是從蘇軾〈念奴嬌〉(大江東去):「千古風流人物。……江山如畫，一時多少豪傑。」〔註 166〕點化而來，蘇軾是遙想三國時周瑜、曹操的事蹟，如今雖景色美好，但過往英雄風流都已逝去；而元好問保留蘇軾讚賞歷史人物的語意，指的是好友與自己，能在美景之中把灑脫之情宣洩而出。

此外在元好問詞「情意衍生——句意點化」對照表中，值得一提便是元好問在詞作中兩次標明「東坡體」〔註 167〕，這當中以〈定風波〉(離合悲歡酒一壺）是以全篇情感、意境與蘇軾〈定風波〉(月滿苕溪照夜堂）互文性的對話：

> 月滿苕溪照夜堂。五星一老鬥光芒。
> 十五年間眞夢裡。何事。長庚配月獨淒涼。
> 綠髮蒼顏同一醉。還是。六人吟笑水雲鄉。
> 賓主談鋒誰得似。看取。曹劉今對兩蘇張。〔註 168〕
> (蘇軾定風波(月滿苕溪照夜堂))

〔註 162〕見(宋)蘇軾撰、(清)王文誥輯注、孔凡禮點校,《蘇軾詩集(第二冊)》,頁 444。

〔註 163〕見(金)元好問撰、趙永源校註,《遺山樂府校註》,頁 669。

〔註 164〕見(宋)蘇軾撰、(清)王文誥輯注、孔凡禮點校,《蘇軾詩集(第二冊)》,頁 617。

〔註 165〕見(金)元好問撰、趙永源校註,《遺山樂府校註》,頁 300。

〔註 166〕見鄒同慶、王宗堂著,《蘇軾詞編年箋注(中冊)》,頁 398。

〔註 167〕如〈鷓鴣天〉「煮酒青梅入坐新」、〈定風波〉「離合悲歡酒一壺」。見(金)元好問撰、趙永源校註,《遺山樂府校註》,頁 369、609。

〔註 168〕見鄒同慶、王宗堂著,《蘇軾詞編年箋注(中冊)》,頁 678。

離合悲歡酒一壺，白頭紅頰醉相扶。

見說德星今又聚，何處，范家亭上會周吳。

造物有情留此老，人道，洛西清燕百年無。

六客不爭前與後，好□，龍眠老筆劃新圖。〔註169〕

（元好問〈定風波〉（離合悲歡酒一壺））

蘇軾這闋詞是飽含對物是人非的感嘆，因爲詞前有序，十五年前聚首的六客，與十五年後聚首的人，僅存蘇軾一人不變，其餘席間的五人全換面孔。因此上半闋敘寫十五年前的事，話語落在獨自淒涼的現況；下半闋則是寫現在年老的自己，正與年輕人聚會言談如鋒。蘇詞上下一比對更增年華老去，許多人事物事過境遷後已不在身旁。而元好問整闋詞情緒是高昂的，從首句就明確指出，總有悲歡離合的事，不如當下痛快與好友飲酒，這闋詞都有意無意的與東坡詞對話，如「造物有情留此老」、「六客不爭前與後」幾句訴說自己還能受上天青睞，與好友齊聚一堂。

其他如元好問的〈石州慢〉（兒女籃輿）：「夢中身世，只知雞犬新豐，西園勝賞驚還覺。霜葉晚蕭蕭，滿疏林寒雀」中「只知雞犬新豐」，點化蘇軾〈十月二日初到惠州〉：「仿佛曾遊豈夢中，欣然雞犬識新豐。」兩人彷彿都置身於宴遊之樂，然元好問思緒是驚覺後而悲傷。又如元好問〈定風波〉（白髮相看老弟兄）：「耆舊風流誰復似，從此，休將文字占時名」中「耆舊風流誰復似」，此句感嘆誰能再有像趙閑閑、李屏山風雅的文筆，此點化蘇軾〈追和子由去歲試舉人洛下所寄九首：暴雨初晴樓上晚景，五首之二〉：「風流耆舊消磨盡，只有青山對病翁。」等。〔註170〕

表4-2-2-2：元好問詞與蘇軾作品「情意衍生——句意點化」對照表

| 元好問詞——句意點化 | | | | |
|---|---|---|---|---|
| 元好問詞 | 頁數 | 蘇軾作品 | 頁數 | 備註 |
| 〈水調歌頭〉（牛羊散平楚）：「遙想朱旗回指、萬里風雲奔走，慘澹五年兵。天地入鞭箠，毛髮懍威靈」 | 44 | 〈和張昌言喜雨〉：「二聖憂勤忘寢食，百神奔走會風雲。」 | 1500 | 東坡詩 |

〔註169〕見（金）元好問撰、趙永源校註，《遺山樂府校註》，頁609。

〔註170〕以上摘引原詞的頁數可詳見表4-2-2-1：元好問詩與蘇軾作品「情意衍生——句意點化」對照表，故不再贅註。

| 元好問詞——句意點化 | | | | |
|---|---|---|---|---|
| 元好問詞 | 頁數 | 蘇軾作品 | 頁數 | 備註 |
| 〈木蘭花慢〉（渺漳流東下）：「風流千古短歌行，慷慨缺壺聲。想釃酒臨江，賦詩鞍馬，詞氣縱橫」 | 84 | 〈送喬仝寄賀君，六首之六〉：「千古風流賀季眞，最憐嗜酒謫仙人。」 | 1554 | 東坡詩 |
| 〈水龍吟〉（素丸何處飛來）：「不愛竹西歌吹，愛空山、玉壺清晝。尋常夢裏，膏車盤谷，拏舟方口」 | 98 | 〈南歌子〉（山與歌眉斂）：「山與歌眉斂，波同醉眼流。遊人都上十三樓。不羨竹西歌吹、古揚州。」 | 613 | |
| 〈沁園春〉（再見新正）：「何人炮鳳烹龍，且莫笑、先生飯甑空。便看來朝鏡，都無勳業，拈將詩筆，猶有神通」 | 113 | 〈十二月二十八日，蒙恩責授檢校水部員外郎黃州團練副使，復用韻，二首之一〉：「卻對酒杯疑是夢，試拈詩筆已如神。」 | 1005 | 東坡詩 |
| 〈滿江紅〉（枕上吳山）：「枕上吳山，隱隱見、宮眉修碧。人好在、斷腸渾似，畫圖相識」 | 150 | 〈次韻趙令鑠〉：「枕上溪山猶可見，門前冠蓋已相忘。」 | 1393 | 東坡詩 |
| 〈石州慢〉（兒女籃輿）：「夢中身世，只知雞犬新豐，西園勝賞驚還覺。霜葉晚蕭蕭，滿疏林寒雀」 | 170 | 〈十月二日初到惠州〉：「仿佛曾遊豈夢中，欣然雞犬識新豐。」 | 2071 | 東坡詩 |
| 〈石州慢〉（兒女籃輿）：「夢中身世，只知雞犬新豐，西園勝賞驚還覺。霜葉晚蕭蕭，滿疏林寒雀」 | 170 | 〈南鄉子〉（寒雀滿疏籬）：「寒雀滿疏籬。爭抱寒柯看玉蕤。忽見客來花下坐，驚飛。」 | 138 | |
| 〈洞仙歌〉（黃塵鬢髮）：「黃塵鬢髮，六月長安道。羞向青溪照枯槁。」 | 177 | 〈追和子由去歲試舉人洛下所寄九首：暴雨初晴樓上晚景，五首之五〉：「明朝卻踏紅塵去，羞向清伊照病顏。」 | 459 | 東坡詩 |
| 〈八聲甘州〉（玉京巖）：「更誰知、昭陽舊事，似天教、通德見伶玄。春風老、擁鬟顰黛，寂寞燈前」 | 191 | 〈朝雲詩〉：「不似楊枝別樂天，恰如通德伴伶玄。」 | 2074 | 東坡詩 |

| 元好問詞——句意點化 | | | | |
|---|---|---|---|---|
| 元好問詞 | 頁數 | 蘇軾作品 | 頁數 | 備註 |
| 〈江城子〉（司花著意壓春魁）：「若見三閭憑寄語，尊有酒，可同傾」 | 213 | 〈書李公擇白石山房〉：「若見謫仙煩寄語，匡山頭白早歸來。」 | 1215 | 東坡詩 |
| 〈促拍醜奴兒〉（朝鏡惜蹉跎）：「朝鏡惜蹉跎，一年年、來日無多。」 | 249 | 〈滿庭芳〉（歸去來兮）：「歸去來兮，吾歸何處，萬里家在岷峨。百年強半，來日苦無多。」 | 506 | |
| 〈定風波〉（白髮相看老弟兄）：「少日龍門星斗近，爭信，淒涼湖海寄餘生」 | 273 | 〈臨江仙〉（夜飲東坡醒復醉）：「小舟從此逝，江海寄餘生。」 | 467 | |
| 〈定風波〉（白髮相看老弟兄）：「耆舊風流誰復似，從此，休將文字占時名」 | 273 | 〈追和子由去歲試舉人洛下所寄九首：暴雨初晴樓上晚景，五首之二〉：「風流耆舊消磨盡，只有青山對病翁。」 | 458 | 東坡詩 |
| 〈臨江仙〉（一段江山英秀氣）：「東山看老去，湖海永相忘」 | 292 | 〈過大庾嶺〉：「今日嶺上行，身世永相忘。」 | 2057 | 東坡詩 |
| 〈臨江仙〉（自笑此身無定在）：「眼中茅屋興，稚子已迎門」 | 294 | 〈歸去來集字，十首之九〉：「征夫問前路，稚子候衡門。」 | 2359 | 東坡詩 |
| 〈臨江仙〉（荷葉荷花何處好）：「江山如畫裏，人物更風流」 | 300 | 〈念奴嬌〉（大江東去）：「千古風流人物。……江山如畫，一時多少豪傑。」 | 398 | |
| 〈鷓鴣天〉（零落棲遲感興多）：「長袖舞，抗音歌，月明人影兩婆娑。醉來知被旁人笑，無奈風情未減何」 | 357 | 〈李鈐轄坐上分題戴花〉：「露濕醉巾香掩冉，月明歸路影婆娑。」 | 447 | 東坡詩 |
| 〈鷓鴣天〉（煮酒青梅入坐新）：「煮酒青梅入坐新，姚家池館宋家鄰」（效東坡體） | 369 | 〈贈嶺上梅〉：「不趁青梅嘗煮酒，要看細雨熟黃梅。」 | 2424 | 東坡詩 |
| 〈鷓鴣天〉（玉立芙蓉鏡裏看）：「深院落，曲闌干，舊歡新恨苧衣寬。幾時忘得分攜處，黃葉疏雲渭水寒」 | 418 | 〈贈別〉：「殷勤莫忘分攜處，湖水東邊鳳嶺西。」 | 444 | 東坡詩 |

| 元好問詞——句意點化 | | | | |
|---|---|---|---|---|
| 元好問詞 | 頁數 | 蘇軾作品 | 頁數 | 備註 |
| 〈南柯子〉（粉澹梨花瘦）：「粉澹梨花瘦，香寒桂葉顰。畫簾雙燕舊家春，曾是玉簫聲裏、斷腸人」 | 434 | 〈鷓鴣天〉（笑撚紅梅嚲翠翹）：「明朝酒醒知何處，腸斷雲間紫玉簫。」 | 812 | |
| 〈朝中措〉（時情天意枉論量）：「城高望遠，煙濃草澹，一片秋光。故國江山如畫，醉來忘卻興亡」 | 461 | 〈念奴嬌〉（大江東去）：「江山如畫，一時多少豪傑。」 | 398 | |
| 〈點絳唇〉（玉葉璁瓏）：「手把青枝，憶得斜橫髻。西州淚，玉觴無味，強爲清香醉」 | 523 | 〈江城子〉（黃昏猶是雨纖纖）：「手把梅花，東望憶陶潛。雪似故人人似雪，雖可愛，有人嫌。」 | 348 | |
| 〈點絳唇（痛負花期）〉：「痛負花期，半春猶在長安道。故園春早，紅雨深芳草」 | 525 | 〈杭州牡丹開時僕猶在常潤周令作詩見寄次其韻復次一首送赴闕，二首之一〉：「羞歸應爲負花期，已見成陰結子時。」 | 557 | 東坡詩 |
| 〈定風波〉（離合悲歡酒一壺）：「離合悲歡酒一壺，白頭紅頰醉相扶。見說德星今又聚，何處，范家亭上會周吳。造物有情留此老，人道，洛西清燕百年無。六客不爭前與後，好□，龍眠老筆劃新圖。」（效東坡體） | 609 | 〈定風波〉（月滿苕溪照夜堂）：「月滿苕溪照夜堂。五星一老鬥光芒。十五年間眞夢裡。何事。長庚配月獨淒涼。綠髮蒼顏同一醉。還是。六人吟笑水雲鄉。賓主談鋒誰得似。看取。曹劉今對兩蘇張。」 | 678 | |
| 〈鷓鴣天〉（宿酒消來睡思清）：「宿酒消來睡思清，夢中身世可憐生。綠衿紅燭櫻桃宴，畫角黃雲細柳營」 | 658 | 〈春菜〉：「宿酒初消春睡起，細履幽畦掇芳辣。」 | 790 | 東坡詩 |
| 〈玉樓春〉（秋燈連夜寒生暈）：「黃花白酒登高近，意外陰晴誰處問。青山只管戀行雲，忙殺晚風吹不盡」 | 663 | 〈九日黃樓作〉：「黃花白酒無人問，日暮歸來洗靴襪」 | 868 | 東坡詩 |

| 元好問詞——句意點化 | | | | |
|---|---|---|---|---|
| 元好問詞 | 頁數 | 蘇軾作品 | 頁數 | 備註 |
| 〈玉樓春〉（惜花長被花枝惱）：「惜花長被花枝惱，一夜落紅紛不掃。綠雲為幄繡為裀，不惜春衫還藉草」 | 669 | 〈送段屯田分得于字〉：「勸農使者古大夫，不惜春衫踐泥塗。」 | 617 | 東坡詩 |
| 〈清平樂〉（村墟瀟灑）：「村墟瀟灑，似是朱陳畫。神武衣冠須早掛，可待兒婚女嫁」 | 675 | 〈再送，二首之二〉：「歸來趁別陶弘景，看掛衣冠神武門。」 | 1959 | 東坡詩 |
| 〈鷓鴣天〉（飲量平常發興偏）：「飲量平常發興偏，留連光景惜歡緣。悲歌慷慨人爭和，醉墨淋漓自笑顛」 | 684 | 〈和張子野見寄三絕句：見題壁〉：「狂吟跌宕無風雅，醉墨淋漓不整齊。應為詩人一回顧，山僧未忍掃黃泥。」 | 652 | 東坡詩 |
| 〈鷓鴣天〉（飲量平常發興偏）：「老來事事消磨盡，只有尊前似少年」 | 685 | 〈追和子由去歲試舉人洛下所寄九首：暴雨初晴樓上晚景，五首之二〉：「風流耆舊消磨盡，只有青山對病翁。」 | 458 | 東坡詩 |
| 〈臨江仙〉（楊柳池塘桃李徑）：「楊柳池塘桃李徑，華堂壽宴初開。圍春翠幕舞風迴，東山攜妓女，北海整尊罍」 | 704 | 〈和蘇州太守王規父侍太夫人觀燈之什，余時以劉道原見訪，滯留京口，不及赴此會，二首之一〉：「但逐東山攜妓女，那知後閣走窮賓。」 | 551 | 東坡詩 |
| 〈念奴嬌〉（嚴陵臺畔）：「月滿三山，春回八部，宴寢凝香席。祈公難老，鳳池長醉春色」 | 722 | 〈蘇州閭丘、江君二家雨中飲酒，二首之二〉：「從今卻笑風流守，畫戟空凝宴寢香。」 | 563 | 東坡詩 |
| 〈南歌子〉（暖日烘晴晝）：「庭下芝蘭秀，壺中日月長。」 | 758 | 〈以雙刀遺子由，子由有詩，次其韻〉：「惟有王玄通，階庭秀芝蘭。」 | 929 | 東坡詩 |
| 〈滿庭芳〉（十里輕陰）：「芳時，常在眼，歌清舞軟，煙縷霏霏。向金徽促柱，玉局彈棋」 | 772 | 〈寄蘄簟與蒲傳正〉：「霧帳銀床初破睡，牙籤玉局坐彈碁。」 | 1328 | 東坡詩 |

| 元好問詞——句意點化 | | | | |
|---|---|---|---|---|
| 元好問詞 | 頁數 | 蘇軾作品 | 頁數 | 備註 |
| 〈滿庭芳〉（十里輕陰）：「盡待功成九轉，蓬萊近、未肯昇棲。」 | 772 | 〈富陽妙庭觀董雙成故宅，發地得丹鼎，覆以銅盤，承以琉璃盆，盆既破碎，丹亦爲人爭奪持去，今獨盤鼎在耳，二首之一〉：「可憐九轉功成後，卻把飛升乞內芝。」 | 435 | 東坡詩 |

（豐庭製表）

### （三）遺山文脫化東坡文

元好問在詩、詞都有點化蘇軾的作品，同樣在散文也有 4 篇 4 處對東坡文句進行衍生的引用，以「表 4-2-2-3：元好問文與蘇軾作品「情意衍生——句意點化」對照表」作爲呈現。

元好問引用到與蘇軾文句相似的地方，大致仍是兩個原因，其一恰巧同用前人語典，其二是認同蘇軾論點。然而元好問並未因襲文意，是有鎔裁運用、超脫變化，例如：蘇軾在〈中庸論下〉：「君子之欲從事乎此，無循其跡而求其味，則幾矣。《記》曰：『人莫不飲食也，鮮能知味也。』」〔註 171〕是引用《中庸》的話來說實踐中庸之道是如同人的飲食，箇中滋味、困難簡單也是每個君子親自體會而來。蘇軾在這文末的修辭以引用兼譬喻來論證自己觀點。同樣一句《中庸》的話，在元好問的〈遺山自題樂府引〉卻是不同的意涵延伸：

> 古有之：人莫不飲食，鮮能知味，譬之羸牸老羝，千煮百煉，椒桂之香逆於人鼻，然一吮之後，敗絮滿口，或厭而吐之矣。……〔註 172〕

元好問以食材的選擇、火候的燉煮來比喻創作技巧的掌握；因此一開始選材不好，即使添加過多的華麗詞藻，也無法讓人想咀嚼再三。因此元好問的引用，便有延伸於詞作的情感要求，蘇軾是以《中庸》之語來論證修身悟道之難，而元好問是擴充、新變於前人與典。

又如蘇軾在〈十二琴銘之十：漁榱〉中，將漁夫用來敲船舷或驚動魚群入網的長木，作一形容爲「槁項黃馘，闖然於一葦之航。」〔註 173〕藉《莊子．

〔註 171〕見（宋）蘇軾撰、（明）茅維編、孔凡禮點校，《蘇軾文集（第一冊）》，頁 63。
〔註 172〕見（金）元好問著、狄寶心校注，《元好問文編年校注（上冊）》，頁 336。
〔註 173〕見（宋）蘇軾撰、（明）茅維編、孔凡禮點校，《蘇軾文集（第二冊）》，頁 560。

列禦寇》「槁項黃馘」原是形容商人面黃肌瘦〔註 174〕，蘇軾用來形容琴的外觀。而元好問在〈如庵詩文序〉也用到「顧與槁項黃馘之士、爭一日之長於筆硯間哉？」〔註 175〕是稱許密國公完顏璹有文武之才，何必與手無縛雞之力的士人爭辯於文字筆墨之間。兩人都是從舊有語句規模，轉化出屬於自身想要傳達的文義。

如此，在前文第三章第一節，已論述兩人對「誠」同等重視，講求自身修養，而元好問將其衍生至對創作情感「誠」要求，這可從蘇軾的〈司馬溫公神道碑〉、元好問的〈朝元觀記〉兩段文字就可明顯察覺如此差異：

> 誠而一，古之聖人不能加毫末於此矣，而況公乎！故臣論公之德，至於感人心，動天地，巍巍如此，而蔽之以二言，曰誠、曰一。〔註 176〕（蘇軾〈司馬溫公神道碑〉）

> 故由心而誠，由誠而言，由言而詩也，三者相爲一。情動於中而形於言，言發乎邇而見乎遠。……夫惟不誠，故言無所主，心口別爲二物，物我邈其千里。……其欲動天地、感神鬼，難矣！其是之謂本。〔註 177〕（元好問〈朝元觀記〉）

蘇軾以道德至誠至一來稱許司馬光品德，讓後人感念於心，連天地都爲之動容。而元好問將「心——誠——言」的眞誠合一，認定爲創作時主觀情感的要求，倘若不誠，也就無法感天動地。蘇軾的「誠一」是讚賞司馬光的品德，而元好問的「誠一」則是針對每一位創作者而言，將衍生的範圍更加擴大，也從道德的修養移轉至創作心靈的誠懇對待。

從元好問詩、詞、文對蘇軾作品的「句意點化」來看，元好問確切掌握蘇軾語句或事典，即使兩人同用前人語典，元好問仍擺脫前賢、自鑄新意，或生動、或凝鍊來豐富自己作品。元好問對原在蘇軾詩詞中的意境有所繼承與開展，雖然未必每首皆青出於藍，但已不是機械化的模仿。元好問自有深切體悟，在情感的鋪陳與文字使用上有活法存在，故能奪胎換骨，並非蹈襲

〔註 174〕《莊子·列禦寇》：「宋人有曹商者，……見莊子曰：『夫處窮閭阨巷，困窘織屨，槁項黃馘者，商之所短也；……』意思是曹商自認居住在偏僻的里巷，貧困到自己的編織麻鞋，脖頸乾瘪面黃肌瘦。見郭慶藩輯，《莊子集釋》（臺北：華正書局 1997 年 11 月出版），頁 1049。

〔註 175〕見（金）元好問著、狄寶心校注，《元好問文編年校注（下冊）》，頁 1486。

〔註 176〕見（宋）蘇軾撰、（明）茅維編、孔凡禮點校，《蘇軾文集（第二冊）》，頁 511。

〔註 177〕見（金）元好問著、狄寶心校注，《元好問文編年校注（中冊）》，頁 957。

前作；表面上抽取字面組合新句、或整句形式相似，卻將原存於蘇軾詩、詞、文的情感擴充運用，一方展現自己熟讀通變的能力，另一方面也是供給後人創作的新靈感。

表 4-2-2-3：元好問文與蘇軾作品「情意衍生——句意點化」對照表

| 元好問文——句意點化 | | | | |
|---|---|---|---|---|
| 元好問文 | 頁數 | 蘇軾作品 | 頁數 | 備註 |
| 〈遺山自題樂府引〉：「古有之：人莫不飲食，鮮能知味，譬之羸牸老羝，千煮百煉，椒桂之香逆於人鼻，然一吮之後，敗絮滿口，或厭而吐之矣。」 | 336 | 〈中庸論下〉：「信矣中庸之難言也。君子之欲從事乎此，無循其跡而求其味，則幾矣。《記》曰：『人莫不飲食也，鮮能知味也。』」 | 64 | |
| 〈朝元觀記〉：「故由心而誠，由誠而言，由言而詩也，三者相爲一。情動於中而形於言，言發乎邇而見乎遠。……夫惟不誠，故言無所主，心口別爲二物，物我邈其千里。……其欲動天地、感神鬼，難矣！其是之謂本。」 | 957 | 〈司馬溫公神道碑〉：「誠而一，古之聖人不能加毫末於此矣，而況公乎！故臣論公之德，至於感人心，動天地，巍巍如此，而蔽之以二言，曰誠、曰一。」 | 513 | |
| 〈如庵詩文序〉：「顧與槁項黃馘之士、爭一日之長於筆硯間哉？」 | 1486 | 〈十二琴銘之十：漁椎〉：「槁項黃馘，闖然於一葦之航。」 | 560 | |
| 〈周氏衛生方序〉：「予於周侯，不獨美其已試之功與兼愛之心，」 | 1500 | 〈賜新除依前正議大夫守門下侍郎孫固辭免恩命不許斷來章批答二首之一〉：「卿奉事先帝，有勸學之舊；與聞機政，有已試之功」 | 1255 | |

（豐庭製表）

## 三、成句點化：翻用原句自有得

黃庭堅（字魯直，西元 1045 年～1105 年）〔註 178〕除了提出模仿前人改造語句的方式有奪胎換骨法之外，在〈答洪駒父書〉其三中也到點鐵成金：

自作語最難。老杜作詩，退之作文，無一字無來處。蓋後人讀書少，故謂韓、杜自作此語耳。古之能爲文章者，眞能陶冶萬物，雖取古人之陳言入於翰墨，如靈丹一粒，點鐵成金也。

（《豫章先生文集》卷十八）

黃庭堅認爲重新創造語句是困難，故舉杜甫的詩、韓愈的文也多從前人語句而來，倘若能懂得善用前人陳言，融入自己作品中，即使是相同的語句，也能爲自己作品增色不少。因此「句意仿效」是直接模擬、沿襲前人語句，透過增損、改易使語言形式稍有不同，要能點鐵成金，端賴創作者並非刻意剽竊抄襲；而「點化成句」便是從原句語意思考通變、創造，由前人語句理出心得而另有用意，因此創作者早打算借前人優秀語句，來變異生新。

### （一）遺山詩因襲巧用東坡語

「點化成句」指元好問直接引用蘇軾作品中一個完整的句子，不同於「成句襲改」是根據上下文意判讀，是延伸原本蘇軾用意；因此元好問因襲前人造語及情意，加以巧妙運用得宜，使作品另有趣味，如此的化用方式在元好問詩中，共計 14 首 14 處屬於點化成句，以「表 4-2-3-1：元好問詩與蘇軾作品『情意衍生——點化成句』對照表」爲呈現。

在狀物寫景之處，元好問把蘇軾名句完整融入自己意境中，例如〈同漕司諸人賦紅梨花二首〉其一：

梨花曾比太眞妃，別有風流一段奇。

白雪爲肌玉爲骨，淡妝濃抹總相宜。〔註 179〕

前二句是出自白居易〈長恨歌〉的故事，將梨花比喻楊貴妃落淚，並以唐玄宗與楊貴妃故事爲一段風流奇事。後二句寫梨花的姿色，純淨爲肌膚高潔爲

〔註 178〕《宋史》記載「黃庭堅字魯直，洪州分寧人。幼警悟，讀書數過輒成誦。……庭堅學問文章，天成性得，陳師道謂其詩得法杜甫，學甫而不爲者。善行、草書，楷法亦自成一家。與張耒、晁補之、秦觀俱游蘇軾門，天下稱爲四學士，而庭堅於文章尤長於詩，蜀、江西君子以庭堅配軾，故稱「蘇、黃」。」見（元）脫脫等撰、楊家駱主編，《新校本宋史並附編三種（16）》卷四百四十四〈列傳第二百三．文苑第六．黃庭堅〉，頁 13109～13110。

〔註 179〕見（金）元好問著、狄寶心校注，《元好問詩編年校注（第三冊）》，頁 1198。

骨幹，因此無論是花朵顏色淺淡或濃厚總是能表現出它的風貌，最後一句明顯化用蘇軾〈飲湖上初晴後雨，二首之二〉:「若把西湖比西子，淡粧濃抹總相宜。」〔註 180〕原是指西湖無論是晴雨天氣，或許朦朧或許清新都是恰到好處的呈現自然美，元好問將此句延伸至梨花，無論是花瓣顏色較深或較淺皆有高雅的姿態。

而在〈贈司天王子正二首〉其二：

天容海色本澄清，萬古東方有啓明。

七十七年強健在，不妨林下看升平。〔註 181〕

此首寫給掌管天象事務的王子正，天色碧海都是清澈的，長久以來日出前金星皆由東方出現，在這恆常循環的天象中，七十七年來要能保有強健的身心，不彷在幽僻之處觀看世道太平。元好問的頭一句寫天色萬象，是引自蘇軾晚年由儋州渡海而回所寫〈六月二十日夜渡海〉:「參橫斗轉欲三更，苦雨終風也解晴。雲散月明誰點綴，天容海色本澄清。」〔註 182〕原本蘇軾詩句飽含對自己際遇的暗喻，前二句代表時光流逝，自己政治陰霾即將過去。乾坤朗朗不知是誰來點綴抹黑，終於還回自身清白。「天容海色本澄清」對蘇軾而言，是指夜晚渡海時一片晴朗，也代表自己爲人處事日月可鑑；就元好問而言便是單指天色的澄澈明淨。

元好問除了化用蘇詩成句，也有少數從東坡詞衍生而來，如〈九日讀書山用陶詩「露淒暄風息，氣清天曠明」爲韻賦十詩〉其三：

山腰抱佛刹，十里望家園。亦有野人居，層崖映柴門。

昔我東巖君，曾此避塵喧。林泉留杖屨，歲月歸琴樽。

翁今爲飛仙，過眼幾寒暄。蒼蒼池上柳，青衫見諸孫。……〔註 183〕

這首詩是追念父親元德明，由「昔我東巖君」一句便知道，前六句描述先父曾居住的環境，而在林泉小徑中留下拄杖走過的足跡，以及長時間相伴的琴與酒，而今先父已亡多年，僅剩池邊的柳樹照看本家的兒孫輩。「翁今爲飛仙」一句是引自蘇軾〈醉翁操〉（琅然）:「翁今爲飛仙。此意在人間。試聽徽外三

〔註 180〕見（宋）蘇軾撰、（清）王文誥輯注、孔凡禮點校，《蘇軾詩集（第二冊）》，頁 430。

〔註 181〕見（金）元好問著、狄寶心校注，《元好問詩編年校注（第四冊）》，頁 1673。

〔註 182〕見（宋）蘇軾撰、（清）王文誥輯注、孔凡禮點校，《蘇軾詩集（第七冊）》，頁 2366。

〔註 183〕見（金）元好問著、狄寶心校注，《元好問詩編年校注（第三冊）》，頁 1016。

兩紘。」〔註 184〕本爲悼念歐陽脩，而此「翁」原指「醉翁」，元好問將其引申至對先父的思念。又如元好問在東平嚴實幕府作客時，所做〈同嚴公子大用東園賞梅〉：

東閣官梅要洗妝，青雲公子不相忘。

翰林風月三千首，樂府金釵十二行。

佳節屢從愁裏過，老夫聊發少年狂。

花行更比梳行好，誰道并州是故鄉？〔註 185〕

嚴實的公子邀請元好問到東園賞梅，整個款待賓客的花園梅花綻放，也感謝地位顯貴的幕府並未曾忘記自己。趁著賞梅的雅興，有樂伎歌舞相伴，又引發詩興，過往佳節都是在憂愁裡度過，今日所幸趁此良辰美景、賞花佳宴，已然步入老年的我能暫且輕狂，滿園梅花相伴行走，已然忘卻並州是我的故鄉。「老夫聊發少年狂」一句十足明顯引用蘇軾〈江城子〉（老夫聊發少年狂）：「老夫聊發少年狂。左牽黃，右擎蒼。」〔註 186〕當時蘇軾爲密州太守出獵，又正恰巧傳來北宋大勝西夏消息，才有雄膽豪放、興致高昂的情緒；而元好問抒發因宴會歡樂渲染年老的自己該把握當下，享受美景。

其他如元好問〈中秋雨夕〉：「此生此夜不長好，行雨行雲有底忙。」是寫於完顏斜烈的宴會中，看著宴會觥籌交錯，頗感一生忙碌煩憂；點化蘇軾在〈陽關詞三首：中秋月〉：「此生此夜不長好，明月明年何處看。」原是表達對自己未來茫然無知。又如元好問〈鹿泉新居二十四韻〉：「得行固願留不惡，流坎且當隨所遇」表達依據環境順逆來進退，前一句點化蘇軾〈泗州僧伽塔〉：「得行固願留不惡，每到有求神亦倦。」又如元好問〈醉中送陳季淵〉：「舌吐萬里唾一世，眼高四海空無人。」寫詩給好友讚嘆他始終隱居山水，不將世俗紛擾放於，第二句點化〈書丹元子所示李太白真〉：「西望太白橫峨岷，眼高四海空無人。」原意是推崇李白才氣縱橫。〔註 187〕

〔註 184〕見鄒同慶、王宗堂著，《蘇軾詞編年箋注（中冊）》，頁 452。

〔註 185〕見（金）元好問著、狄寶心校注，《元好問詩編年校注（第四冊）》，頁 1560。

〔註 186〕見鄒同慶、王宗堂著，《蘇軾詞編年箋注（上冊）》，頁 146。

〔註 187〕以上摘引原詩的頁數可詳見表 4-2-3-1：元好問詩與蘇軾作品「情意衍生——點化成句」對照表，故不再贅註。

表 4-2-3-1：元好問詩與蘇軾作品「情意衍生——點化成句」對照表

| 元好問詩——點化成句 | | | | |
|---|---|---|---|---|
| 元好問詩 | 頁數 | 蘇軾作品 | 頁數 | 備註 |
| 〈後飲酒五首〉其四：「九原不可作，想見當年時。」 | 310 | 〈故李誠之待制六丈挽詞〉：「九原不可作，千古有餘悲。」 | 1530 | |
| 〈雜著五首〉其五：「我無騰化術，帝鄉不可期。且極今朝樂，千載非所知。」 | 318 | 〈過萊州雪後望三山〉：「茂陵秋風客，勸爾麾一杯。帝鄉不可期，楚些招歸來。」 | 1391 | |
| 〈中秋雨夕〉：「此生此夜不長好，行雨行雲有底忙。」 | 322 | 〈陽關詞三首：中秋月〉：「此生此夜不長好，明月明年何處看。」 | 753 | |
| 〈九日讀書山用陶詩「露淒暄風息，氣清天曠明」為韻賦十詩〉其三：「翁今為飛仙，過眼幾寒暄。」 | 1016 | 〈醉翁操〉（琅然）：「翁今為飛仙。此意在人間。試聽徽外三兩絃。」 | 452 | 東坡詞 |
| 〈嶽祠齋宮夜宿〉：「木杪見龜趺，雄筆映鐘鼎。」 | 1151 | 〈同年程筠德林求先墳二詩：歸眞亭〉：「會看千字誄，木杪見龜趺。」 | 1230 | |
| 〈同漕司諸人賦紅梨花二首〉其一：「白雪為肌玉為骨，淡妝濃抹總相宜。」 | 1198 | 〈飲湖上初晴後雨，二首之二〉：「若把西湖比西子，淡粧濃抹總相宜。」 | 430 | |
| 〈鹿泉新居二十四韻〉：「得行固願留不惡，流坎且當隨所遇」 | 1458 | 〈泗州僧伽塔〉：「得行固願留不惡，每到有求神亦倦」 | 291 | |
| 〈答王輔之〉：「雖欲尸祝之，芻狗難重陳。」 | 1487 | 〈廣陵會三同舍，各以其字為韻，仍邀同賦：劉莘老〉：「出試乃大謬，芻狗難重陳。」 | 300 | |
| 〈醉中送陳季淵〉：「舌吐萬里唾一世，眼高四海空無人」 | 1490 | 〈書丹元子所示《李太白眞》〉：「西望太白橫峨岷，眼高四海空無人。」 | 1995 | |
| 〈同嚴公子大用東園賞梅〉：「佳節屢從愁裏過，老夫聊發少年狂。」 | 1560 | 〈江城子〉（老夫聊發少年狂）：「老夫聊發少年狂。左牽黃。右擎蒼。」 | 146 | 東坡詞 |

| 元好問詩——點化成句 | | | | |
|---|---|---|---|---|
| 元好問詩 | 頁數 | 蘇軾作品 | 頁數 | 備註 |
| 〈玄都觀桃花〉:「人世難逢開口笑，老夫聊發少年狂。」 | 1622 | 〈江城子〉(老夫聊發少年狂):「老夫聊發少年狂。左牽黃。右擎蒼。」 | 146 | 東坡詞 |
| 〈贈司天王子正二首〉其二:「天容海色本澄清，萬古東方有啓明。」 | 1673 | 〈六月二十日夜渡海〉:「雲散月明誰點綴，天容海色本澄清。」 | 2366 | |
| 〈贈休粮張錬師〉:「金砂霧散風雨疾，一點黃金鑄秋橘。」 | 1684 | 〈送楊傑〉:「歸來平地看跳丸，一點黃金鑄秋橘。」 | 1374 | |
| 〈答定齋李兄〉:「滄海揚塵幾今昔，長庚配月獨淒涼」 | 1699 | 〈定風波〉(月滿苕溪照夜堂):「長庚配月獨淒涼。綠髮蒼顏同一醉。」 | 678 | 東坡詞 |

（豐庭製表）

### （二）遺山詞透脫不拘東坡句

楊萬里（字廷秀，號誠齋，西元 1127 年～1206 年）〔註 188〕曾在〈和李天麟二首〉:「學詩須透脫，信手自孤高。」〔註 189〕所謂「透脫」便是不呆板、不拘泥〔註 190〕，能不拘於原有形式，思路是靈活的；楊萬里認爲學詩要學得透脫，達到精髓之處，便能將各種素材信手拈來放入作品中。因此「透脫」是在熟稔前人作品之餘又能自有領悟，作詩如此而寫詞也是如此。在元好問的詞作，有 15 闋詞 15 處存在點化蘇軾原本詩句或詞句，便是一種透脫不拘於蘇軾原本語意，以「表 4-2-3-2：元好問詞與蘇軾作品『情意衍生——點化成句』對照表」呈現。

在這一組的對照關係中，有些作品主題實則相似，只是元好問選擇與蘇

〔註 188〕《宋史》記載「楊萬里字廷秀，吉州吉水人。……時張浚謫永，杜門謝客，萬里三往不得見，以書力請始見之。浚勉以正心誠意之學，萬里服其教終身，乃名讀書之室曰誠齋。」見（元）脫脫等撰、楊家駱主編，《新校本宋史並附編三種（16）》卷四百三十三〈列傳第一百九十二·儒林第三·楊萬里〉，頁12863。

〔註 189〕見《誠齋集》卷四。收於四川大學古籍所編，《宋集珍本叢刊（第五十四冊）》（北京：線裝書局，2004 年 6 月第 1 版），頁 1。

〔註 190〕「透脫」一詞出自於禪宗語錄，重在擺脫了悟。參考周裕鍇著，《宋代詩學通論》（四川：巴蜀書社出版，1997 年 1 月第 1 版），頁 237。

軾呈現視角不同的延伸，例如元好問的〈江城子〉（來鴻去燕十年間），詞序提到與好友劉濟相遇別離後，在途中又寫詞寄給朋友，此闋詞最後三句為「斷嶺不遮南望眼，時為我，一憑闌」〔註191〕，這當中「斷嶺不遮南望眼」明顯點化蘇軾〈送蜀人張師厚赴殿試，二首之一〉：「斷嶺不遮西望眼，送君直過楚王山。」〔註192〕蘇軾是送同鄉的張師厚赴殿試，視角是由自己看向友人，帶有深切的祝福與期許；而元好問則是從友人看向自己，是期盼劉濟能珍惜曾經相聚時光。

又如在長安所寫的〈點絳唇〉（沙際春歸）上半闋：

> 沙際春歸，綠窗猶唱留春住。問春何處，花落鶯無語。〔註193〕

元好問是借女子角度希冀美好時光能留住，從「花落」、「鶯無語」便知這份期待是落空的，即使開口卻也無人可以給予肯定答案。元好問這四句呈現的詞境，是點化蘇軾的〈木蘭花令〉（知君仙骨無寒暑）當中下半闋：

> 落花已逐迴風去。花本無心鶯自訴。
>
> 明朝歸路下塘西，不見鶯啼花落處。〔註194〕

這卻詞是與友人馬瑊次韻唱和而寫，蘇軾主要視角是從自己出發，把自己遭遇比擬落花，落花無心卻也被旋風吹散，而且踏上旅途後，既不見原本落花處，也不知自己與友朋未來的流落何方。因此，元好問、蘇軾都亟待留住心中懷想的美好光景，同樣以「花落」、「鶯啼」為意象，卻因呈現視角的差異，創作者的思緒仍存在不同的延伸，元好問是將心情寄託於落花、鶯無語的自然、靜態的冷清寂寥，而蘇軾卻將思緒透過動態流轉表達飄盪不定。

除了視角不同帶來情緒延展外，也有從蘇軾詩詞描述的自然景致、人物氣概中做另一層開拓。例如：在金亡後元好問重過太原故土時，仍有豪氣萬丈的精神，寫了一闋〈木蘭花慢〉（對西山搖落），當中下半闋一開頭：

> 嚴城笳鼓動高秋，萬竈擁貔貅。覺全晉山河，風聲習氣，未減風流。
>
> 〔註195〕

看見戒備森嚴的城池、軍中旗幟飛揚，激起他慷慨激越的雄心壯志，才覺得

〔註191〕見（金）元好問撰、趙永源校註，《遺山樂府校註》，頁222。

〔註192〕見（宋）蘇軾撰、（清）王文誥輯注、孔凡禮點校，《蘇軾詩集（第三冊）》，頁927。

〔註193〕見（金）元好問撰、趙永源校註，《遺山樂府校註》，頁520。

〔註194〕見鄒同慶、王宗堂著，《蘇軾詞編年箋注（中冊）》，頁660。

〔註195〕見（金）元好問撰、趙永源校註，《遺山樂府校註》，頁76。

過往金朝故土山河，仍存有超群不凡的流風餘韻。而「未減風流」一句，是點化蘇軾〈水龍吟〉（小舟橫截春江）：「念故人老大，風流未減」〔註196〕，原本用意是緬懷閭丘大夫的風範。所以元好問是將「未減風流」開闊至千山萬壑、錦繡河川給予他鼓舞向上的積極精神。

又如元好問在詞序標明「效東坡體」的〈鷓鴣天〉（煮酒青梅入坐新），

少年難得是閑身。殷勤昨夜三更雨，賸醉東城一日春。〔註197〕

明顯表達悠閒愉快的心情，「殷勤昨夜三更雨」是點化蘇軾貶謫黃州所寫〈鷓鴣天〉（林斷山明竹隱牆）：「杖藜徐步轉斜陽。殷勤昨夜三更雨，又得浮生一日涼。」〔註198〕蘇軾表達忙裡偷閒中、貶謫安定後得到一絲安心的慰藉，才會多謝昨夜的雨，讓他能拄著藜杖在斜陽陪伴下，得到一天的悠閒清涼。那麼，元好問在最後用「一日春」代表心境上陶醉於昨夜雨後帶來得滿城春光，以開放式空間做結尾，正是心情喜悅的投射。

其他如元好問的〈水調歌頭〉（山家釀初熟）：「天上金堂玉室，地下石城瓊壁，別有一山川。把酒問明月，今夕是何年。」是與好友飲酒的快樂，覺得人間天界各有美景，最後兩句點化蘇軾想念蘇轍寫的〈水調歌頭〉（明月幾時有）：「明月幾時有，把酒問青天。不知天上宮闕，今夕是何年。」明顯兩首詞意境是不同。又如元好問爲殉情的兒女而寫的〈摸魚兒〉（問蓮根、有絲多少）：「香奩夢，好在靈芝瑞露，人間俯仰今古。」當中「人間俯仰今古」，點化蘇軾在重陽想念朋友而寫〈西江月〉（點點樓頭細雨）：「酒闌不必看茱萸，俯仰人間今古。」兩人狀似灑脫看待人間世事，但元好問的是隱藏對愛情的惋惜，蘇軾是對友情的珍重。又如元好問在金亡後所寫〈木蘭花慢〉（賦招魂九辯）：「賦招魂九辯，一尊酒，與誰同。」當中的「一尊酒」感慨國破家亡，點化蘇軾懷念子由所寫〈滿江紅（清潁東流）〉：「一尊酒，黃河側。無限事，從頭說。」等。〔註199〕

「點化成句」是元好問把握蘇軾原有句意的其中一層意義，恰好符合自己詩意的意境才延伸使用，在相同情感主題，選擇呈現的視角不同；或者是狀物寫景的層次差別，或情緒感受的傳達延伸，都給人耳目一新的感受，因

〔註196〕見鄒同慶、王宗堂著，《蘇軾詞編年箋注（上冊）》，頁349。

〔註197〕見（金）元好問撰、趙永源校註，《遺山樂府校註》，頁369。

〔註198〕見鄒同慶、王宗堂著，《蘇軾詞編年箋注（中冊）》，頁474。

〔註199〕以上摘引原詞的頁數可詳見表4-2-3-2：元好問詞與蘇軾作品「情意衍生——點化成句」對照表，故不再贅註。

此在個別地方完全雖然借用蘇軾詩詞，就整體篇章來看，仍屬於元好問個人情思的書寫，便是點鐵成金成功之處。

由「字面點化」、「句意點化」到「點化成句」的整理歸納，數量是遠多於字面、句意的仿效，代表著元好問明知沿襲，能得符合自身生命歷程的抒發，才不至於落入步人後塵的弊病。更可說是元好問欣賞蘇軾藝術表達的詞彙或形式，在吸收之後運用到自己的寫作上，改變原有的說法或擴張原本的語句用法；不管是元好問在相同意象卻不同層次的使用，或對相似的情感投射與開拓，至少在一個相似的詞彙與語句上，已新擬出不同意義的表達。

**表 4-2-3-2：元好問詞與蘇軾作品「情意衍生——點化成句」對照表**

| 元好問詞——點化成句 | | | | |
|---|---|---|---|---|
| 元好問詞 | 頁數 | 蘇軾作品 | 頁數 | 備註 |
| 〈水調歌頭〉（山家釀初熟）：「天上金堂玉室，地下石城瓊壁，別有一山川。把酒問明月，今夕是何年」 | 1 | 〈水調歌頭〉（明月幾時有）：「明月幾時有，把酒問青天。不知天上宮闕，今夕是何年。」 | 173 | |
| 〈摸魚兒〉（問蓮根、有絲多少）：「香奩夢，好在靈芝瑞露，人間俯仰今古。海枯石爛情緣在，幽恨不埋黃土」 | 60 | 〈西江月〉（點點樓頭細雨）：「酒闌不必看茱萸。俯仰人間今古。」 | 432 | |
| 〈木蘭花慢〉（賦招魂九辯）：「賦招魂九辯，一尊酒，與誰同。對零落棲遲，興亡離合，此意何窮」 | 73 | 〈滿江紅〉（清潁東流）：「一尊酒，黃河側。無限事，從頭說。相看怳如昨，許多年月。」 | 695 | |
| 〈木蘭花慢〉（對西山搖落）：「嚴城笳鼓動高秋，萬竈擁貔貅。覺全晉山河，風聲習氣，未減風流」 | 76 | 〈水龍吟〉（小舟橫截春江）：「危柱哀絃，豔歌餘響，繞雲縈水。念故人老大，風流未減，空回首、煙波裡。」 | 349 | |
| 〈江城子〉（來鴻去燕十年間）：「斷嶺不遮南望眼，時爲我，一憑闌」 | 222 | 〈送蜀人張師厚赴殿試，二首之一〉：「斷嶺不遮西望眼，送君直過楚王山。」 | 927 | 東坡詩 |

| 元好問詞——點化成句 | | | | |
|---|---|---|---|---|
| 元好問詞 | 頁數 | 蘇軾作品 | 頁數 | 備註 |
| 〈鷓鴣天〉（煮酒青梅入坐新）：「梁苑月，洛陽塵，少年難得是閑身。殷勤昨夜三更雨，賸醉東城一日春」（效東坡體） | 369 | 〈鷓鴣天〉（林斷山明竹隱牆）：「村舍外，古城旁。杖藜徐步轉斜陽。殷勤昨夜三更雨，又得浮生一日涼。」 | 474 | |
| 〈鷓鴣天〉（候館燈昏雨送涼）：「候館燈昏雨送涼，小樓人靜月侵床。多情卻被無情惱，今夜還如昨夜長」 | 374 | 〈蝶戀花〉（花褪殘紅青杏小）：「笑漸不聞聲漸悄。多情卻被無情惱。」 | 753 | |
| 〈清平樂〉（離腸宛轉）：「樓前小雨珊珊，海棠簾幕輕寒。杜宇一聲春去，樹頭無數青山」 | 483 | 〈西江月〉（照野瀰瀰淺浪）：「解鞍攲枕綠楊橋。杜宇一聲春曉。」 | 360 | |
| 〈浣溪紗〉（芍藥初開百步香）：「此樂莫教兒輩覺，老夫聊發少年狂。高燒銀燭照紅妝」 | 505 | 〈江城子〉（老夫聊發少年狂）：「老夫聊發少年狂。左牽黃。右擎蒼。」 | 146 | |
| 〈點絳唇〉（沙際春歸）：「沙際春歸，綠窗猶唱留春住。問春何處，花落鶯無語」 | 520 | 〈木蘭花令〉（知君仙骨無寒暑）：「落花已逐迴風去。花本無心鶯自訴。明朝歸路下塘西，不見鶯啼花落處。」 | 660 | |
| 〈點絳唇〉（玉葉璁瓏）：「玉葉璁瓏，素妝不趁宮黃媚。謝家風致，最得春風意」 | 523 | 〈再和楊公濟梅花十絕，十首之八〉：「何人會得春風意，怕見梅黃雨細時。」 | 1748 | 東坡詩 |
| 〈訴衷情〉（萬人如海一身藏）：「萬人如海一身藏，隨例大家忙。」 | 530 | 〈病中聞子由得告不赴商州，三首之一〉：「惟有王城最堪隱，萬人如海一身藏。」 | 156 | 東坡詩 |
| 〈鳳凰臺上憶吹簫〉（寶靨留香）：「寶靨留香，錦書封淚，要教惱亂愁腸。恨鏡鸞雙舞，辜負歡狂」 | 566 | 〈滿庭芳〉（香靉雕盤）：「人間，何處有，司空見慣，應謂尋常。坐中有狂客，惱亂愁腸。」 | 203 | |

| 元好問詞——點化成句 | | | | |
|---|---|---|---|---|
| 元好問詞 | 頁數 | 蘇軾作品 | 頁數 | 備註 |
| 〈木蘭花慢〉（又東門送客）：「旌旗未卷鬢先華，清淚落悲笳。問蜀道登天，錦城雖好，得似還家」 | 647 | 〈是日至下馬磧，憩於北山僧舍。有閣曰懷賢，南直斜谷，西臨五丈原，諸葛孔明所從出師也〉：「客來空弔古，清淚落悲笳。」 | 179 | 東坡詩 |
| 〈江城子〉（梅梅柳柳鬧新晴）：「賞心樂事古難並，玉雙瓶，爲冠傾，一曲清歌，休作斷腸聲」 | 700 | 〈次韻楊褒早春〉：「良辰樂事古難並，白髮青衫我亦歌。」 | 239 | 東坡詩 |

（豐庭製表）

## 第三節　情意反用

黃麗貞認爲仿擬過程當中，原作和新作在意義上會出現相反的情形〔註200〕，她還指出就新擬體和原形體意義來看兩者關係，其中一種便是「反仿式」〔註201〕，代表兩者意義相反或相對的。因此「情意相反」這一類是元好問引用蘇軾原句，在自己作品中所傳達的情感、意義，或時間、空間上的描寫，呈現相反關係。

蘇軾也曾從否定或反向的方式來引用前人詩句，在宋代楊萬里的《誠齋詩話》中曾多次指出，例如：

> 孔子老子相見傾蓋，鄒陽云：「傾蓋如故。」孫侔與東坡不相識，乃以詩寄坡，坡和云：「與君蓋亦不須傾」。劉寬責吏，以蒲爲鞭，寬厚至矣。東坡詩云：「有鞭不使安用蒲。」老杜有詩云：「忽憶往時秋井塌，古人白骨生青苔，如何不飲令心哀。」東坡則云：「何須更待秋井塌，見人白骨方銜杯。」此皆翻案法也。〔註202〕

從楊萬里舉出「傾蓋」與「蓋亦不須傾」、「以蒲爲鞭」與「有鞭不使安用蒲」等例子，得知蘇軾擅長從前人詩意，反用寫出自己的觀察見解、情感指向，這便是多元運用語典，也展現構思的多變性。

〔註200〕見黃麗貞，《實用修辭學》，頁386。
〔註201〕見黃麗貞，《實用修辭學》，頁387。
〔註202〕見商務印書館四庫全書出版工作委員會編，《文津閣四庫全書（495冊）．集部．詩文評類》，頁506。

如此，要確立元好問反用蘇軾字句的先決條件，自然是元好問與蘇軾的情感表達，實則同一主題範圍僅是相反兩端的事實或觀點呈現，如美醜善惡、死亡永生、喜悅憂愁、出仕隱退等等，而這一類型的判讀，在元好問詩詞句中並無「反用東坡成句」，又從單一「字面」是無法了解整體情意是否相反，故就單以元好問的詩、詞和東坡作品「句意相反」來做析論，較具有整體邏輯的解讀。

## 一、遺山詩與東坡詩詞的相反關係

元好問詩共有 62 首 67 處明顯與蘇軾作品中的語句，呈現相反對比的關係，本小節以「表 4-3-1-1：元好問詩與蘇軾作品『情意相反——句意對比』對照表」呈現。先從元好問早年作品舉例，在河南隱居時拜訪潁考叔廟而寫〈潁谷封人廟〉：

洩洩潁谷雲，瀜瀜潁川水。封君去我久，水雲自清美。

人言君善諫，微意得鄭子。特於悔悟時，一語發天理。……〔註 203〕

據《左傳・魯隱公元年》記載潁考叔爲潁谷封人，在鄭伯克段於鄢後，潁考叔感發鄭伯孝心，收回因母親參與政變而寧可黃泉相見的誓言〔註 204〕；因此元好問融此事典於詩中，頭二句形容潁谷廟外白雲緩緩飄散，潁水流動和暢，雖然元好問距離潁考叔時代已遠，但十分欽佩潁考叔善於勸諫，以微妙的用意點醒鄭伯悔悟的孝心。而「人言君善諫，微意得鄭子」這一組句子與蘇軾寫給陳慥的〈陳季常見過，三首之三〉:「人言君畏事，欲作龜頭縮。我知君不然，朝飯仰暘谷。」〔註 205〕恰好句式用意相反，蘇軾原指世人皆以爲陳慥膽小怕事如縮頭烏龜，蘇軾知道好友心境並非如此，而是自身涵養謙讓。元好問塑造潁考叔遺留世間的風範，與蘇軾描述眾人以爲好友的形象，語句形式相近而語意正好相反。

又如元好問曾在因母喪辭內鄉令後，代任鎮平令沒多久又辭官隱去，隨後便受鄧州移刺瑗幕府之邀赴任幕僚，其〈渡湍水〉道盡這幾年的心情：

〔註 203〕見（金）元好問著、狄寶心校注，《元好問詩編年校注（第一冊）》，頁 375。

〔註 204〕參考楊伯峻編著，《春秋左氏傳（上）》（高雄：復文圖書出版社，1991 年 9 月再版），頁 10～15。

〔註 205〕見（宋）蘇軾撰、（清）王文誥輯注、孔凡禮點校，《蘇軾詩集（第四冊）》，頁 1110。

悠悠人事眼中新，悄悄孤懷百慮紛。

伎倆本宜閑處著，姓名誰遣世間聞。

秋江澹沱如素練，沙浦空明行暮雲。

早晚扁舟載煙雨，移家來就野鷗群。〔註 206〕

這首詩同時有兩處與蘇軾句意相反。前四句從湍水之景投射心情，這幾年人事變動如湍水般奔流不止，自己寂靜的心境帶有孤單的情懷。自己的能力在辭官悠閒時反而聲名顯著，代表仍被世人賞識。「伎倆本宜閑處著，姓名誰遣世間聞」兩句與蘇軾〈余將赴文登過廣陵而擇老移住石塔相送竹西亭下留詩爲別〉:「我亦化身東海去，姓名莫遣世人知。」〔註 207〕正好相反，蘇軾此詩寫於元豐八年，由黃州團練副使移至責授汝州團練副使，本州安置並知登州，後又經司馬光薦舉而起知登州軍州事，在赴任時經過揚州石塔寺，自己表達不願再使世人知曉名聲。元好問尚且還有意願修身靜養，不愧於他人的推薦；而蘇軾因自身對政局的動盪感覺心灰意冷的執意求去。元好問〈渡湍水〉最後四句，仍藉秋天江水、空曠澄澈的沙洲表明歸隱平靜之心，才會用「早晚扁舟載煙雨，移家來就野鷗群。」帶出歸隱生活。這兩句也與蘇軾〈寄高令〉:「田園知有兒孫委，早晚扁舟到海涯。」〔註 208〕相反，東坡這首詩寫於惠州時，自然想讓自己放任於小船到天涯各處。元好問是歸家隱居，而蘇軾欲羈旅天涯。

當元好問與蘇軾不同生命境遇時，在詩句迸發的能量便各有不同，如元好問在拘管山東聊誠時所寫〈看山〉:

慘慘悲去國，鬱鬱賦卜居。不採西山薇，即當葬江魚。

今日忽有得，蕩如脫囚拘。青山坐終日，忘讀案上書。

……

乖逢自乖逢，賦分無賢愚。作計窮一我，造物良區區。

嚮也憂不足，乃今樂有餘。〔註 209〕

此時的元好問臉色憔悴枯槁面對國家破滅，只能鬱鬱寡歡的吟誦《楚辭》，不

〔註 206〕見（金）元好問著、狄寶心校注，《元好問詩編年校注（第二冊）》，頁 539。

〔註 207〕見（宋）蘇軾撰、（清）王文誥輯注、孔凡禮點校，《蘇軾詩集（第五冊）》，頁 1371。

〔註 208〕見（宋）蘇軾撰、（清）王文誥輯注、孔凡禮點校，《蘇軾詩集（第七冊）》，頁 2194。

〔註 209〕見（金）元好問著、狄寶心校注，《元好問詩編年校注（第二冊）》，頁 946。

該如伯夷、叔齊般隱居，而要如屈原般捨身殉國。元好問認為命運的順逆實與人的天賦賢愚無關，也許上天要使我現實生活窮困，然而過往憂嘆不足，而今了解在國破家亡後，一人一身軀所需要的快樂並非外在的物質。「乖逢自乖逢，賦分無賢愚。」是元好問在圍城時看盡多少豪傑志士、文人雅士死於兵禍，而自己一身又能安存而有的體悟。而蘇軾在元祐二年回京任翰林學士，與好友王詵因烏臺詩案後再次於京城相見，無限感慨便和其韻寫下〈和王晉卿〉一詩，當中有句「賢愚有定分，樽俎守尸祝。」〔註 210〕蘇軾是從官場生涯中體悟，各司其職而不要越俎代庖，專注於眼前職務免於小人訕謗忌妒。元好問由生命的起落來看在自然宇宙造化下「賦分無賢愚」，而蘇軾則從人間世事變化體悟「賢愚有定分」。

又元好問晚年心境時因遙想國土而慷慨激昂，時因四處奔波而心力憔悴，如〈北嶽〉：

太茂維嶽古帝孫，大樸未散眞巧存。
乾坤自有靈境在，地位豈合他山尊。
中原旌旗白日暗，上階樓觀蒼煙屯。
誰能借我兩黃鵠，長袖一拂玄都門？〔註 211〕

這是元好問秋天到燕京經過北嶽時所做，前四句是寫北嶽高聳且原始質樸的大道並未消散，在天地時局變化中自有靈氣境地的存在，地位豈能如其他山脈，而何以對北嶽有如此崇高的讚許，重點在下四句，此時中原旌旗蔽空蒙古與宋交戰頻仍，沿著山坡階梯而上觀看蒼煙屯聚之處，希望能有如屈原作品中的賢士〔註 212〕，能陪我上到北嶽山頂而小天下，實則隱含對收復國土的企圖。「大樸未散眞巧存」在元好問作品中便暗合金朝國家正道之氣息；而蘇軾的〈次韻秦太虛見戲耳聾〉：「大朴初散失渾沌，六鑿相攘更勝敗。」〔註 213〕此首作於烏臺詩案的前夕，因此這兩句倘若能讓原始大道消散、渾渾沌沌就好了，因為人的六竅鑿開廣吸知識便有爭高下所產生

〔註 210〕見（宋）蘇軾撰、（清）王文誥輯注、孔凡禮點校，《蘇軾詩集（第五冊）》，頁 1423。

〔註 211〕見（金）元好問著、狄寶心校注，《元好問詩編年校注（第三冊）》，頁 1154。

〔註 212〕屈原〈卜居〉：「寧與黃鵠比翼乎？將與雞鶩爭食乎？」五臣云：黃鵠，喻逸士也。見（宋）洪興祖撰，《楚辭補注》（臺北：天工書局 2000 年 9 月再版），頁 178。

〔註 213〕見（宋）蘇軾撰、（清）王文誥輯注、孔凡禮點校，《蘇軾詩集（第三冊）》，頁 950。

的憂患，蘇軾的用法在於表達寧可處於渾沌之態，而元好問則是欣喜國家正道之氣的存在。但元好問晚年也並非時時有積極的抱負，如在題畫詩〈惠崇蘆雁三首〉其三：「江湖牢落太愁人，同是天涯萬里身。不似畫屏金孔雀，離離花影澹生春。」〔註 214〕面對金亡後遺臣身分的四處漂泊，江湖的零落使自己更感憂愁，而遠望天邊萬里旅途之中自己是孤身一人，不像那畫中的金孔雀至少還有淺淡的花影爲牠增添春色。「同是天涯萬里身」所代表是元好問浪蕩江湖的孤寂，而蘇軾在惠州所寫〈次韻惠循二守相會〉：「且同月下三人影，莫作天涯萬里心。」〔註 215〕和惠州、循州兩位太守的宴飲相會，因爲三人相聚使自己不因在惠州而感到萬里之遙的孤獨，因此相似的句式在不同處境便有相反的意涵。

其他如元好問的〈麥歎〉：「人滿天地間，天豈獨我讐」與蘇軾〈過大庾嶺〉：「浩然天地間，惟我獨也正。」相反，元好問感嘆自己種麥連遇旱災，似乎上天只仇恨他一人；而蘇軾是被貶到惠州，再越過大庾嶺時鼓舞自己，胸中自有浩然正氣，天地間只有自己正氣凜然；所以「天豈獨我讐」與「惟我獨也正」是兩人在句式相近，卻是生命處境強烈抑揚對比的例子。又如元好問任鎭平令所寫〈鎭平書事〉：「勸農冠蓋已歸休，瞭卻逋懸百不憂。」與蘇軾任杭州通判時寫給蘇轍的〈戲子由〉：「勸農冠蓋鬧如雲，送老齏鹽甘似蜜。」相反，前者元好問是說讓勸農司的官員都已回去，了解租稅拖欠的事情卻並不擔憂；而蘇軾身處新舊稅法的交替，代表朝廷派往各地的督察田役稅負的官員紛擾不斷。

同追和或模擬前人作品，兩人呈現的情感也相反，如元好問的〈學東坡移居八首〉其六：「胸中有茹噎，欲得快吐之」〔註 216〕與蘇軾〈和陶王撫軍座送客〉：「胸中有佳處，海瘴不能腓。」〔註 217〕兩人皆藉古人詩歌形式抒發當前的情緒，元好問剛結束拘管生活在冠氏營建新居，心中過往的鬱悶想要一吐爲快；而蘇軾已適應儋州生活，胸中存有對環境友好的心情，海南的瘴癘之氣也無法使他憂愁。又如元好問〈爲橄子醻金二首〉其二：「秋來聞說酒杯

〔註 214〕見（金）元好問著、狄寶心校注，《元好問詩編年校注（第三冊）》，頁 1707。

〔註 215〕見（宋）蘇軾撰、（清）王文誥輯注、孔凡禮點校，《蘇軾詩集（第七冊）》，頁 2220。

〔註 216〕見（金）元好問著、狄寶心校注，《元好問詩編年校注（第二冊）》，頁 754。

〔註 217〕見（宋）蘇軾撰、（清）王文誥輯注、孔凡禮點校，《蘇軾詩集（第七冊）》，頁 2326。

疏，卻爲窮愁解著書。」〔註 218〕與蘇軾〈行宿泗間見徐州張天驥次舊韻〉:「無事不妨長好飲，著書自要見窮愁。」〔註 219〕兩人同用司馬遷評虞卿之典故〔註 220〕，元好問是爲了好友橄彥舉湊錢聚飲，知道好友自秋天以來無金可以飲酒，便替他籌錢，同時也鼓勵他解決窮愁便是善用自己文才；而蘇詩的心境便正巧相反，當勸慰張天驥無事多喝酒，著書反而使自己窮困。〔註 221〕

以相似的句意呈現相反的心境，正是同中見異的表現；更甚至兩人面對同一事典，仍存在著對立的解讀與引用，從情意相仿、情意衍生到情意相反，姑且不論元好問是否直接引用蘇軾文句，正如周振甫所說可能暗合，可能是偶然，以相似句式歸納整理後，值得一探的是兩人面對生命當下，選擇幽默以對或抑鬱苦悶。各自迥異的情感。

表 4-3-1-1：元好問詩與蘇軾作品「情意相反——句意相反」對照表

| 元好問詩——句意相反 | | | | |
|---|---|---|---|---|
| 元好問詩 | 頁數 | 蘇軾作品 | 頁數 | 備註 |
| 〈愚軒爲趙宜之賦〉:「智愚何預阿堵中，或者桔槔賢抱甕。」 | 40 | 〈和陶擬古，九首之二〉:「窮達不到處，我在阿堵中。」 | 2261 | |
| 〈繼愚軒和黨承旨雪詩四首〉之一:「人言詩窮人，無詩吾自窮」 | 185 | 〈僧惠勤初罷僧職〉:「非詩能窮人，窮者詩乃工。」 | 577 | |
| 〈麥歎〉:「人滿天地間，天豈獨我讐」 | 219 | 〈過大庾嶺〉:「浩然天地間，惟我獨也正。」 | 2057 | |
| 〈出京〉:「慚愧山中人，團茅遂幽屏。塵泥久相涴，夢寐見清穎。」 | 298 | 〈送呂行甫司門倅河陽〉:「念我山中人，久與麋鹿并。誤出挂世網，舉動俗所驚。」 | 1499 | |

〔註 218〕見（金）元好問著、狄寶心校注，《元好問詩編年校注（第四冊）》，頁 1597。

〔註 219〕見（宋）蘇軾撰、（清）王文誥輯注、孔凡禮點校，《蘇軾詩集（第六冊）》，頁 1903。

〔註 220〕《史記·平原君虞卿列傳》中太史公曰：「虞卿料事揣情，爲趙畫策，何其工也！及不忍魏齊，卒困於大梁，庸夫且知其不可，況賢人乎？然虞卿非窮愁，亦不能著書以自見於後世云。」見瀧川龜太郎著，《史記會注考證》（高雄，麗文文化事業股份有限公司，2000 年 9 月出版），頁 936。

〔註 221〕以上摘引原詩的頁數可詳見表 4-3-1-1：元好問詩與蘇軾作品「情意相反——句意相反」對照表，故不再贅註。

| 元好問詩——句意相反 | | | | |
|---|---|---|---|---|
| 元好問詩 | 頁數 | 蘇軾作品 | 頁數 | 備註 |
| 〈方城道中懷山中幽居〉:「技拙違時用,年饑與食謀。江山貧士歎,日月賈胡留。」 | 320 | 〈鬱孤臺〉:「不隨猿鶴化,甘作賈胡留。衹有貂裘在,猶堪買釣舟。」 | 2429 | |
| 〈送郝講師住崇福宮〉:「怪君掉頭不肯住,寂寞來作由東鄰。」 | 368 | 〈和孔君亮郎中見贈〉:「只恐掉頭難久住,應須傾蓋便深論。」 | 717 | |
| 〈潁谷封人廟〉:「人言君善諫,微意得鄭子。」 | 375 | 〈陳季常見過,三首之三〉:「人言君畏事,欲作龜頭縮。」 | 1110 | |
| 〈放言〉:「大笑人間世,起滅眞浮漚。」 | 402 | 〈遊桓山,會者十人,以「春水滿四澤,夏雲多奇峰」爲韻,得澤字〉:「悟此人間世,何者爲眞宅。」 | 923 | |
| 〈飲酒〉:「仙人一丸藥,洗我芥蔕胸。金沙一散風雨疾,世事盡與浮雲空。」 | 427 | 〈別子由三首兼別遲,之一〉:「三年磨我費百書,一見何止得雙璧。愿君亦莫嗟留滯,六十小劫風雨疾。」 | 1225 | |
| 〈劉光甫內鄉新居〉:「爲向長安舊游道,世間元有北窗涼。」 | 462 | 〈次韻許遵〉:「此味只憂兒輩覺,逢人休道北窗涼。」 | 1366 | |
| 〈自菊潭丹水還,寄崧前故人〉:「倦客不知歸路遠,孤城唯覺暮山攢。」 | 469 | 〈澄邁驛通潮閣,二首之一〉:「倦客愁聞歸路遙,眼明飛閣俯長橋。」 | 2365 | |
| 〈此日不足惜〉:「有酒不解飲,問君誰與娛。」 | 508 | 〈與臨安令宗人同年劇飲〉:「我雖不解飲,把盞歡意足。」 | 451 | |
| 〈此日不足惜〉:「銜杯直待秋井塌,青苔白骨憐君愚」 | 508 | 〈次韻孔毅父久旱已而甚雨,三首之三〉:「不須更待秋井塌,見人白骨方銜杯。」 | 1124 | |
| 〈此日不足惜〉:「太虛爲室月爲燭,醉倒不用春風扶。」 | 508 | 〈次前韻送劉景文〉:「豈知入骨愛詩酒,醉倒正欲蛾眉扶。」 | 1822 | |

| 元好問詩——句意相反 | | | | |
|---|---|---|---|---|
| 元好問詩 | 頁數 | 蘇軾作品 | 頁數 | 備註 |
| 〈此日不足惜〉:「餘名安得潤枯骨，四十豈不知頭顱」 | 508 | 〈送段屯田分得于字〉:「四十豈不知頭顱，畏人不出何其愚。」 | 618 | |
| 〈鎮平書事〉:「勸農冠蓋已歸休，瞭卻逋懸百不憂。」 | 515 | 〈戲子由〉:「勸農冠蓋鬧如雲，送老虀鹽甘似蜜。」 | 325 | |
| 〈寄女嚴三首其一〉:「添丁學語巧於絃，詩句無人爲口傳。」 | 521 | 〈孔長源挽詞，二首之二〉:「潮聲半夜千巖響，詩句明朝萬口傳。」 | 639 | |
| 〈渡湍水〉:「伎倆本宜閑處著，姓名誰遣世間聞。」 | 539 | 〈余將赴文登，過廣陵，而擇老移住石塔，相送竹西亭下，留詩爲別〉:「我亦化身東海去，姓名莫遣世人知。」 | 1371 | |
| 〈渡湍水〉:「早晚扁舟載煙雨，移家來就野鷗群。」 | 539 | 〈寄高令〉:「田園知有兒孫委，早晚扁舟到海涯。」 | 2194 | |
| 〈望歸吟〉:「年年歲歲望還家，此日歸期轉未涯。」 | 569 | 〈次韻送徐大正〉:「別時酒醆照燈花，知我歸期漸有涯。」 | 1377 | |
| 〈蛟龍引〉:「誰念田文坐中客？只將彈鋏歎無魚。」 | 588 | 〈浣溪沙〉（門外東風雪灑裾）:「山頭回首望三吳。不應彈鋏爲無魚。」 | 635 | 東坡詞 |
| 〈希顏挽詩五首〉其二：「從教不入麒麟畫，猶是中朝第一人」 | 595 | 〈送子由使契丹〉:「單于若問君家世，莫道中朝第一人。」 | 1648 | |
| 〈覓神霄道士古銅爵〉:「巧偷豪奪吾何敢，他日酬君九府錢」 | 703 | 〈次韻米黻二王書跋尾，二首之一〉:「巧偷豪奪古來有，一笑誰似癡虎頭。」 | 1538 | |
| 〈杏花落後分韻，得歸字〉:「獺髓能醫病頰肥，鸞膠無那片紅飛。」 | 714 | 〈再和楊公濟梅花十絕，十首之七〉:「檀心已作龍涎吐，玉頰何勞獺髓醫。」 | 1748 | |
| 〈送李輔之官青州〉:「樊籠不畜青田鶴，朔吹初翻白錦鷹。」 | 716 | 〈僧惠勤初罷僧職〉:「軒軒青田鶴，鬱鬱在樊籠。」 | 576 | |

| 元好問詩——句意相反 | | | | |
|---|---|---|---|---|
| 元好問詩 | 頁數 | 蘇軾作品 | 頁數 | 備註 |
| 〈學東坡移居八首〉其六：「胸中有茹噎，欲得快吐之」 | 754 | 〈和陶王撫軍座送客〉：「胸中有佳處，海瘴不能腓。」 | 2326 | |
| 〈學東坡移居八首〉其七：「九原如可作，從公把犁鋤」 | 756 | 〈故李誠之待制六丈挽詞〉：「九原不可作，千古有餘悲。」 | 1530 | |
| 〈學東坡移居八首〉其八：「慚非一狐腋，不直五羖皮」 | 757 | 〈送程之邵簽判赴闕〉：「從來一狐腋，或出五羖皮。」 | 1717 | |
| 〈贈馮內翰二首　並序〉其二：「見說常山可歸隱，從公未覺十年遲」 | 781 | 〈次荊公韻四絕，四首之三〉：「勸我試求三畝宅，從公已覺十年遲。」 | 1252 | |
| 〈普照范鍊師寫眞三首〉其一：「石梁畫出西流寺，無復鏗然曳杖聲」 | 831 | 〈東坡〉：「莫嫌犖确坡頭路，自愛鏗然曳杖聲。」 | 1183 | |
| 〈太乙蓮舟圖三首，爲濟源奉先老師賦〉其一：「六合空明一蓮葉，更須遮眼要文書」 | 866 | 〈姪安節遠來夜坐，三首之一〉：「遮眼文書原不讀，伴人燈火亦多情。」 | 1095 | |
| 〈眼中〉：「骨肉他鄉各異縣，衣冠今日是何年」 | 923 | 〈次韻秦觀秀才見贈，秦與孫莘老、李公擇甚熟，將入京應舉〉：「誰謂他鄉各異縣，天遣君來破吾顔。」 | 828 | |
| 〈南湖先生雪景乘騾圖〔並引〕〉：「仕宦不作邴曼容，醉鄉自愛王無功」 | 939 | 〈次韻劉景文西湖席上〉：「我今官已六百石，慚愧當年邴曼容」 | 1760 | |
| 〈看山〉：「乖逢自乖逢，賦分無賢愚」 | 946 | 〈和王晉卿〉：「賢愚有定分，樽俎守尸祝。」 | 1423 | |
| 〈祖唐臣愚庵〉：「青州荊州兔三窟，古人今人貉一丘」 | 961 | 〈過嶺，二首之一〉：「平生不作兔三窟，今古何殊貉一丘。」 | 2426 | |
| 〈贈祖唐臣母挽章〉：「捨肉已甘非潁谷，學仙何敢望西河」 | 964 | 〈新茶送簽判程朝奉，以饋其母，有詩相謝，次韻答之〉：「縫衣付與溧陽尉，舍肉懷歸潁谷封。」 | 1683 | |

| 元好問詩——句意相反 | | | | |
|---|---|---|---|---|
| 元好問詩 | 頁數 | 蘇軾作品 | 頁數 | 備註 |
| 〈寄楊飛卿〉:「三間老屋知何處，慚愧雲間陸士龍」 | 973 | 〈次韻劉景文西湖席上〉:「將辭鄴下劉公幹，卻見雲間陸士龍。」 | 1760 | |
| 〈又解嘲二首〉其一:「雁後花前日日閑，頗思尊酒慰愁顏」 | 981 | 〈和文與可洋川園池三十首：吏隱亭〉:「縱橫憂患滿人間，頗怪先生日日閑。」 | 672 | |
| 〈九日讀書山用陶詩「露淒暄風息，氣清天曠明」爲韻賦十詩〉其一:「半生無根著，筋力疲世故。大似丁令威，歸來歎墟墓。」 | 1014 | 〈和陶移居，二首之二〉:「我豈丁令威，千歲復還茲。」 | 2192 | |
| 〈癸卯歲杏花〉:「更教古銅瓶子無一枝，綠陰青子長相思」 | 1072 | 〈正月二十六日，偶與數客野步嘉祐僧舍東南野人家，雜花盛開，扣門求觀。主人林氏媼出應，白髮青裙，少寡，獨居三十年矣。感嘆之餘，作詩記之〉:「縹蔕緗枝出絳房，綠陰青子送春忙。」 | 2100 | |
| 〈梁氏先人手書〉:「耆舊風流知未滅，青衫還見讀書孫」 | 1108 | 〈追和子由去歲試舉人洛下所寄九首：暴雨初晴樓上晚景，五首之二〉:「風流耆舊消磨盡，只有青山對病翁。」 | 458 | |
| 〈贈答趙仁甫〉:「南冠牢落坐貧居，卻爲窮愁解著書」 | 1112 | 〈行宿、泗間，見徐州張天驥，次舊韻〉:「無事不妨長好飲，著書自要見窮愁。」 | 1903 | |
| 〈天涯山〉:「五雲飛步吾未能，風袂泠泠已輕舉」 | 1137 | 〈次韻樂著作天慶觀醮〉:「濁世紛紛肯下臨，夢尋飛步五雲深。」 | 1043 | |
| 〈北嶽〉:「太茂維嶽古帝孫，大樸未散眞巧存」 | 1154 | 〈次韻秦太虛見戲耳聾〉:「大朴初散失渾沌，六鑿相攘更勝敗。」 | 950 | |

| 元好問詩——句意相反 | | | | |
|---|---|---|---|---|
| 元好問詩 | 頁數 | 蘇軾作品 | 頁數 | 備註 |
| 〈哭曹徵君子玉二首〉其二：「斗酒隻雞孤舊約，素車白馬屬何人」 | 1261 | 〈縱筆，三首之三〉：「北船不到米如珠，醉飽蕭條半月無。明日東家當祭灶，隻雞斗酒定膰吾。」 | 2328 | |
| 〈酬中條李隱君邦彥〉：「川路限南北，相逢今白頭。」 | 1263 | 〈送小本禪師赴法雲〉：「是身如浮雲，安得限南北。」 | 1758 | |
| 〈水簾記異〉：「東坡拊掌應大笑，不見蟄窟鞭魚龍。」 | 1279 | 〈登州海市〉：「歲寒水冷天地閉，爲我起蟄鞭魚龍。」 | 1388 | |
| 〈種松〉：「惘然一太息，何年起明堂？鄰叟向我言，種木本易長」 | 1319 | 〈二鮮于君以詩文見寄，作詩爲謝〉：「迂叟向我言，青齊歲方艱。」 | 1840 | |
| 〈壽張復從道〉：「捧檄毛義喜，受杖伯瑜泣。親年當喜懼，寸晷眞尺璧」 | 1321 | 〈次韻劉景文登介亭〉：「吾生如寄耳，寸晷輕尺玉。」 | 1701 | |
| 〈贈答郝經伯常。伯常之大父，予少日從之學科舉〉：「撐腸正有五千卷，下筆須論二百年。」 | 1338 | 〈試院煎茶〉：「不用撐腸拄腹文字五千卷，但願一甌常及睡足日高時。」 | 371 | |
| 〈二月十五日鶴〉：「不知濁世誰下臨，只許霜毛見修整」 | 1348 | 〈次韻樂著作天慶觀醮〉：「濁世紛紛肯下臨，夢尋飛步五雲深。」 | 1043 | |
| 〈贈寫眞田生三章〉其三：「市井公卿萬不同，依然見解一兒童。」 | 1369 | 〈子由新修汝州龍興寺吳畫壁〉：「每摹市井作公卿，畫手懸知是徒隸。」 | 2027 | |
| 〈游承天鎮懸泉〉：「周南留滯何敢嘆！投老天教探禹穴。」 | 1388 | 〈神宗皇帝挽詞，三首之三〉：「周南稍留滯，宣室遂淒涼。」 | 1338 | |
| 〈柳亭雨夕，與高御史夜話〉：「三間老屋知何處？惆悵雲間陸士龍」 | 1423 | 〈次韻劉景文西湖席上〉：「將辭鄴下劉公幹，卻見雲間陸士龍。」 | 1760 | |
| 〈甲寅正月二十三日故關道中三首〉其二：「千里不易到，三冬須少留。」 | 1432 | 〈送歐陽推官赴華州監酒〉：「喜見三少年，俱有千里骨。千里不難到，莫遣歷塊蹶。」 | 1807 | |

| 元好問詩——句意相反 | | | | |
|---|---|---|---|---|
| 元好問詩 | 頁數 | 蘇軾作品 | 頁數 | 備註 |
| 〈臺山雜詠十六首〉其一：「知被錢郎笑寒乞，不將錦繡裹山川」 | 1434 | 〈臨安三絕：錦溪〉：「五百年間異人出，盡將錦繡裹山川。」 | 491 | |
| 〈臺山雜詠十六首〉其四：「顛風作力掃陰霾，白日青天四望開。」 | 1436 | 〈約公擇飲是日大風〉：「曉來顛風塵暗天，我思其由豈坐慳。」 | 805 | |
| 〈贈答雁門劉仲修〉：「共知祭酒傳家學，獨愛中郎餘典刑」 | 1501 | 〈寄呂穆仲寺丞〉：「楚相未亡談笑是，中郎不見典刑存。」 | 639 | |
| 〈送田益之從周帥西上二首〉其一：「蓬萊如可到，剩借玉川風」 | 1540 | 〈金山妙高臺〉：「蓬萊不可到，弱水三萬里。」 | 1368 | |
| 〈爲橄子醵金二首〉其二：「秋來聞說酒杯疏，卻爲窮愁解著書。」 | 1597 | 〈行宿、泗間，見徐州張天驥，次舊韻〉：「無事不妨長好飲，著書自要見窮愁。」 | 1903 | |
| 〈讀李狀元朝宗禪林記〉：「知君不假科名重，元是中朝第一人」 | 1625 | 〈送子由使契丹〉：「單于若問君家世，莫道中朝第一人。」 | 1648 | |
| 〈送奉先從軍〉：「虎頭食肉無不可，鼠目求官空自忙」 | 1635 | 〈聞喬太博換左藏知欽州以詩招飲〉：「馬革裹屍眞細事，虎頭食肉更何人。」 | 682 | |
| 〈惠崇蘆雁三首〉其三：「江湖牢落太愁人，同是天涯萬里身。」 | 1707 | 〈次韻惠循二守相會〉：「且同月下三人影，莫作天涯萬里心。」 | 2220 | |
| 〈雜著九首〉其四：「洛陽荊棘千年後，愁絕銅駝陌上人」 | 1805 | 〈百步洪，二首之一〉：「紛紛爭奪醉夢裏，豈信荊棘埋銅駝。」 | 892 | |
| 〈雜著〉：「老優慣著沐猴冠，卻笑傍人被眼謾」 | 1813 | 〈臨安三絕：錦溪〉：「楚人休笑沐猴冠，越俗徒誇翁子賢。」 | 490 | |
| 〈眞味齋〉：「麤飯寒齏老此身，高人那計甑生塵。味無味處君知否？道著琴書已失眞」 | 1865 | 〈哨遍〉（爲米折腰）：「歸去來兮。我今忘我兼忘世。親戚無浪語，琴書中、有眞味。」 | 389 | 東坡詞 |

| 元好問詩——句意相反 | | | | |
|---|---|---|---|---|
| 元好問詩 | 頁數 | 蘇軾作品 | 頁數 | 備註 |
| 〈胡壽之待月軒三首〉其三：「墨君解語應須道，猶欠風琴一再行」 | 1867 | 〈送文與可出守陵州〉：「壁上墨君不解語，見之尚可消百憂。……君知遠別懷抱惡，時遣墨君解我愁。」 | 250 | |

（豐庭製表）

## 二、遺山詞對東坡句的反向呈現

元好問詞則有 20 闋 23 處，明顯與蘇軾作品中的語句呈現相反用意，而且元好問反用蘇軾詩句比例還是略高，以「表 4-3-1-2：元好問詞與蘇軾作品「情意相反——句意相反」對照表」呈現。

先論證元好問詞反用蘇軾詞句，在金亡時所作〈石州慢〉（兒女籃輿）上半闋幾句：

> 舊家年少，也曾東抹西塗，鬢毛爭信星星卻。歲暮日斜時，僅棲遲零落。〔註 222〕

回首過往時光，自己曾計較擔憂年華老去，然而仍不敵鬢髮斑白的歲月催人老；也以斜陽意味著金朝亡國後，名士朋友逐漸凋零。「鬢毛爭信星星卻」代表難敵時間流逝、難回金朝尚存的局勢；元好問此句反用蘇軾〈漁家傲〉（些小白鬚何用染）：「些小白鬚何用染，幾人得見星星點，作郡浮光雖似箭。」〔註 223〕蘇軾寫給任光州太守的曹九章，勸慰他任職時光其實光陰似箭，也就更不需擔憂年華的老去。蘇軾藉不在意白鬚星星點的意象，表露對時間逝去的釋懷；而元好問則是透過年少與現今鬢毛花白的時空對比，仍懷有時光飛逝的不捨與無奈。

由此可知，兩人在使用相同意象時，根據上下詞境分析，還是能得出相反的情感投射。又如青松的意象使用，在元好問〈鷓鴣天〉（枕上清風午夢殘）下半闋：

> 三徑在，一枝安，小齋容膝有餘寬。
> 鹿裘孤坐千峰雪，耐與青松老歲寒。〔註 224〕

〔註 222〕見（金）元好問撰、趙永源校註，《遺山樂府校註》，頁 170。
〔註 223〕見鄒同慶、王宗堂著，《蘇軾詞編年箋注（中冊）》，頁 394。
〔註 224〕見（金）元好問撰、趙永源校註，《遺山樂府校註》，頁 404。

「三徑在」〔註 225〕、「一枝安」〔註 226〕分別化用陶淵明、杜甫詩句，代表歸隱田園還有安居之處所，因此穿著粗陋的衣裘欣賞著千峰雪，寧與青松一起度過每年寒冬。「耐與青松老歲寒」也代表自己心境能安然自得、高潔自守；此句正與蘇軾在〈減字木蘭花〉（春光亭下）結尾處寫到：「官況闌珊，慚愧青松守歲寒。」〔註 227〕所傳達心境相反，東坡此闋詞是贈別友人趙晦之，這兩句對好友訴說自己仕途生涯的不順遂，自感慚愧不如青松的幽靜卓然。元好問從「千峰雪」對映著「青松老歲寒」，一片雪白更增青松的傲霜孤高，以「鹿裘」、「孤」、「耐」等字眼表明願意清貧心境；相較於蘇軾的青松除了情感傳達相反，元好問更在形象之外經營詞境。

而又如元好問的〈玉樓春〉（人間鬢髮隨秋換）藉由中秋月圓而感嘆，上半闋訴說著：

人間鬢髮隨秋換，天上月明秋又半。

月邊仍有女乘鸞，萬古與誰期汗漫。〔註 228〕

人間、天上隨著月月年年循環的變化，而心中期盼著緣分仍在遠處，渺茫遙遠不知何時能等到見面的一天。「汗漫」一詞最早見於《淮南子．道應訓》「吾與汗漫期於九垓之外。」高誘曾做注：「汗漫，不可知之也。」〔註 229〕「汗漫」代表渺茫不可知。蘇軾與元好問都曾使用過此語典，語句呈現的形式相似，但情意卻是相反；蘇軾寫給鄭俠的〈次韻鄭介夫，二首之二〉：「海上偶來期汗漫，葦間猶得見延緣。」〔註 230〕蘇軾與鄭俠都因彈劾新法，而遭受小人訕謗，以致貶謫不同地方，故相逢時不免深覺緣分猶存，「偶來期汗漫」便有歷劫難而相遇的珍重相惜。而元好問的「與誰期汗漫」便是伴隨鬢髮蒼白、明月圓缺的時光流轉，對思念人事物皆茫然未知，與蘇軾語句便呈現一種心境對比。

---

〔註 225〕陶淵明〈歸去來兮辭〉：「三逕就荒，松菊猶存。」見（晉）陶潛著、楊勇校箋《陶淵明集校箋》，頁 267。

〔註 226〕杜甫〈宿府〉：「已忍伶俜十年事，強移棲息一枝安。」見（唐）杜甫著、（清）楊倫箋注，《杜詩鏡銓（上）》（臺北：里仁書局，1981 年 8 月出版），頁 540。

〔註 227〕見鄒同慶、王宗堂著，《蘇軾詞編年箋注（上冊）》，頁 151。

〔註 228〕見（金）元好問撰、趙永源校註，《遺山樂府校註》，頁 667。

〔註 229〕見何寧撰，《淮南子集釋（中）》（北京：中華書局，1998 年 10 月第一版），頁 887。

〔註 230〕見（宋）蘇軾撰、（清）王文誥輯注、孔凡禮點校，《蘇軾詩集（第七冊）》，頁 2406。

其他如元好問的〈水調歌頭〉(蒼煙百年木):「簿書叢，鈴夜掣，鼓晨撾。人生一枕春夢，辛苦趁蜂衙。」形容官場的忙碌生活，反用蘇軾〈夜飲次韻畢推官〉:「簿書叢裏過春風，酒聖時時且復中。」爲官時也能忙裡偷閒。又如元好問〈木蘭花慢〉(流年春夢過):「待射虎南山，短衣匹馬，騰踏清秋」也有豪情壯志，收復國土；便與蘇軾的〈次韻段縫見贈〉:「短衣匹馬非吾事，只擬關門不問天。」在同用杜甫語典〔註 231〕，卻仍爲不同精神的傳達。又如元好問的〈惜分飛〉(人見何郎新來瘦):「九十日春花在手，可惜歡緣未久」兩句對美好時光的感嘆，也反用了蘇軾〈臨江仙〉(九十日春都過了):「九十日春都過了，貪忙何處追遊。」忙著把握追遊暮春殘花的美景。而元好問的〈婆羅門引〉(素蟾散彩):「尋常月圓，恨都向、別時偏。幾度郵亭枕上，野店尊前。」對月圓月缺，投射出對世事離情的無奈與無力，明顯反用蘇軾的〈水調歌頭〉(明月幾時有):「不應有恨，何事長向別時圓。人有悲歡離合，月有陰晴圓缺，此事古難全。」等。〔註 232〕

意義相反的仿效，正如錢鍾書在《談藝錄》中提及反仿，認爲〈古詩十九首〉中「胡馬依北風，越鳥巢南枝。」兩句，後來范雲依此而做〈贈沈左衛〉:「越鳥憎北樹，胡馬畏南風。」爲「反仿」例子中優秀的；周振甫、冀勤進一步解釋原本胡馬依戀北地，越鳥朝南枝代表依戀故土，而范雲反用其意指憎惡他鄉，在藝術上同等感人。〔註 233〕故相反並非單指字面上「他東你西」或「他近你遠」一種字面上的相對，連錢鍾書都讚許並肯定是「相映成對」的語意巧用。

而元好問與蘇軾作品之間的對應關係，並非字面上的一正一反的更動，是牽動著他整體創作情感的融會貫通，提供了語意從另一視角的使用方式，由於元好問作品部份透過反用，代表借用取材的靈活延伸。

---

〔註 231〕杜甫〈曲江三章章五句〉:「短衣匹馬隨李廣，看射猛虎終殘年。」見(唐)杜甫著、(清)楊倫箋注，《杜詩鏡銓(上)》，頁 45。

〔註 232〕以上摘引原詩的頁數可詳見表 4-3-1-2：元好問詞與蘇軾作品「情意相反——句意相反」對照表，故不再贅註。

〔註 233〕見錢鍾書著，《談藝錄》，頁 645。

表 4-3-1-2：元好問詞與蘇軾作品「情意相反——句意相反」對照表

| 元好問詞——句意相反 | | | | |
|---|---|---|---|---|
| 元好問詞 | 頁數 | 蘇軾作品 | 頁數 | 備註 |
| 〈水調歌頭〉（蒼煙百年木）：「簿書叢，鈴夜掣，鼓晨撾。人生一枕春夢，辛苦趁蜂衙」 | 39 | 〈夜飲次韻畢推官〉：「簿書叢裏過春風，酒聖時時且復中。紅燭照庭嘶騕褭，黃雞催曉唱玲瓏。」 | 806 | 東坡詩 |
| 〈木蘭花慢〉（流年春夢過）：「風聲習氣想風流，終擬覓菟裘。待射虎南山，短衣匹馬，騰踏清秋」 | 65 | 〈次韻段縫見贈〉：「短衣匹馬非吾事，只擬關門不問天。」 | 1256 | 東坡詩 |
| 〈聲聲慢〉（林間雞犬）：「朝來斜風細雨，喜紅塵、不到漁蓑。一尊酒，喚元龍、來聽浩歌」 | 164 | 〈浣溪沙〉（西塞山邊白鷺飛）：「自庇一身青篛笠，相隨到處綠蓑衣。斜風細雨不須歸。」 | 370 | |
| 〈石州慢〉（兒女籃輿）：「舊家年少，也曾東抹西塗，鬢毛爭信星星卻。」 | 170 | 〈漁家傲〉（些小白鬚何用染）：「些小白鬚何用染。幾人得見星星點。」 | 394 | |
| 〈洞仙歌〉（黃塵鬢髮）：「升平十二策，丞相封侯，說與高人應笑倒。對清風明月，展放眉頭。」 | 177 | 〈無愁可解〉（光景百年）：「何用不著心裡。你喚做、展卻眉頭。便是達者。也則恐未。」 | 502 | |
| 〈江城子〉（河山亭上酒如川）：「長記鶯啼花落處，歌扇後，舞衫前」 | 219 | 〈木蘭花令〉（知君仙骨無寒暑）：「落花已逐迴風去。花本無心鶯自訴。明朝歸路下塘西，不見鶯啼花落處。」 | 660 | |
| 〈江城子〉（行雲冉冉度關山）：「寂寞梨花枝上雨，人不見，與誰彈」 | 235 | 〈木蘭花令〉（知君仙骨無寒暑）：「故將別語惱佳人，欲看梨花枝上雨。」 | 660 | |
| 〈促拍醜奴兒〉（無物慰蹉跎）：「無物慰蹉跎，占一丘、一壑婆娑。」 | 256 | 〈次韻范淳甫送秦少章〉：「近聞館李生，病鶴借一柯。贈行苦說我，妙語慰蹉跎。」 | 1893 | 東坡詩 |
| 〈婆羅門引〉（素蟾散彩）：「尋常月圓，恨都向、別時偏。幾度郵亭枕上，野店尊前」 | 261 | 〈水調歌頭〉（明月幾時有）：「不應有恨，何事長向別時圓。人有悲歡離合，月有陰晴圓缺，此事 | 174 | |

| 元好問詞——句意相反 | | | | |
| --- | --- | --- | --- | --- |
| 元好問詞 | 頁數 | 蘇軾作品 | 頁數 | 備註 |
| | | 古難全。但願人長久，千里共嬋娟。」 | | |
| 〈小重山〉（酒冷燈青夜不眠）：「酒冷燈青夜不眠，寸腸千萬縷、兩相牽」 | 322 | 〈和柳子玉喜雪次韻仍呈述古〉：「燈青火冷不成眠，一夜撚鬚吟喜雪。」 | 527 | 東坡詩 |
| 〈惜分飛〉（人見何郎新來瘦）：「九十日春花在手，可惜歡緣未久」 | 329 | 〈臨江仙〉（九十日春都過了）：「九十日春都過了，貪忙何處追遊。三分春色一分愁。」 | 171 | |
| 〈南鄉子〉（一雨浣年芳）：「梨雪漸空桃李過，風光，恰到風流睡海棠」 | 331 | 〈和孔密州五絕：東欄梨花〉：「梨花淡白柳深青，柳絮飛時花滿城。惆悵東欄二株雪，人生看得幾清明。」 | 730 | 東坡詩 |
| 〈南鄉子〉（一雨浣年芳）：「梨雪漸空桃李過，風光，恰到風流睡海棠」 | 331 | 〈海棠〉：「東風嫋嫋泛崇光，香霧空濛月轉廊。只恐夜深花睡去，故燒高燭照紅妝。」 | 1187 | 東坡詩 |
| 〈南鄉子〉（一雨浣年芳）：「喚取分司狂御史，何妨，暫醉佳人錦瑟傍」 | 331 | 〈臨江仙〉（自古相從休務日）：「聞道分司狂御史，紫雲無路追尋。」 | 223 | |
| 〈鷓鴣天〉（華表歸來老令威）：「華表歸來老令威，頭皮留在姓名非。舊時逆旅黃粱飯，今日田家白板扉」 | 397 | 〈題楊朴妻詩〉：「惟臣妻一絕云：『且休落魄貪杯酒，更莫猖狂愛詠詩。今日捉將官裡去，這回斷送老頭皮。』」 | 2161 | 東坡文 |
| 〈鷓鴣天〉（枕上清風午夢殘）：「三徑在，一枝安，小齋容膝有餘寬。鹿裘孤坐千峰雪，耐與青松老歲寒」 | 404 | 〈減字木蘭花〉（春光亭下）：「故人重見。世事年來千萬變。官況闌珊。慚愧青松守歲寒。」 | 151 | |
| 〈清平樂〉（垂楊小渡）：「細侯竹馬相從，笑渠奔走兒童。十里村簫社鼓，依然傀儡棚中」 | 480 | 〈次韻周開祖長官見寄〉：「初聞父老推謝令，旋見兒童迎細侯。」 | 981 | 東坡詩 |

| 元好問詞——句意相反 | | | | |
|---|---|---|---|---|
| 元好問詞 | 頁數 | 蘇軾作品 | 頁數 | 備註 |
| 〈浣溪紗〉（芍藥初開百步香）：「此樂莫教兒輩覺，老夫聊發少年狂。高燒銀燭照紅妝」 | 505 | 〈越州張中舍壽樂堂〉：「不憂兒輩知此樂，但恐造物怪多取。」 | 328 | 東坡詩 |
| 〈訴衷情〉（萬人如海一身藏）：「東華軟紅塵土，俗損謝三郎」 | 530 | 〈次韻蔣穎叔、錢穆父從駕景靈宮，二首之一〉：「半白不羞垂領髮，軟紅猶戀屬車塵。」 | 1921 | 東坡詩 |
| 〈訴衷情〉（升平責望富民侯）：「山崦寺，水心樓，去來休。醉扶歸路，鼓吹鳴蛙，部曲黃牛」 | 533 | 〈用舊韻送魯元翰知洺州〉：「鳴蛙與鼓吹，等是俗物喧。」 | 1444 | 東坡詩 |
| 〈好事近〉（夢裏十年心）：「夢裏十年心，情味夢回猶惡。枕上數行清淚，被驚烏啼落」 | 541 | 〈子玉家宴，用前韻見寄，復答之〉：「醒時情味吾能說，日在西南白草岡。」 | 540 | 東坡詩 |
| 〈攤破浣溪沙〉（錦瑟華年燕子樓）：「約略睡痕妝鏡晚，留連香韻瑣窗秋。總道竹西歌吹好，去來休」 | 580 | 〈南歌子〉（山與歌眉斂）：「遊人都上十三樓。不羨竹西歌吹、古揚州。」 | 613 | |
| 〈玉樓春〉（人間鬢髮隨秋換）：「人間鬢髮隨秋換，天上月明秋又半。月邊仍有女乘鸞，萬古與誰期汗漫」 | 667 | 〈次韻鄭介夫，二首之二〉：「海上偶來期汗漫，葦間猶得見延緣。」 | 2406 | 東坡詩 |
| 〈朝中措〉（金鳳飄拂瑩蟬光）：「笙歌叢裏，霞杯瀲灩，玉樹芬芳。」 | 749 | 〈九日，尋臻闍黎，遂泛小舟至勤師院，二首之二〉：「笙歌叢裏抽身出，雲水光中洗眼來。」 | 507 | 東坡詩 |

（豐庭製表）

對於元好問全面性接受蘇軾詩、詞、文作品，而因襲變化、沿用翻轉的現象，正如程千帆箋注劉知幾《史通》時，曾提出模擬與創造，是一種歷代大家寫作循序漸進的看法：

模擬者，初學之始基；創造者，成學之盛業。……以今作與古作，

> 或己作與他作相較，而第其心貌之離合；合多離少，則曰模擬；合少離多，則曰創造，故非絕對之論也……云模擬者，每就承受之跡，顯而易見言。云創者，每就因襲之況，隱而難知言。……文家學古，率兼數途，而終皆陶冶鼓鑄，自成面目。……〔註 234〕

程千帆就文化思想的連續性來看，認爲後代的作者、任何作品都不得不受前人影響。因此「模擬」本來就是寫作的開端，而且「模擬」的痕跡本就顯而易見，所以相較古作與今作、原作與後作之後，相似程度的多寡未必是高下立判或創造優劣的一定標準。畢竟文學家學古的途徑眾多與複雜，因襲的狀況難以釐清思緒，然而，過分的直接剽竊自然是低劣的創作方式，因爲創造能力的展現便是一位大家學養的實踐，能在模擬、沿襲中能圓融運用、自成一格，自然能成就自身的文學地位。

所以錢鍾書曾稱許元好問當時身處金元、南宋文壇，以及歷代大家風範中，絕對具有一席之地，他說到：

> 元遺山以騷怨弘衍之才，崛起金季，苞桑之懼，滄桑之痛，發爲聲詩，情並七哀，變窮百態。北方之強，蓋宋人江湖末派，無足與抗衡者，亦南風之不競也。〔註 235〕

錢鍾書認爲元好問憑著過人的天賦，又經歷國破家亡的沉痛，使他的詩詞能有不同層次的情感傳遞，況且能師法諸家，使自身各體文學風貌多變，自是金元、南宋最具代表性的作家。「變窮百態」便足以說明元好問即使熟稔蘇軾詩詞文句，也是能以自身生命才情予以豐富的變化。

因此從「情意仿效」、「情意衍生」、「情意相反」這三大類，每一大類都有元好問在主體情感創作爲導向而使用蘇軾語句的多種方式，「情意仿效」代表兩人情感相通，但元好問並沒有邯鄲學步、東施效顰，即使完全一樣的句子在他作品仍有獨特情感；至於「情意衍生」、「情意相反」這兩大類必然與蘇軾原詩句或原詩意有所差別，透過想像、透過引申、透過反用實則擴充相似語句中不同層面的用法，應證元好問博覽群書、熟處變化的創作態度，且又必須能自成一格的最終境界。

如此，元好問從蘇軾作品取材以後，煉材創造出自己的境界，有二個層

〔註 234〕程千帆著，《程千帆全集》，第六卷《文論十箋》，下輯〈模擬〉，（石家莊：河北教育出版社，2001 年 5 月），頁 225～227。

〔註 235〕見周振甫、冀勤著，《談藝錄導讀》，頁 669～670。

面的意義，第一，元好問確實實踐自己文學觀點「雜見百家」而「學至無學」，因爲能夠全面性了解蘇軾詩詞文作品，並「不隨人俯仰」且「自成一家」，便是在沿襲前人作品中，不拘於原本語意、句式，有變化翻新的存在。第二，在一個影響史觀之中，無法忽視蘇軾作品對元好問的影響，而元好問在承襲前人故實或蘇軾詩句，卻又能融合變化爲己用。第三，元好問與蘇軾各篇字句章法之優劣，實是難以客觀呈現與量化論證，這些爲元好問博觀眾家、鋪采摛文的直接例證。

總而言之，元好問多次感悟時代社會的變局、細讀前輩大家的文采以及反思自身心理感受，能夠積累自儲、自立成效，靈活運用語典故實，從字句、篇章、情志到神思，可看出元好問匠心獨運於形象經營、精神面目存於各類作品，正是他能不限於字句束縛、文化包袱的藝術呈現。

# 第五章　元好問接受蘇學的因革與開拓

每一個朝代的文風對於前代文學都會有所繼承與轉變，早在劉勰《文心雕龍．通變》便對文學作品生命的循環與發展的榮枯，以「參伍因革，通變之數」表明文學進展是沿襲與變革的相互作用，才有源源不絕的生命，劉勰在〈通變〉一文中最後結論：

> 文律運周，日新其業。變則可久，通則不乏。
>
> 趨時必果，乘機無怯。望今制奇，參古定法。〔註1〕

從劉勰的結論來看，文學發展既有一定規律，繼承與轉變是同時並重，「承先」並非一味模仿與借鑒，是繼承前代風格成爲後代創作靈感的滋養；而能「啓後」代表作者透過自身才質吸收而賦予生命。「通」代表文學傳承中存在源源不絕的創作養分，而「變」能使創作生命推陳出新而持續前進；因此每一個具有創造性的作者都要能參閱前代的傳統與對照當代的思維，才能在循環反覆的文學中獲得地位。之後清代的葉燮在《原詩》中進一步發揮，透過歷史事實證明文學循環反覆的進展，如果拘泥模仿易導致創作凝滯不前，所以葉燮開宗明義提到：

> 詩始於三百篇，而規模體具於漢。自是而魏，而六朝，三唐，歷宋、元、明，以至昭代，上下三千餘年間，詩之質文、體裁、格律、聲調、辭句，遞嬗升降不同。而要之，詩有源必有流，有本必達末；又有因流而溯源，循末以返本。其學無窮，其理日出。乃知詩之爲道，未有一日不相續相禪而或息者也。……歷考漢、魏以來之詩，

〔註1〕見（梁）劉勰撰、林其錟、陳鳳金集校，《增訂文心雕龍集校合編》，頁706。

循其源流升降，不得謂正爲源而長盛，變爲流而始衰。惟正有漸衰，故變能啓盛。〔註2〕

葉燮認爲詩歌文學發展的過程，一種是不同時代的詩風遞嬗，如同源頭流向末端的自然發展；另一種則是後人追本溯源，由復古途徑尋求詩歌之理。雖有時因變而得盛，也可能因變而致衰；但是「變」的確爲循環詩史中沿革因創的關鍵，有才識的詩人能靜觀省思，在繼承文學傳統中與時俱進，且能知所變革，方可睥睨眾多的創作者。

先了解蘇軾與元好問對文學皆有通變思維，再從歷代學者常論及「蘇軾——元好問」的詩詞文評話，更確立一個接受影響的關係；又可從中發現一個明顯「同中有異」，即使元好問全面性接受蘇學，但兩人同樣仰慕陶淵明，書寫同類型題材的詩詞時，元好問在創作中有意展現不同的藝術才華。故元好問累積而出豐厚的藝術形象，實是在文學影響規律下，所創造屬於自己的時代精神與風格價值。

## 第一節　蘇軾與元好問的通變觀點

文章體裁雖然都有各自的格式，然而寫作方式卻是可以推陳出新的。創作技巧有所繼承創新，便可使文章的氣勢歷久不衰。蘇軾與元好問都熟知「通」、「變」關係到文學創作能否自沿襲中有所變革，借鑒古人優良作品實爲自身創作提升的泉源，而能有所革新更是有別於他人特質的存在。蘇軾與元好問都曾表達出如此觀點。

### 一、蘇軾自覺求變之文藝觀

蘇軾曾在〈畫水記〉從死水與活水角度來稱讚蒲永升時：

古今畫水，多作平遠細皺，其善者不過能爲波頭起伏。使人至以手捫之，謂有窪隆，以爲至妙矣。然其品格，特與印板水紙爭工拙於毫厘間耳。唐廣明中，處士孫位始出新意，畫奔湍巨浪，與山石曲折，隨物賦形，盡水之變，號稱神逸。其後蜀人黃筌、孫知微，皆得其筆法。……近歲成都人蒲永升，嗜酒放浪，性與畫會，始作活

〔註2〕語出《原詩・內篇上》。見（清）葉燮著、霍松林校注，《原詩》（北京：人民文學出版社，1998年5月第1版），頁3。

> 水，得二孫本意。……嘗與余臨壽寧院水，作二十四幅，每夏日挂之高堂素壁，即陰風襲人，毛髮爲立。〔註3〕

蘇軾論及過往水墨畫等同於印畫工匠的複製品，有著相似的特質卻無突出的畫家品格。到了唐代，處士孫位、蜀人黃筌、孫知微皆能呈現畫中水的奔放姿態，甚至宋代蒲永昇頗得唐人前輩的神韻畫法，使深刻呈現的畫面，更具有活靈活現的感染力。蘇軾認爲這便是蒲永昇能從同時代畫家脫穎而出的精神，是從歷代種位畫家畫法的經驗擷取所長，在賦以個人的藝術性格與豐富感受。

蘇軾又在〈答張文潛縣丞書〉提出當時文風衰變，寄予後生晚輩能振興文壇的厚望：

> 甚矣，君之似子由也。子由之文實勝僕，而世俗不知，乃以爲不如。其爲人深不願人知之，其文如其爲人，故汪洋澹泊，有一唱三嘆之聲，而其秀傑之氣，終不可沒。作〈黃樓賦〉乃稍自振厲，若欲以警發憒憒者。而或者便謂僕代作，此尤可笑。是殆見吾善者機也。文字之衰，未有如今日者也。其源實出於王氏。王氏之文，未必不善也，而患在於好使人同己。自孔子不能使人同，顏淵之仁，子路之勇，不能以相移。而王氏欲以其學同天下！地之美者，同於生物，不同於所生。……僕老矣，使後生猶得見古人之大全者，正賴黃魯直、秦少游、晁無咎、陳履常與君等數人耳。如聞君作太學博士，願益勉之。〔註4〕

蘇事先讚揚張文潛的文風如弟弟蘇轍，更帶出蘇轍文如其人，自有風格。並且批評王安石「使人同己」的觀點，蘇軾認爲要從古人道德修養、文學風格找出自己的特質，並以「顏淵之仁」、「子路之勇」爲例，兩人同樣受到孔子教誨，仍保有個人氣質殊異。所以稱讚「後生猶得見古人之大全者，正賴黃魯直、秦少游、晁無咎、陳履常」，蘇門四學士或六君子都能在前輩大家影響下文風各異，成就燦然。全文圍繞反對「使人同己」，主張「文如其人」，多方論證受前人影響下，從承襲前人智慧中保有獨特的創作風格，才能存在自身價值，並帶動文壇的風氣。

〔註 3〕見（宋）蘇軾撰、（明）茅維編、孔凡禮點校，《蘇軾文集（第二冊）》，頁 408。
〔註 4〕見（宋）蘇軾撰、（明）茅維編、孔凡禮點校，《蘇軾文集（第四冊）》，頁 1427。

## 二、元好問汲取傳統與提振變化

至於元好問對於詩文風格變遷是最有感受的，在〈論詩三十首〉便展現對歷來諸家特點的理解與探討。元好問常常站在一個承襲的觀點，又欲提振金元文風的角度，來訴說他的文藝觀點。如在〈別李周卿三首〉之二：

> 風雅久不作，日覺元氣死。詩中柱天手，功自斷鰲始。
>
> 古詩十九首，建安六七子；中間陶與謝，下逮韋柳止。
>
> 詩人玉爲骨，往往墮塵滓。衣冠語俳優，正可作婢使。
>
> 望君清廟瑟，一洗箏笛耳。〔註5〕

元好問透過勉勵好友，來表達自己景仰《詩經》的風雅、古詩十九首的樸實、建安的風骨，以及陶潛、謝靈運到韋應物、柳宗元等田園山水的清麗。元好問也認爲詩人在這些文風影響之中，該有天生稟賦的氣質，該是匡世濟時的文士而非嘲諷戲謔的俳優，激盪好友該恢復過往高雅樸實的詩風，來一掃金元以來爭奇風尚。

因此元好問的通變精神，是先檢視古人汲取養分，然後再求個人文藝特質再求一變，故在〈東坡詩雅引〉一文既說明選取東坡詩的用意：

> 五言以來，六朝之謝、陶，唐之陳子昂、韋應物、柳子厚最爲近風雅，自餘多以雜體爲之。詩之亡久矣，雜體愈備，則去風雅愈遠，其理然也。近世蘇子瞻，絕愛陶、柳二家，極其詩之所至，誠亦陶、柳之亞。然評者尚以其能似陶、柳，而不能不爲風俗所移爲可恨耳。夫詩至於子瞻，而且有不能近古之恨，後人無所望矣！乃作《東坡詩雅目錄》一篇。〔註6〕

元好問開宗明義闡述詩歌的衰亡，便是因發展歷程當中，不少在句法、技巧、聲律等方面各有別出心裁的地方，使得詩歌內容情感的風雅流失，故特別以蘇詩作爲後人效法例子，蘇軾特愛陶潛、柳宗元的田園山水，實是這二家詩風重要傳承者；然蘇軾也不免受到個人或時代風俗影響，無法如前人風範一般，何況這些金元文人。最後的「有不能近古之恨，後人無所望」實借蘇軾來警醒後人，而非論述東坡的缺失，因爲元好問曾在《中州集》中對王庭筠的〈獄中賦萱〉曾自注：

〔註5〕見（金）元好問著、狄寶心校注，《元好問詩編年校注（第二冊）》，頁285～292。

〔註6〕見（金）元好問著、狄寶心校注，《元好問文編年校注（上冊）》，頁180。

> 柳州怨之愈深，其辭愈緩，得古詩之正。其清新婉麗，六朝辭人少有及者，東坡愛而學之，極形似之工，其怨則不能自掩也……大都柳出於雅，坡以下皆有騷人之餘韻。〔註7〕

元好問認爲柳宗元得到詩經的溫柔敦厚、言詞和婉的風雅精神，雖蘇軾與柳宗元有相似之處，卻多了一份如屈騷的韻味，是來自生命遭逢與家國時局的感嘆。

故以爲元好問的通變精神停留在復古便是錯誤，因爲他自身要求不隨人俯仰要自成一格，元好問曾經分別在〈校笠澤叢書後記〉、〈雙溪集序〉不斷重複提及遇事變化的重要性：

> 宋儒謂唐人工於文章而昧於聞道，其大較然，非獨一龜蒙也。至其自述云「少攻歌詩，欲與造物者爭柄，遇事輒變化不一。其體裁始則陵轢波濤、穿穴險固、囚鎖怪異、破碎陣敵，卒之造平淡而後已」者，信亦無愧云。〔註8〕

> 李長吉母以賀苦於詩，謂嘔出肝肺乃已耳。又有論詩者云：『乾坤有清氣，散入詩人脾。千人萬人中，一人兩人知。』其可謂尤難矣！前世詩人，凡有所作，遇事輒變化，別不一其體裁，乃欲與造物者爭柄：囚鎖怪異、破碎陣敵、陵轢波濤、穿穴險固者，尤未盡也。〔註9〕

元好問兩次引用陸龜蒙的文句「遇事輒變化，別不一其體裁」〔註10〕，就是認同不同事件情感的表達，不該拘泥於某一體裁形式的束縛，這便是創作者的變通，所以「人知椎鈍樸魯、拙於變通、艱於鐫鑿之爲無所取」〔註11〕不擅長於思索變化，便會因刻意修飾文字而遭遇創作艱困的瓶頸。元好問明白融會貫通前人智慧，可貴的是須自有心得。他在〈南宮廟學大成殿上梁文〉說到：「窮則變，變則通，聖人之道所以亙萬世而無敝」〔註12〕，透過建屋上

---

〔註7〕見（金）元好問編、（明）毛晉刊，《中州集（卷三）》，頁60。

〔註8〕見（金）元好問著、狄寶心校注，《元好問文編年校注（上冊）》，頁328。

〔註9〕見（金）元好問著、狄寶心校注，《元好問文編年校注（中冊）》，頁815。

〔註10〕陸龜蒙〈甫里先生傳〉：「少攻歌詩，欲與造物者爭柄，遇事輒變化，不一其體裁。始則凌轢波濤、穿穴險固、囚鎖怪異、破碎陣敵，卒造平澹而後已。」見宋景昌、王立群點校，《甫里先生文集》，頁235。

〔註11〕語出〈龍虎衛上將軍术虎公神道碑〉。見（金）元好問著、狄寶心校注，《元好問文編年校注（中冊）》，頁580。

〔註12〕見（金）元好問著、狄寶心校注，《元好問文編年校注（中冊）》，頁994。

樑的祝頌，勉勵未來學習的後生晚輩，了解聖人之道能夠歷經萬世不衰，便是能在困境中有所變通。

從「通」角度來看金代文壇的承襲，劉祁在《歸潛志》倡言師古，並指出金代幾位詩歌大家實以唐人爲依歸，他提到：

> 趙閑閑晚年，詩多法唐人李、杜諸公，然未嘗語於人。已而，麻知幾、李長源、元裕之輩鼎出，故後進作詩者爭以唐人爲法也。〔註13〕

從金代中後期趙秉文、麻知幾、李長源到元好問，在創作過程中多從唐人詩意、詩句尋求靈感；近代學者也多半依此深入論證，如趙永源在《遺山詞研究》中第五章「宗唐風氣下的遺山詞」，詳細論及宗唐風氣乃金元追求風雅的回歸，並確切舉證遺山詞多處引用杜甫詩〔註14〕；此外徐國能在〈元好問杜詩探析〉中從愛國氣節的「詩史」觀與學杜、仿杜的創作意識〔註15〕，兩位學者充分鞏固元好問與杜甫之間的關聯性。然劉祁《歸潛志》是針對金中葉以來尖新尚奇的詩風多有批評，才會讚許趙秉文、元好問詩法唐人使風雅文風得以流傳；站在承襲的角度來看，元好問固然會受到唐人影響，也自然參考、效法宋代文人的創作藝術，在金元時期與元好問交遊的朋友或師承關係的晚輩，都有不少重要詳細的論述：

> ……嗚呼！先生雅言之高古，雜言之豪宕，足以繼坡、谷；古文之有體，金石之有例，足以肩蔡、黨；樂章之雄麗，情致之幽婉，足以追稼軒。其籠罩宇宙之氣，撼搖天地之筆，囚鎖造化之才，穴洞古今之學，則又不可勝言。人得其偏，先生得其全。……
>
> （郝經〈祭遺山先生文〉《陵川集》卷二十一）〔註16〕

> 是以學者知所指歸，作爲詩文，皆有法度可觀，文體粹然、爲之一變。大較遺山詩祖李、杜，律切精深，而有豪放邁往之氣；文宗韓、歐，正大明達而無奇纖晦澀之語；樂府則清雄頓挫，閒婉瀏亮，體制最備，又能用俗爲雅，變故作新，得前輩不傳之妙，東坡、稼軒而下，不論也。……（徐世隆《遺山先生文集序》）〔註17〕

---

〔註13〕語出《歸潛志》卷八。見（金）劉祁撰、崔文印點校《歸潛志》，頁85。

〔註14〕見趙永源，《遺山詞研究》，頁216～310。

〔註15〕見徐國能，〈元好問杜詩學探析〉，《清華中文學報》第7期（2012），頁189～234。

〔註16〕見（清）永瑢、紀昀等纂修，《景印文淵閣四庫全書（第1192冊）．集部131別集類》（臺北：臺灣商務印書館，1986年3月初版），頁231。

〔註17〕見姚奠中主編、李正民增訂，《元好問全集（增訂本）下》，頁1252。

徐世隆（字威卿，西元 1206～1285 年）〔註 18〕與元好問感情甚篤，彼此也多次贈詩唱和〔註 19〕，而郝經（字伯常，西元 1223 年～1275 年）爲元好問老師郝天挺的孫子，元好問曾十分讚許其人格有祖父風範〔註 20〕；一個是知己朋友，另一個是頗有淵源的晚輩，兩人明確標誌元好問與蘇軾在文學史上繼承的關係。郝經直指元好問的絕句律詩或樂府古詩都是足以繼承蘇軾，而在古文、金石體例承接金代國朝文派蔡松年、黨懷英，在詞體文學能與辛棄疾並駕齊驅，元好問的整體優點在於展現個人氣質與學養，並融攝古今大家。徐世隆則從詩文法度來尋脈絡，在詞的創作也得蘇軾、辛棄疾風範，能以俗爲雅、以故爲新。

由「變」的方向來看，元好問無論在宗唐、尊宋的風氣下，或自身生命情感對蘇軾投以熱切的共鳴，勢必由金代以來兩股文學思潮中理出一條屬於自己的路。趙永源也提到金元詞人宗唐、尊杜，與蘇軾將詞寓以詩人句法的風氣，二者是難以截然分開。〔註 21〕故第四章論述元好問對蘇軾作品的鎔裁，便標誌元好問接受蘇軾作品的全面性與變化性。論者再從歷代的闡述察知，元好問上承東坡而保有獨樹一格的特質，在過往評批家的視野中獲得多少的青睞；再從元好問選擇不同於蘇軾和陶的接受方式，以及曾批評蘇軾〈和陶飲酒〉詩，實際指證他反思前輩大家的變化所在。

---

〔註 18〕《元史》記載「徐世隆字威卿……癸巳，世隆奉母北渡河，嚴實招致東平幕府，俾掌書記。……至元二十二年，安童再入相，奏世隆雖老，尚可用。遣使召之，仍以老病辭，附奏便宜九事。賜田十頃。時年八十，卒。」。（明）宋濂等撰、楊家駱主編，《新校本元史並附編二種（6）》卷一百六十〈列傳第四十七・徐世隆〉，頁 3768～3769。

〔註 19〕元好問也多次有詩相贈，如〈徐威卿相過，留二十許日，將往高唐，同李輔之贈別二首〉、〈病中感寓贈徐威卿兼簡曹益甫高聖舉〉。見周郢，〈新發現的元曲家杜仁傑史料〉，《中國典籍與文化》2004 年第 4 期，頁 85～91；；（金）元好問著、狄寶心校注，《元好問詩編年校注》，頁 454～457、678、731、739、1477。

〔註 20〕《元史》記載「郝經字伯常，其先潞州人，徙澤州之陵川，家世業儒。祖天挺，元裕嘗從之學。……元裕每語之曰：『子貌類汝祖，才器非常，勉之。』」見（明）宋濂等撰、楊家駱主編，《新校本元史並附編二種（6）》卷一百五十七〈列傳第四十四・郝經〉，頁 3698。

〔註 21〕見趙永源，《遺山詞研究》，頁 290。

## 第二節　金元明清對「遺山接眉山」現象的闡釋

針對元好問接受蘇軾美學現象，是難以從具有文藝或思想系統，體大而慮周的文論巨著中得到深刻的探討；甚至前人影響後人本身就是一個文學史上的必然，多數批評家儘從簡短字句論述影響的結果。然而瀏覽一部部詩話、詞話或甚至論詩、論詞絕句，便可以發現吉光片羽之中，不同時代的讀者是集中此一話題不斷反覆沉思，正如錢鍾書曾在《七綴集》提到：

> 在考究中國古代美學的過程裡，我們的注意力常給名牌的理論著作壟斷去了。……倒是詩、詞、隨筆裡，小說、戲曲裡，乃至謠諺和訓詁裡，往往無意中三言兩語，說出了精闢的見解，益人神智；把它們演繹出來，對文藝理論很有貢獻。……往往整個理論系統剩下來的有價值東西只是一些片段思想。脫離了系統而遺留的片段思想和萌發而未構成系統的片段思想，兩者同樣是零碎的。〔註22〕

即使閱讀文論著作，讀者也必須從作者思維系統中抽絲剝繭，往往留下深刻印象的段落或字句，是後世讀者或論者一再沿用與探討的文藝觀念。因此擷取長篇大論的精華論述與詩話文評中警醒思維的片段字句，都是值得一再引用的文藝美學或文學史的資料。又針對從單一話題作歷時性的整理，便會發現潛在深廣與系統性的專題研討。歷代批評者元好問接受蘇軾美學，從金元起早已是熱絡的話題，或從文學史角度泛述承襲或影響的優劣，或是專持一論的評判各自文學見解與風格，也因批評者各自學養成就的不同，導引讀者的視野便有各自側重的方向。劉勰在《文心雕龍・時序》歸結陶唐到南朝齊代文學發展變化與原因，反映而出的文學史觀包括社會現實對文學的影響，以及文學本身內部規律與繼承關係，他指出：

> 時運交移，質文代變，古今情理，如可言乎！……屈平聯藻於日月，宋玉交彩於風雲。觀其艷說，則籠罩《雅》、《頌》，故知暐燁之奇意，出乎縱橫之詭俗也。……爰自漢室，迄至成、哀，雖世漸百齡，辭人九變，而大抵所歸，祖述《楚辭》，靈均餘影，於是乎在。……故知文變染乎世情，興廢繫乎時序，原始以要終，雖百世可知也。〔註23〕

〔註22〕見錢鍾書，《七綴集》（北京：生活・讀書・新知三聯書店，2004年4月第1版），頁33～34。

〔註23〕見（梁）劉勰撰、林其錟、陳鳳金集校，《增訂文心雕龍集校合編》，頁762～764。

文學的盛衰與時代的前進是很有關係的，去追溯文學風格的起源或發展，百代以後的興廢也是可以推知的，因爲這樣的發展是與傳統繼承分不開的，所以劉勰才會舉屈宋的辭賦燦爛輝煌，可與日月風雲爭光，多少也籠罩詩經的精神與縱橫家詭辯之術；而至漢賦創作人才輩出，各領風騷，但是楚辭離騷仍影響著這些作家。劉勰的文學理論影響後世的文學批評，過往是從創作者角度來看待其繼承與開創，尋求並確立文學史上一席地位。

因此，歷代評判元好問接受蘇軾美學也多數站在一個文學史的影響論上，在金元時就已有不少重要的論述，在前面論及恩師郝天挺的孫子郝經曾說「足以繼坡、谷……人得其偏，先生得其全」〔註 24〕、好友徐世隆說「得前輩不傳之妙，東坡、稼軒而下，不論也」〔註 25〕，早認爲元好問深受蘇軾遺風影響。而除了身旁摯友、晚輩的肯定，金元也有不少文人特別對遺山詞有很高的鑑賞，如元統治後便不再出仕的南宋俞德鄰（字宗大，西元 1232 年～1293 年）〔註 26〕，在《奧屯提刑樂府序》說到：

> 獨東坡大老，以命世之才，游戲樂府，其所作者，皆雄渾奇偉，不專爲目珠睫鉤之泥，以故昌大囂庶，如協八音，聽者忘疲。渡江以來，稼軒辛公，其殆庶幾者。下是折楊皇荂，誨淫蕩志，不過使人嗑然一笑而已。疆土既同，乃得見遺山元氏之作，爲之起敬。〔註 27〕

俞德鄰認爲蘇軾以才氣來填詞，不少詞作氣勢雄偉渾厚，不拘泥於細節，聲勢浩大使聽的人都元氣大振，忘記疲勞，南方詞作自除辛棄疾以後多半是引人淫思的通俗歌曲，再看見北方元好問作品才又肅然起敬，這段文字確立蘇軾、辛棄疾、元好問三人在詞學的傳承關係，也表示在北宋、南宋、金元三個時代各自卓然成家的詞人。之後爲白樸《天籟集》寫序的王博文，還有元代文學家劉敏中也都順著如此邏輯，標誌這三人在詞壇的影響力：

---

〔註 24〕語出郝經〈祭遺山先生文〉《陵川集》卷二十一。見（清）永瑢、紀昀等纂修，《景印文淵閣四庫全書（第 1192 冊）．集部 131 別集類》，頁 231。

〔註 25〕語出徐世隆《遺山先生文集序》。見姚奠中主編、李正民增訂，《元好問全集（增訂本）下》，頁 1252。

〔註 26〕《四庫全書總目提要》記載：「佩韋齋輯聞四卷，宋俞德鄰撰。德鄰字宗大。號大迂山人。永嘉人。徙居京口。舉淳癸酉進士。宋亡不仕。」見（清）永瑢、紀昀等纂修，《景印文淵閣四庫全書（第 1189 冊）．集部 128 別集類》，頁 1。

〔註 27〕語出《佩韋齋集》卷十。見（清）永瑢、紀昀等纂修，《景印文淵閣四庫全書（第 1189 冊）．集部 128 別集類》，頁 77。

東坡、稼軒，矯之以雄辭英氣，天下之趨向始明。近時，元遺山每游戲於此，掇古詩之精英，備諸家之體製，而以林下風度，消融其膏粉之氣。（王博文〈天籟集〉序，《天籟集》）〔註28〕

逮宋而大盛，其最擅名者，東坡蘇氏，辛稼軒次之，近世元遺山又次之。三家體裁各殊，然并傳而不相悖，殆猶四時之氣律不同，而其元化之所以斡旋，未始不同也，惟能者能之。

（劉敏中〈江湖長短句引〉，《中庵集》卷十六）〔註29〕

王博文（字子冕，西元1223～1288年）〔註30〕所讚許的是在蘇軾、辛棄疾以豪放詞風給予詞壇新方向，而元好問則以閑雅的詞風，以詩爲詞又兼備各家風範，消融金元俗詞的委靡。劉敏中（字端甫，西元1243～1318年）〔註31〕則以四季爲比喻，不同時節各自有不同樂律，不同時代作者自有不同創作，但當中造化的曲折含蓄，傳達出情感並無不同，創作中之能人自然能傳達，就如蘇軾、辛棄疾、元好問。

以影響論角度來看，後世作者容易對諸位前人風格兼容並蓄，所以金元時期審美思維早把元好問與蘇軾的承襲關係緊密結合，杜仁傑、徐世隆、郝經三人仍點出元好問在接受蘇軾美學下仍保有的個人特色，其他文人在詞學史明顯的呈現蘇軾、元好問之間的傳承。明清以來對元好問接受蘇學是評論的高峰時期，分別可從古文、詩歌、詞三個角度來審視元好問在文學史上的地位。

## 一、始評元好問文接東坡文之正軌

元好問的散文歷代接受情況不如詩詞如此豐碩，探討此接受現象的文論也不多，但清代李祖陶編選刊印的《金元明八大家文選》是第一部元好問文選評點本，開啓元好問散文獨立探討的視野，當中評論如下：

---

〔註28〕見（清）永瑢、紀昀等纂修，《景印文淵閣四庫全書（第1468冊）．集部427詞曲類》，頁631。

〔註29〕見（清）永瑢、紀昀等纂修，《景印文淵閣四庫全書（第1206冊）．集部145別集類》，頁79。

〔註30〕見（清）顧嗣立修撰、（清）席世臣增補，《元詩選癸集》收於遼金元傳記資料叢刊影印室編著，《遼金元傳記資料叢刊（第二十冊）》（北京：北京圖書館出版社2006年11月第1版），頁21。

〔註31〕《元史》記載「劉敏中字端甫，濟南章丘人。……延祐五年卒，年七十六。」見（明）宋濂等撰、楊家駱主編，《新校本元史並附編二種（6）》卷一百七十八〈列傳第六十五．劉敏中〉，頁4136～4137。

> 程氏之學行于南，蘇氏之學行於北。……而山川之鐘毓、父兄之淵源、師友之講習，鬱積久而生遺山。其學得之陵川郝天挺，挾幽、并之氣，而兼遼、金之遺。學成，金亡，流落關河間，堅持高節，不仕於元，乃慨然以著作自命。所選《中州集》詩，既非江湖末派所能及，而所著文集，則憲章北宋，接歐、蘇正軌，屹然爲一大宗。集中碑誌最多，直書所見所聞，論定一代，可與歐陽公《五代史》並觀。他文亦格老氣蒼，無講學家冗遝腐爛之習……。（李祖陶〈元遺山文選小序〉，《金元明八大家文選・元遺山先生文選》）

> 元遺山先生文似韓、歐，詩宗李、杜，當時稱爲東坡之後一人。顧其詩流傳甚廣，而文則罕見，……上高李邁堂孝廉生平嗜古，博極群書，而于古文尤邃，繼唐宋八家後複爲金元明八家文選，金代則惟取遺山。（李鎔經〈元遺山文選小引〉，《金元明八大家文選・元遺山先生文選》）〔註32〕

李祖陶（字邁堂，一字欽之，西元1775～1858年）〔註33〕對元好問的評斷是承襲翁方綱的「程學盛於南，蘇學盛於北」〔註34〕，看重元好問身處亂世尚能堅守節操，《中州集》所收錄的詩整體風格高過南宋江湖詩派，是有史學保存的意義，至於元好問碑誌文直書故事、好發議論，可與歐陽脩的史書相提並論。至於李鎔經頗感當時遺山文流傳不廣，認爲既能承襲唐宋古文八大家，又足以代表金代散文的作家僅遺山一人。值得一提的是，李祖陶針對元好問各篇散文約有75則評語，並指出整體風格「憲章北宋，接歐、蘇正軌，屹然爲一大宗」又「格老氣蒼，無講學家冗遝腐爛之習」；李祖陶認爲元好問散文

〔註32〕見孔凡禮編，《元好問資料彙編》，頁271～272。

〔註33〕見清國史館原編，《清史列傳（5）》收於周駿富輯，《清代傳記叢刊》（臺北：明文書局，1985年5月初版），頁39。

〔註34〕見翁方綱《石洲詩話》：「當日程學盛於南，蘇學盛於北，如蔡松年、趙秉文之屬，蓋皆蘇氏之支流餘裔。遺山崛起黨、趙之後，器識超拔，始不盡爲蘇氏餘波，沾沾一得，是以開啓百年後文士之脈。」（《石洲詩話》卷五）《清史稿》記載翁方綱爲乾隆壬申進士（1752年）。而《清朝續文獻通考》記載〈邁堂文略〉四卷作者李祖陶字邁堂，一字欽之，江西上高人，嘉慶戊辰舉人（1808年），故晚於翁方綱。見（清）趙爾巽、柯劭忞等撰、洪北江主編，《清史稿（19）》卷四百八十五〈列傳第二百七十二・文苑二・翁方綱〉，頁13394；（清）翁方綱著，《石洲詩話》，頁201；（清）劉錦澡撰，《清朝續文獻通考（三）》（臺北：臺灣商務印書館股份有限公司，1987年12月臺1版），頁10232。

承襲著宋代古文大家歐陽脩與蘇軾的寫作範式，在文章氣韻與格調是老成而悲涼，但不像宋代部分理學家「文以載道」而致重道輕文。〔註 35〕甚爲可惜的是，從遺山現存散文來看不如詩、詞豐富，清代以來也較少人論述遺山文與蘇文之間的關連性。

## 二、辯證遺山詩接受蘇詩之優劣

元好問一生成就最高是近一千四百多首的詩，頗受同時代的作者或後輩激賞，從杜仁傑、徐世隆或郝經等人的序文或評論就可證明；也是因元好問善與人交遊，來往對象包括文臣、學士、同僚、師友等等多有詩歌唱和，他的詩歌在金元時就得以傳播甚廣。〔註 36〕明清時代是元好問詩歌被接受的重要時期，評論者開始深入論證元好問接受蘇軾美學所代表的文學價值，甚至探討在承襲的歷程下是否存在元好問獨特的詩風或相較於蘇詩的優劣。

明初十才子的王行（字止仲，號半軒，生卒年不詳）〔註 37〕在《柔立齋集序》是較早提出優劣的觀點：

> 元人爲詩，獨尚七言近體，跡其所由，蓋元裕之倡之於先，趙子昂和之於後，轉相染習，遂成一代之風焉。……且裕之之作，其竭力者僅欲瞻望蘇長公之垣墉，豈爲深於詩者？以當時無能過之，故爲人所宗耳。(《半軒集》卷五）〔註 38〕

他認爲元好問的近體七言詩影響元代的詩風，即使是元好問也必須竭盡心

〔註 35〕周敦頤在《通書・文辭》：「文所以載道也。輪轅飾而人弗庸，徒飾也，況虛車乎！文辭，藝也；道德，實也。篤其實而藝者書之，美者愛，愛則傳焉。」周敦頤尚未否定文辭，只是說文藝的作用在於傳道，然而到了程頤、程顥就變本加厲的輕視文藝，在《二程遺書》二上曰：「今之學者歧而爲三，能文者謂之文士，談經者泥爲講師，惟知道者乃儒學酬。」遺書卷十八云：「今之學者有三弊：一溺於文章，二牽於訓詁，三惑於異端。茍無此三者，則將何歸？必趨於道矣。」見（宋）周敦頤原著、李申譯註《太極圖・通書全譯》（成都：巴蜀書社，1999 年 9 月第 1 版），頁 138；（清）永瑢、紀昀等纂修《景印文淵閣四庫全書（第 698 冊）・子部 4 儒家類》，頁 150。

〔註 36〕見張靜的〈元好問詩歌的接受與傳播研究〉，南京師範大學中國古代文學博士論文（2011），頁 35～37。

〔註 37〕見（清）永瑢、紀昀等纂修，《景印文淵閣四庫全書（第 1231 冊）・集部 170 別集類》，頁 280～281。

〔註 38〕見（清）永瑢、紀昀等纂修，《景印文淵閣四庫全書（第 1231 冊）・集部 170 別集類》，頁 346。

力，方能接近蘇軾詩歌內在的實質，金元以來作家之所以推崇元好問，是因為同時期無更傑出的作者。王行的論述已有高下立判之分，元好問欲學蘇卻仍不及蘇。

另一方面也有肯定的論述，就是現存最早刊行遺山集的李翰，他束髮時就喜愛元好問詩文，覺得遺山全集因爲時代更迭戰亂頻仍而多所遺失，於是蒐羅善本或私家抄本整理刊刻，使遺山集得以流傳〔註 39〕，李瀚在《重刊元遺山先生詩集序》說到：「遺山獨以文章號其間，國內士人，翕然宗之。其製作甚多，而尤工於詩，古詩效陶、韋，律詩似唐詩，亦出入於東坡。」〔註 40〕特別推崇遺山古詩與律詩，除了受陶淵明、唐人影響，能深刻體悟蘇軾詩歌，又能有自我新意而創作，李瀚則從影響論中肯定元好問能自出機杼。

到了清代更是元好問作品被接受與討論的高峰，有錢謙益、王士禛、查慎行、沈德潛、趙翼、劉熙載等大家詩評，甚至還有翁方綱、凌廷堪、施國祁和李廣廷等四人先後爲元好問撰寫年譜。在這些名家的詩話或筆記中，出現對元好問受蘇軾影響的正負面評述，使得接受現象被深化探討，甚至凸顯出元好問特有的個人特質。

### （一）正面予以特殊才氣的肯定

全方面接受元好問作品是翁方綱〔註 41〕，除了編寫年譜外，在《石洲詩話》、《復初齋詩集》、《復初齋文集》等多處論及元好問作品，這當中不乏精闢字句：

> 秀骨出天然，非可學而至。……猶如學坡詩，莫喻其深秘。遺山接眉山，浩乎海波翻。效忠蘇門後，此意豈易言。爾日讀坡詩，胸有節制存。元精貫當中，耿耿與誰論。……
>
> （〈讀元遺山詩四首〉《復初齋詩集》卷六十六）

---

〔註 39〕明代刊行最早的遺山集爲李瀚弘治戊午（1498）本，有詩集本和全集本兩種，此版本也是現存最早的遺山集本，狄寶心的編年詩便以此爲主校本。見（金）元好問著、狄寶心校注，《元好問詩編年校注》，頁 12～16。

〔註 40〕見孔凡禮編，《元好問資料彙編》，頁 108～109。

〔註 41〕翁方綱的「肌理說」力圖以讀書學問來充實詩體，翁方綱本身爲經學家、金石學家，又是書法家，也致力於詩學，繼承「格調」、「神韻」諸說力圖補救，與當時的袁枚「性靈」說相抗衡。他對元好問的認同在於眞才實學接續唐宋詩文風格。參考王運熙、顧易生主編，《中國文學批評史（下）》（臺北：五南圖書出版股份有限公司，2005 年 5 月第 2 版），頁 951～959。

> 當日程學盛於南，蘇學盛於北，如蔡松年、趙秉文之屬，蓋皆蘇氏之支流餘裔。遺山崛起黨、趙之後，器識超拔，始不盡爲蘇氏餘波，沾沾一得，是以開啓百年後文士之脈。則以有元一代之文，自先生倡導，未爲不可，第以入元人，則不可耳。(《石洲詩話》卷五)
>
> 〔註 42〕

翁方綱（號覃溪，西元 1733 年～1818 年）〔註 43〕「程學盛於南，蘇學盛於北」兩句話歸結南宋與金元文學的脈絡，直至近代仍被廣泛引用，來論證金元文壇深受蘇軾影響的重要觀點。翁方綱年少時就已十分熱愛遺山詩〔註 44〕，對元好問作品有深刻的體悟與批評，極力肯定遺山在詩歌史的地位。整體來看，遺山詩「秀骨出天然」而有「雄恣」，自然又雄渾不凡氣質，開啓了元代以後的詩風。

翁方綱認爲好問詩歌「猶如學坡詩，莫喻其深秘」，與蘇軾的詩境是相近而無法言喻，但二者的高下之判或不同之處是有定論的，

> 五言詩，自蘇、黃而後，放翁已不能腳踏實地。居此後者，欲復以平正自然，上追古人，其誰信之？雖以遺山秀筆，而執柯睨視，未之審也。甚矣取逕之難也！（《石洲詩話》卷五）
>
> 合觀金源一代之詩，劉無黨之秀拔，李長源之俊爽，皆與遺山相近。而由遺山之心推之，則所奉爲一代文宗如歐陽六一者，趙閑閑也；所奉爲一代詩宗如杜陵野老者，辛敬之也。至於遺山所自處，則似乎在東坡，而東坡又若不足盡之。蓋所謂乾坤清氣，隱隱自負，居然有集大成之想。(《石洲詩話》卷五)

〔註 42〕見（清）翁方綱著，《石洲詩話》，頁 201～202。

〔註 43〕《清史》記載「翁方綱，號覃溪，大興人。……嘉慶元年十九年，再宴恩榮，加二品卿，年八十二矣。又四年，卒。」見（清）趙爾巽、柯劭忞等撰、洪北江主編，《清史稿（19）》卷四百八十五〈列傳第二百七十二・文苑二・翁方綱〉，頁 13394～13395。

〔註 44〕〈讀遺山詩四首〉第一首敘寫當初讀元好問詩歌的情景及感悟。其云：「城東一矮榻，二楊同啓笥。光陰掣電過，六十年前事。夢回橋南窗，憬然發深愧。」自注：「乾隆己巳、庚午閑日，與立山、蘅圃誦《遺山詩》。」乾隆己巳，即乾隆十四年（1749），庚午，即乾隆十五年（1750），此時翁方綱年方十七、八歲，二年後的乾隆十七年（1752））中進士。見上海古籍出版社主編，《清代詩文集彙編（381 冊）》，頁 630；見（清）趙爾巽、柯劭忞等撰、洪北江主編，《清史稿（19）》卷四百八十五〈列傳第二百七十二・文苑二〉，頁 13394。

爾時蘇學盛於北，金人之尊蘇，不獨文也，所以士大夫無不沾丐一得。然大約於氣概用事，未能深入底蘊。遺山雖較之東坡，亦自不免肌理稍粗。然其秀骨天成，自是出群之姿。若無其秀骨，而但於氣概求之，則亦末矣。(《石洲詩話》卷五)〔註 45〕

從五言詩流變史來看，翁方綱讚許自蘇軾、黃庭堅之後有陸游與元好問，甚至對元好問的評價是高於陸游的，翁方綱認爲「遺山以五言爲雅正，蓋其體氣較放翁淳靜。然其鬱勃之氣，終不可掩，所以急發不及入細，仍是平放處多耳。但較放翁，則已多渟蓄矣。」〔註 46〕元好問是較陸游來得雅正又秉性氣質淳樸閑靜的，雖有較多直率語句，比起陸游已多含蓄，因此翁方綱才說「五言詩，自蘇、黃而後，放翁已不能腳踏實地」，以承襲蘇軾的兩大家來說，元好問是略勝一籌的。那麼元好問相較於蘇軾，就翁方綱的觀點來說是元好問詩出於自然、不假修飾的渾然之美，又隱然有想集大成的企圖，但不免肌理稍粗，是遜色於蘇軾的。所謂「肌理」包括詩的文理與義理，就詩的形式來說，字、詞、音節、句子是需要轉承自然又緊密聯繫，注重整個體式的經營；就詩的內容而言，是須以厚質爲本，將情性與學問合爲詩歌的內涵〔註 47〕；翁方綱認爲率眞天然是遺山詩高出眾人的優點，卻因此在詩歌的結構安排或情性內涵不如蘇軾細膩。翁方綱肯定元好問在詩歌史下啓元代的重要地位，讚許雅正、秀骨天然、雄渾不凡的氣質，與陸游同是承襲蘇軾之後的大家，相較於蘇詩內涵與詩篇結構稍不緊密與深厚，故理肌稍粗，這是兩人最大的差別。

清代各家的正反面意見多圍繞元好問與蘇軾在詩歌才情、詩篇細膩程度上的差異，沈德潛、趙翼、劉熙載等大家是給予元好問很高的肯定，

元裕之七言古詩，氣王神行，平蕪一望時，常得峰巒高插，濤瀾動地之慨，又東坡後一能手也。絕句寄托遙深，如〈出都門〉、〈過故宮〉等篇，何減讀庾蘭成〈哀江南賦〉？
（沈德潛《說詩晬語》卷下）〔註 48〕

〔註 45〕見（清）翁方綱著，《石洲詩話》，頁 202～206。

〔註 46〕見（清）翁方綱著，《石洲詩話（卷五）》，頁 202。

〔註 47〕見楊淑玲的《翁方綱肌理說研究》，國立成功大學中國文學研究所碩士論文（2002），頁 49～52、唐芸芸的《翁方綱詩學研究》，中國社會科學院研究生院博士學位論文（2011），頁 24～32。

〔註 48〕見續修四庫全書編纂委員會編，《續修四庫全書（1701 冊）‧集部‧詩文評類》，頁 16。

> 元遺山才不甚大，書卷亦不甚多，較之蘇、陸，自有大小之別。然正惟才不大、書不多，而專以精思銳筆，清煉而出，故其廉悍沉摯處，較勝於蘇、陸．蓋生長雲、朔，其天稟本多豪健英傑之氣；又值金源亡國，以宗社丘墟之感，發爲慷慨悲歌，有不求而自工者。
>
> 蘇、陸古體詩，行墨間尚多排偶，一則以肆其辨博，一則以侈其藻繪，固才人之能事也。遺山則專以單行，絕無偶句；構思窅渺，十步九折，愈折而意愈深、味愈雋，雖蘇、陸亦不及也。七言律則更沉摯悲涼，自成聲調。（趙翼《甌北詩話》卷八）〔註 49〕
>
> 金元遺山，詩兼杜、韓、蘇、黃之勝，儼有集大成之意。以詞而論，疏快之中，自饒深婉，亦可謂集兩宋之大成者矣。
>
> （劉熙載《藝概》卷四）〔註 50〕

沈德潛（字碻士，西元 1673 年～1769 年）〔註 51〕曾編纂《宋金三家詩選》，收錄蘇軾一百八十五首，陸游二百零八首，元好問一百三十四首，〈例言〉提及因這三人都學杜甫，各自卓然成爲一家，特別去華存實，希望廣爲後世讀者閱讀。〔註 52〕沈德潛所選一百三十四首元好問詩當中有九十六首七言詩，讚許元好問的七言詩常有遊走奔馳的磅礴氣勢，如同一望無際的平原中突如其來高聳入雲的山峰。而內容方面多選「黍離之悲」作品，也是因沈德潛強調「詩之爲道，可以理性情，善倫物，感鬼神，設教邦國」溫柔敦厚的詩教觀，〔註 53〕才強調元好問七言絕句情感寄託很深。沈德潛認爲「有第一等襟抱、第一等學識，斯有第一等眞詩」，〔註 54〕重視詩的眞情實感以及作者對家國社會的關注，因此把蘇軾、元好問放在同一平臺討論。至於趙翼（字雲崧，西元 1727 年～1814 年）

〔註 49〕見（清）趙翼撰，《甌北詩話》，卷八。

〔註 50〕見（清）劉熙載撰，《藝概》（臺北：華正書局，1998 年 9 月出版），頁 113。

〔註 51〕《清史》記載「沈德潛，字碻士，江南長洲人。乾隆元年，舉博學鴻詞，試未入選。四年，成進士，改庶吉士，年六十七矣。」見（清）趙爾巽、柯劭忞等撰、洪北江主編，《清史稿（15）》卷三百五〈列傳第九十二．沈德潛〉，頁 10511。

〔註 52〕見（清）沈德潛輯、（清）陳明善校，《宋金三家詩選》（濟南：齊魯書社，1983 年第 7 月 1 版）。

〔註 53〕語出《詩說晬語》卷上。見續修四庫全書編纂委員會編，《續修四庫全書（1701 冊）．集部．詩文評類》，頁 1。

〔註 54〕語出《詩說晬語》卷上。見續修四庫全書編纂委員會編，《續修四庫全書（1701 冊）．集部．詩文評類》，頁 1。

〔註55〕的《甌北詩話》只收唐宋金三朝李白、杜甫、韓愈、白居易、蘇軾、陸游、元好問七家詩人，誠見對元好問的欣賞與重視，從詩人先天才氣與後天粹煉來分析元好問與蘇軾的差別，先天條件上也許元好問是不如蘇軾，但透過詩歌語句的經營，有峻峭精悍、深沉眞摯的風格，況且因金朝地理環境與歷史文化沉澱，造就元好問特殊的創作個性；又在古體詩不同於蘇軾追求排偶，是以奇句單行而一氣流轉，韻味十足。劉熙載（）認爲遺山詩兼有杜甫、韓愈、黃庭堅、蘇軾等人的長處，僅用簡短字句從文學史融攝諸家的觀點來推崇元好問。

### （二）反面評騭過於修飾尚巧

除了正面意見外，不少人卻認爲元好問的情感內涵沒有比蘇軾來得深，底下以三家論述便指陳遺山詩的部分缺失：

> 金、元詩體略同，最著者爲元遺山、虞伯生、薩天錫、趙子昂諸家。遺山自是傑出；其祖述子美，未及蘇長公者，尚巧處略多故也。要之，宋人惟無意學唐，故法疏而天趣間出，金元人專意學唐，故有法而氣體反弱，後先升降，豈風會使然歟？
>
> （李重華《清詩話・貞一齋詩談雜錄》）〔註56〕

> 遺山詩七古最健，五古次之，故能長雄北方，爲蘇、黃之後勁。然如〈平湖曲〉：「越女顏如花，吳兒潔於玉。天教並牆居，不著同被宿。」此等成何言語？〈前芳華怨〉云：「金谷樓臺悄無主，燕子不來花著雨」詩也近於詞矣。〈後芳華怨〉云：「白玉搔頭綠雲髮，玫瑰面脂透肉滑。春風著人無氣力，不必相思解銷骨。」皆褻狎太甚，又蘇、黃所不肯爲也。此外歌行放恣新奇處，亦時以蘇、黃爲粉本，大體則學杜耳。……遺山詩在金、元間無敵手，其高者，即南宋誠齋、至能、放翁諸名家，均非其敵。愛之愈深，則求之愈細，一例推崇，恐仿其疵纇處耳。不然，予何獨多求於遺山？
>
> （潘德輿《養一齋詩話》卷八）〔註57〕

---

〔註55〕《清史》記載「趙翼，字耘松，陽湖人。生三歲能識字，年十二，爲文一日成七篇，人奇其才。」見（清）趙爾巽、柯劭忞等撰、洪北江主編，《清史稿（19）》卷四百八十五〈列傳第二百七十二・趙翼〉，頁13390。

〔註56〕見續修四庫全書編纂委員會編，《續修四庫全書（1701冊）・集部・詩文評類》，頁184。

〔註57〕見續修四庫全書編纂委員會編，《續修四庫全書（1706冊）・集部・詩文評類》，頁266。

> 詩文至南宋後，文章一大轉關也。就詩而論，雖放翁以悲壯勝，遺山以沉雄勝，道園以老潔勝，鐵崖以奇麗勝，青丘以爽朗勝，西崖以清峭勝，究不逮李、杜、韓、白、歐、蘇、黃之全而神，大而化，況他人乎？「詩到蘇黃盡」，眞篤論也。漁洋自謂放翁、遺山可以企及，由今觀之，修飾有餘，才情不足。（尚鎔《三家詩話・三家總論》）〔註58〕

李重華（字實君，西元 1682～1755 年）〔註59〕和尚鎔（字喬客、宛甫，西元 1785～1835 年）〔註60〕的評判是相近的，李重華認爲元好問詩學杜甫，不及蘇詩的地方，是因過多文采的修飾，也歸結金元文人刻意學唐人作詩，因爲心中存有法度，使得詩的才情或文氣有所削弱，因此比起宋人的詩無意學唐卻有自然之趣橫生；本來李重華所稱許就是「作詩從形跡處求工，便是巧匠鐫雕，美人梳掠絕非一塊，生氣浩然從肝腑流出」〔註 61〕追求字句的新奇，講究辭章的對偶，過於雕琢滯礙作者能順心而生的詩氣，也因此才認爲元好問不及蘇軾的原因在於「尚巧」。尚鎔的觀點與李重華頗爲雷同，他認爲元好問不及蘇詩多樣風貌而自有不凡，並眞誠善良感化人心，雖讚許遺山詩深沉雄健，仍注重文采的展現，在情感上的傳達仍有不足。至於潘德輿（字四農，西元 1785 年～1839 年）〔註62〕論詩首重「詩言志」和「思無邪」，在《養一齋詩話》第一卷開宗明義就提出「詩言志，思無邪，詩之能事畢矣。……權度立，而物之輕重長短不得遁矣；言志、無邪之旨立，而詩之美惡不得遁矣。」〔註 63〕所以他認爲元好問在七古、五古的確是得蘇軾之勁道，但某些詩歌過於戲弄狎謔，不符合詩教的精神，也是蘇軾所不願去寫；然而潘德輿所舉詩歌便有很大的矛盾，因爲元好問的〈前芳華怨〉、〈後芳華怨〉是爲了金朝大

---

〔註58〕見郭紹虞主編，《清詩話續編（下）》（臺北：木鐸出版社，1983 年 12 月初版），頁 1921。

〔註59〕見盧鴻志的《李重華《貞一齋詩說》研究》，臺北市立師範學院應用語言文學研究所碩士論文（2004），頁 5。

〔註60〕見清國史館原編，《清史列傳（5）》收於周駿富輯，《清代傳記叢刊》，頁 90。

〔註61〕見上海古籍出版社主編，《清代詩文集彙編（381 冊）》，頁 107。

〔註62〕《清史》記載「潘德輿，字四農，山陽人。」見（清）趙爾巽、柯劭忞等撰、洪北江主編，《清史稿（19）》卷四百八十六〈列傳第二百七十三・文苑三・潘德輿〉，頁 13424。

〔註63〕見續修四庫全書編纂委員會編，《續修四庫全書（1706 冊）・集部・詩文評類》，頁 194。

將僕散安貞女兒寫的，僕散安貞攻宋北還後，小人以不殺所俘宋朝宗室，被誣謀反，爲宣宗所殺，二子也同時被殺。〔註 64〕後來金哀宗即位，僕散安貞女兒被召入宮中，又因人言獲罪而被放出，因此元好問特寫兩首，〔註 65〕仿杜甫〈麗人行〉以麗筆來寫哀情，是有深厚情感傳達，與詩言志並未悖離；又兩篇的字句篇章結構也和蘇軾〈續麗人行〉頗爲相近，〈續麗人行〉前有并引說明此詩爲戲作〔註 66〕，與潘德輿所認爲「皆褻狎太甚，又蘇、黃所不肯爲也」又一矛盾。

總結而論，明清以來在元好問接受蘇軾影響的確論下，是更深入探討蘇軾與元好問的差別，李翰、翁方綱、沈德潛、趙翼、劉熙載都稱許元好問有特出之處，或是雄渾眞摯的情感、或是語句的精煉構思、或是出入於東坡詩，尤其在七言古詩、律詩有氣勢磅礴、深摯雋永；然王行、李重華、潘德輿、尙鎔，剛好就這些特質提相反意見，元好問詩歌的確放恣新奇，頗有沉雄詩境，但是過於追求文采修飾，不及蘇詩多樣風貌又能自然打動人心。

## 三、極力讚許遺山樂府對蘇詞的超越

元好問一生創作約四百多闋詞，在歷代接受者眼光中，雖承襲以俗爲雅、以詩爲詞的東坡樂府，卻屢屢被肯定在詞學脈絡裡能有一家風骨，一致性給予遺山詞高度的評價。宋元時期，徐世隆就已讚許元好問「樂府則清雄頓挫，閒婉瀏亮，體制最備，又能用俗爲雅，變故作新，得前輩不傳之妙，東坡、稼軒而下，不論也」，其詞風既清亮雄渾又閑雅婉轉，頗得蘇軾、辛棄疾風範；俞德鄰、王博文、劉敏中這些南宋元代文人，也再再論述元好問上承蘇、辛，一開金元剛健詞風。

到了明清時期，在詞學傳承角度上更深入思索蘇、元兩人本質的不同。如在光緒三年南塘張氏重刊《元遺山先生新樂府》，前有章耒的序後有張聲翫的跋，當中都提到元好問與蘇軾在詞學上的關係：

---

〔註 64〕見（元）脫脫等撰、楊家駱主編，《新校本金史並附編七種（4）》卷一百二〈列傳第十四・僕散安貞〉，頁 2243。

〔註 65〕《歸潛志》卷九記載「元裕之嘗權國史院編修官，時末帝召故駙馬都尉僕散阿海女子入宮，俄以人言其罪，又蒙放出。裕之因賦金谷怨。」狄寶心考證即此二首詩。見（金）劉祁撰、崔文印點校《歸潛志》，頁 95；（金）元好問著、狄寶心校注，《元好問詩編年校注（第一冊）》，頁 285～292。

〔註 66〕見（宋）蘇軾、（清）王文誥、孔凡禮點校，《蘇軾詩集（第三冊）》，頁 811。

好問之詩，金源詩人之巨擘也，詞亦如其詩。……好問詞境眞，意眞，其曲處雖不逮貞觀，而詞法則以蘇、辛之法爲法，弔古傷今，於世道人心，頗有關係，且無夭閼抑塞之病，豈石帚、玉田淺斟低唱所能彷彿萬一哉。

（章耒〈重校元遺山先生新樂府序〉《元遺山先生新樂府》卷首）

遺山於金源時，爲中州大家，其詩豪邁，與東坡相近，詞亦卓絕千古。（張聲䄄〈重刻元遺山先生新樂府跋〉《元遺山先生新樂府》）〔註67〕

章耒稱許元好問的詞如詩一樣爲金代重要大家，詞的情意眞實、境界也眞誠，固然以蘇辛爲效法對象，對於世間社會與人情共感，皆能憑弔往事憂思今時，在傳達上并無壓抑阻塞之缺失。張聲䄄認爲元好問詩風豪邁與東坡相近，甚至詞作是超越千古，給予很高的肯定。

此外，更有清代兩大詞學家陳廷焯（字亦峰，1853 年～1892 年）〔註68〕、況周頤（原名周儀，字夔笙，一字揆孫，西元 1859～1926 年）〔註69〕透過各自的詞學觀點評判元好問與蘇軾的優劣：

金詞於彥高外，不得不推遺山。遺山詞刻意爭奇求勝，亦有可觀。然縱橫超逸，既不能爲蘇、辛，騷雅清虛，復不能爲姜、史。於此道可稱別調，非正聲也。（陳廷焯《白雨齋詞話》卷三）〔註70〕

元遺山以絲竹中年，遭遇國變，崔立采望，勒授要職，非其意指。卒以抗節不仕，顦顇南冠二十餘稔。神州陸沉之痛，銅駝荊棘之傷，往往寄託於詞。〈鷓鴣天〉三十七闋，泰半晚年手筆。其〈賦隆德故宮〉及〈宮體〉八首、〈薄命妾辭〉諸作，蕃豔其外，醇至其內，極往復低徊、掩抑零亂之致。而其苦衷之萬不得已，大都流露於不自知。此等詞宋名家如辛稼軒固嘗有之，而猶不能若是其多也。遺山之詞，亦渾雅，亦博大。有骨幹，有氣象。以比坡公，得其厚矣，

〔註67〕見（金）元好問撰、趙永源校註，《遺山樂府校註》，頁 829、825。

〔註68〕見《續丹徒縣志》卷十三〈文苑〉收於鳳凰出版社編選，《中國地方志集成·江蘇府縣志輯》（南京：鳳凰出版社 2008 年 4 月第 1 版），頁 659。

〔註69〕見林千詩的《況周頤《蕙風詞話》研究》，高雄師範大學國文學系碩士論文（1999），頁 12。

〔註70〕見（清）陳廷焯著，《白雨齋詞話》（臺北：河洛圖書出版社，1978 年 1 月初版），頁 55。

而雄不逮焉者。豪而後能雄，遺山所處，不能豪，尤不忍豪。

（況周頤《蕙風詞話》卷三）〔註71〕

陳廷焯評詞首重寄託溫厚，而作詞之法貴在沉鬱，在《白雨齋詞話》自序中便明言「夫人心不能無所感，有感不能無所寄，寄託不厚，感人不深，……伊古詞章，不外比興。」、「作詞之法，首貴沉鬱，沉則不浮，鬱則不薄。」〔註72〕這就是他所謂的正聲，要有厚實的寄託，豪情慷慨或是深婉隱約都不能輕薄淺露，而在《詞則》序文也對「別調」定義爲「清圓柔脆急奇鬥巧之作」，〔註73〕在陳廷焯眼中元好問詞是有可觀性，詞風高超不凡、奔放自如，卻不似蘇辛爲正聲，是因爲部分詞作刻意求新求變。然同樣講求寄託的況周頤，似乎針對溫柔敦厚、自然流露的一面來辯證，特別舉出元好問〈鷓鴣天〉三十七闋詞，因多半寫於亡國前後，並用「宮體」或「薄妾辭」樂府雜曲歌詞，以詩爲詞表現家國沉痛；固然在辭藻上有所華麗繁雜，卻是有深沉的意涵在其中，國仇家恨的苦衷是不自覺得流露，正如況周頤所強調「詞筆固不宜直率，尤切忌刻意爲曲折。……昔賢樸厚醇至之作，由性情學養中出，何至蹈直率之失。」〔註74〕創作是由內在涵養來散發，需「經意而不經意」的流露，〔註75〕非直率的傳達，更非刻意故作姿態，正是詞中最難得的，所以連辛棄疾也都無法密集寫出豐厚的詞組。而元好問與蘇軾的不同，如此濃重深厚的感情，使詞風能質樸高雅、氣象寬廣，始終不及蘇軾的雄健豪放，是當時金朝國破家亡，如此境遇促使元好問詞心所不忍展現的原因。

無論陳廷焯是從「沉鬱正聲」來看，或況周頤是從「詞心醇厚」來看，都是讚許元好問是有所情感寄託的眞誠作品，陳廷焯所批評的也僅爲爭奇鬥巧的作品，況周頤深入發掘華麗詞藻背後所蘊含的眞情至性。因此自宋金徐世隆、俞德鄰等人到清代況周頤、陳廷焯等大家評論，文人接受元好問在詞作上承襲蘇軾美學呈現的效果，幾乎每每指出元好問自身存在的詞風特點。

---

〔註71〕見（清）況周頤著、王幼安校訂，《蕙風詞話》，頁65。

〔註72〕見（清）陳廷焯著，《白雨齋詞話》，頁1。

〔註73〕《詞則・總序》:「余竊不自揣，自唐迄今，擇其尤雅者五百闋，匯爲一集，名曰〈大雅〉。……其一切清圓柔脆，爭奇鬭巧者，作別錄一集，得六百餘闋，名曰〈別調〉。……」見（清）陳廷焯，《詞則》（上海：上海古籍出版社，1984年5月出版），頁1～2。

〔註74〕語出《蕙風詞話》卷一。見（清）況周頤著、王幼安校訂，《蕙風詞話》，頁5。

〔註75〕語出《蕙風詞話》卷一。見（清）況周頤著、王幼安校訂，《蕙風詞話》，頁6。

金元以來文人早把蘇軾、元好問放置於同一平臺，不斷討論、辯證、探尋兩位大家之間的傳承性與異同性、優劣點，從古文、詩歌、詞三個角度來審視元好問在接受蘇軾美學，在文學本質上傳承與超越的可能性。僅站在影響論來看，隨著文學發展與創作主題的不斷反覆表現，後世創作者可能尋找前代一個創作或生命的共鳴；甚至連歷代評論者都離不開文學影響的效果，「蘇軾——元好問」之間接受關係也反應一代代熱絡討論的結果。歷代的評論使我們客觀充分認識元好問與蘇軾在文學脈絡的先後地位，承認影響模仿的必然性，也代表創作的豐富性；因爲經典是具有無限可讀性，蘇軾、元好問都是不同時代的大家，兩人都有各自不同面向，影響後人或也接受影響。

將歷代詩話、詞話或文評等等集中思考，得出「蘇軾——元好問」之間早已是一個系統的討論，甚至能清楚釐析出元好問詩詞文的風格；在古文方面「格老氣蒼，無講學家冗遝腐爛之習」而「接歐、蘇正軌」爲金元大宗。在詩歌方面整體風格「雅言高古，雜言豪宕」，尤其「七言古詩氣王神行，平蕪一望時，常得峰巒高插，濤瀾動地之慨，又東坡後一能手也」、「七言律則更沉摯悲涼，自成聲調。」寫作技巧則是「專以單行，絕無偶句；構思窅渺，十步九折，愈折而意愈深、味愈雋」又「廉悍沉摯處，較勝於蘇、陸。發爲慷慨悲歌，有不求而自工者」，部分一味追求詞藻華麗造成「尚巧處略多」、「修飾有餘，才情不足」，因此「較之東坡，亦自不免肌理稍粗」。在詞作方面在經營詞境能「用俗爲雅，變故作新」、「以林下風度，消融其膏粉之氣」，又「蕃豔其外，醇至其內，極往復低徊、掩抑零亂之致」將感情深化是內心醇厚思緒的表達，整體詞風「亦渾雅，亦博大。有骨幹，有氣象」、「遺山所處，不能豪，尤不忍豪。」

## 第三節　元好問有別蘇軾再現陶詩本色

呈現元好問自身的文學背景後，又反思元好問接受蘇學在歷代的闡釋狀況，不同時代的批評家對兩人在創作呈現主題、技巧或意蘊、境界，存在歧見或爭議；論者更需客觀釐清元好問對自身創作的要求，而與東坡有明顯的不同之處。

明代李瀚稱許元好問「其製作甚多，而尤工於詩，古詩效陶、韋，律詩似唐詩，亦出入於東坡」〔註 76〕，又清代翁方綱也說「遺山所自處，則似乎在東坡，而東坡又若不足盡之」〔註 77〕，早明顯指出元好問能從蘇學影響中自成一格，這也符合他自身要求「眞積力久」能「自得錦機」，達到「學至無學」的境界。

蘇軾開始追和陶詩是在宋哲宗紹聖二年貶居惠州時，在〈和陶歸園田居六首〉前有序文說要「盡和其詩」〔註 78〕，大量追和陶淵明詩歌。如此的創作意圖，在宋哲宗元符元年，蘇軾貶謫儋州時在〈與程全父〉一文中提到：「僕焚毀筆硯已五年，尚寄味此學。隨行有《陶淵明集》，陶寫伊鬱，正賴此耳。」〔註 79〕由於惠州、儋州爲嶺南瘴癘之地，蘇軾在此「食無肉，病無藥，居無室，出無友，冬無炭，夏無寒泉。」〔註 80〕貶謫於惡劣條件生活之地，便透過作品排遣心中煩悶。而蘇軾將陶淵明視爲心靈依賴的對象，在蘇轍的〈子瞻和陶淵明詩集引〉一文中有詳細表露：

> 是時，轍亦遷海康，書來告曰：「古之詩人有擬古之作矣，未有追和古人者也。追和古人則始于吾。吾于詩人，無所甚好，獨好淵明之詩。淵明作詩不多，然其詩質而實綺，癯而實腴。自曹、劉、鮑、謝、李、杜諸人皆莫及也。吾前後和其詩凡一百有九，至其得意，自謂不甚愧淵明。今將集而並錄之，以遺後之君子。其爲我志之。然吾於淵明，豈獨好其詩也哉？如其爲人，實有感焉。淵明臨終疏告儼等：『吾少而窮苦，每以家弊，東西遊走。性剛才拙，與物多忤，自量爲己，必貽俗患，黽勉辭世，使汝等幼而饑寒。』淵明此語，蓋實錄也。吾眞有此病而不早自知，平生出仕，以犯世患，此所以深愧淵明，欲以晚節師範其萬一也。」〔註 81〕

蘇軾認爲陶詩在質樸之中自有華美，在追和成果中也自認有不輸於淵明的風采；蘇軾更崇尚陶淵明的爲人，在他心中陶淵明的形象對仕途無所執著、任

〔註 76〕語出《重刊元遺山先生詩集序》。見孔凡禮編，《元好問資料彙編》，頁 108～109。

〔註 77〕語出《石洲詩話》卷五。見（清）翁方綱著，《石洲詩話》，頁 205。

〔註 78〕見（宋）蘇軾撰、（清）王文誥輯注、孔凡禮點校，《蘇軾詩集（第七冊）》，頁 2104。

〔註 79〕見（宋）蘇軾撰、（明）茅維編、孔凡禮點校，《蘇軾文集（第四冊）》，頁 1626。

〔註 80〕語出〈與程秀才〉。見（宋）蘇軾撰、（明）茅維編、孔凡禮點校，《蘇軾文集（第四冊）》，頁 1627。

〔註 81〕見（宋）蘇轍著、陳宏天、高秀芳點校，《蘇轍集（第 3 冊）》，頁 1110。

眞率性的態度，能夠回歸自我的人生選擇，是蘇軾自認「深愧淵明」的地方，亦是仰慕陶淵明灑脫胸襟的地方。因此，從一個旁觀者、欣賞者成爲接受創作者，蘇軾在歷史中尋訪精神伴侶，在這貶謫宦遊的旅途裡，對陶詩產生濃厚且具依賴的興味。

對於和陶詩在意念、形式上的探究，研究者不出王文誥《蘇文忠公詩編注集成》論及二者的關聯性，他說：

> 公之和陶，但以陶自託耳。至於其詩，極有區別。有作意效之，與陶一色者；有本不求合，適與陶相似者；有借韻爲詩，置陶不問者；有毫不經意，信口改一韻者。若〈飲酒〉、〈山海經〉、〈擬古〉、〈雜詩〉，則篇幅太多，無此若干作意，勢必雜取詠古記游諸事以足之，此雖和陶，而有與陶絕不相干者。蓋未嘗規規于學陶也。〔註82〕

王文誥指出蘇軾的追和實有多樣面貌，有與陶淵明精神相似者，也有僅借形式卻與陶詩原意無關；也有如〈擬古〉等詩則篇幅太多，若無有意寫作，便另以詠古記游諸事，另立題目來寫。無論蘇軾「以陶自託」、「未嘗規規于學陶」，書寫的過程中充分發揮自己的個性，體現本色之面目。

至於元好問對於陶淵明的人格風采、詩歌藝術也是有著很高的共鳴，如爲好友韓君錫的書軒題寫的〈寄題沁州韓君錫耕讀軒〉，整首詩的後半部表達對陶潛的追念：

> 讀書與躬耕，兀兀送殘年。淵明不可作，尚友乃爲賢。
> 田家豈不苦，歲功聊可觀。讀書有何味？有味不得言。
> 遙知一尊酒，琴在已亡弦。〔註83〕

元好問藉朋友書齋之名訴說，自己想要以耕讀度過殘年生活，既然無法與陶淵明同時代，也可依循他的精神，因此田家的辛苦、讀書的趣味都是可觀可言的。最後化用陶淵明的語句，以琴在弦亡表達對陶潛無限的悼念。〔註 84〕至於對陶詩意境的讚賞便是〈論詩三十首〉其四：

---

〔註82〕見（清）王文誥輯訂，《蘇文忠公詩編註集成（5）》（臺北：臺灣學生書局，1987年10月出版），頁3508。

〔註83〕見（金）元好問著、狄寶心校注，《元好問詩編年校注（第四冊）》），頁1740。

〔註84〕《晉書．陶潛傳》：「嘗言夏月虛閑，高臥北窗之下，清風颯至，自謂羲皇上人。性不解音，而畜素琴一張，絃徽不具，每朋酒之會，則撫而和之，曰：『但識琴中趣，何勞絃上聲！』」見（唐）房玄齡等撰、楊家駱主編，《新校本晉書並附編六種（3）》卷九十四〈列傳第六十四．隱逸．陶潛〉，頁2463。

一語天然萬古新，豪華落盡見眞淳。

南窗白日羲皇上，未害淵明是晉人。〔註 85〕

「天然」二字在〈繼愚軒和黨承旨雪詩四首〉〔註 86〕其四也曾出現，讚許陶淵明能「直寫胸中天」，足證「天然」代表是作者意念傳達的率眞自然，故「眞淳」代表創作者情感的眞摯、意境的淳厚。

由這幾個方面，可知蘇軾、元好問皆對陶淵明存在仰慕之情；蘇軾選擇追和方式，或和韻不和意、和意不和韻來接受陶詩意境的薰染。然而元好問不喜次韻唱和詩，透過集用、化用陶詩或不同主題，呈現與蘇軾迥異的接受方式，展開他對陶詩的重新詮釋。

## 一、自然渾融：集用、化用陶詩

集句詩的創作，目前學者一致認爲從西晉的傅咸開始〔註 87〕；而集句詩能發展起來的原因，不外乎歷代文人宗經、尚古的心理反映，此外也體現創作者以故爲新的艱難與努力〔註 88〕；汲取前人詩句入詩，多有拾人牙慧的弊病，倘若又是大量借用，更易引起無創新生命力的評判。然而，集用前人詩句代表創作者的一種熱愛喜好，更是藉由原詩句的精神形象來呼應心中所想的意念。

元好問在辭史館職歸隱嵩山時，所寫的〈雜著〉五首，所有字句都來自陶淵明不同的各首詩，單從每一個句子實都與原詩的解讀上無任何差異，元好問將語句重新組合成一個新的意境。再者因爲是組詩的關係，使得心境有層次的堆疊變化，首先看前二首：

稟氣寡所諧，衣食固無端。所業在農桑，甘以辭華軒。

田家豈不苦，歲功聊可觀。帶月荷鋤歸，裴回丘壠間。

---

〔註 85〕見（金）元好問著、狄寶心校注，《元好問詩編年校注（第一冊）》，頁 48。

〔註 86〕當中稱許趙元時便說陶詩的美「愚軒具詩眼。論文貴天然。頗怪今時人，雕鐫窮歲年。君看陶集中，飲酒與歸田。此翁豈作詩，眞寫胸中天。」見（金）元好問著、狄寶心校注，《元好問詩編年校注（第一冊）》，頁 189。

〔註 87〕《丹鉛續錄》卷九「七經詩集句之始」：「傅咸作七經詩，其毛詩一篇，略曰：『聿修厥德，令終有俶。勉爾遁思，我言維。服。盜言孔甘，其何能淑。讒人罔極；有靦面目。』此乃集句詩之始。或謂集句起于王安石，非也。」見商務印書館四庫全書出版工作委員會編，《文津閣四庫全書（282 冊）．子部．雜家類》（北京：商務印書館，2005 年第 1 版），頁 648。

〔註 88〕參考張明華、李曉梨著，《集句詩嬗變研究》（北京：中國社會科學出版社，2011 年 10 月第 1 版），頁 3。

曖曖遠人村，紛紛飛鳥還。養眞衡茅下，庶無異患干。
遙謝荷蓧翁，躬耕非所嘆。

守拙歸田園，淹留豈無成。長吟掩柴門，遂與塵事冥。
素月出東嶺，夜景湛虛明。揮杯勸孤影，杯盡壺自傾。
遙遙望白雲，千載有深情。〔註89〕

此兩首所引用的陶詩，都圍繞在「田園」爲主題，第一首前六句寫情，坦率表達與世道不相合，志業在農耕生活。而「帶月荷鋤歸，裴回丘壠間。曖曖遠人村，紛紛飛鳥還」原在陶潛不同作品中，元好問重新經營意象，形成強烈的對比，「丘壠」代表是對生命安息寂靜的沉思，反襯「荷鋤歸」是活在當下對生活的認眞與熱愛；也因「丘壠間」帶出了「遠人村」、「飛鳥還」的對比，呈現遠離人煙、悠然閒適的空間。第二首仍是表露對田園生活的省思，在認清與世隔絕的澄澈明亮，最後四句其實表達一種心情轉換的過度，從「勸孤影」、「壺自傾」等詩人形象，眞誠面對自己仍對塵世無法豁達灑脫，故最後的「望白雲」而「千載有深情」對整個宇宙天地到時空氛圍，仍懷有深長悠厚的情感。這份情感再接續的兩首，便有深刻表達：

榮叟老帶索，原生納決屨。邈哉此前脩，久而道彌著。
人生少至百，每每多憂慮。量力守故轍，餘榮何足顧。
棲遲固多娛，幾人得其趣。

桃李羅堂前，霜露榮悴之。咄咄俗中惡，人道每如茲。
冬嶺秀孤松，卓然見高枝。提壺撫寒柯，懷此貞秀姿。
願留就君住，終身與世辭。〔註90〕

這兩首是以「人世」爲思索，帶有正反問答相合的效果，第一首面對清苦貧寒的生活，過往賢者因此澄明的智慧、不慕名利的德性更加顯著；然而一般人往往憂慮繁多，所耗費的力量在於守住艱困的生活，元好問才會提出「棲遲固多娛，幾人得其趣」，安貧樂道的生活又有誰能眞正享樂其中？第二首元好問便以草木的形象，由「桃李」、「孤松」作一對比，來解答自己心中的疑惑。元好問認爲桃李自然受到雨露沾化而繁盛、遭逢霜雪而凋零，人世的璀

〔註89〕見（金）元好問著、狄寶心校注，《元好問詩編年校注（第一冊）》，頁 312～314。

〔註90〕見（金）元好問著、狄寶心校注，《元好問詩編年校注（第一冊）》，頁 315～316。

璨必有起落，然萬物必有生長的循環；如同世間俗士對高士的驚怪厭惡，無法遮掩孤松卓然自立的氣概，「願留就君住，終身與世辭」表面是說與松樹共伴餘生，實則呼應上一首的最後兩句，傳達孤高秀貞本就隱逸生活的精神趣味。而這一整組詩到最後一首，便有收束振奮情感並且回覆自己前四首的心情，並對自己的田園生活做了一個完滿的註解：

世短意恆多，時駛不可追。感彼柏下人，泫然沾我衣。

運生會歸盡，彼此更共之。理也可奈何，一觴聊可揮。

酒中有深味，情隨萬化遺。西南望昆墟，靈人侍丹池。

我無騰化術，帝鄉不可期。且極今朝樂，千載非所知。〔註91〕

前六句從「感彼柏下人」到「運生會歸盡」認知人生變化終有盡頭，便是對前二首歸耕田園一種安逸生活的淡然處之。「理也可奈何」的四句，明白自己獨飲仍可有味，憂愁可隨大自然而遺忘，便是回復第三、四首孤獨寂寥的釋懷。而最後長生不死的神仙世界終究不可期待，回歸生命的本質，過往的已承受與未來的不可知，還不如現在享受當下選擇的生活，最後一首實以「灑脫」爲主軸，爲自己一個循環反覆的人生思考做一總結。

集結陶淵明詩句，元好問並非第一人〔註 92〕，然而就詩人的名聲、集用的篇章規模來說，元好問實有不凡之處。蘇軾曾對集句詩表達出個人看法，在〈次韻孔毅甫集古人句見贈五首〉提到：「羨君戲集他人詩，指呼市人如使兒」、「詩人雕刻閒草木，搜抉肝腎神應哭。不如默誦千萬首，左抽右取談笑足」〔註 93〕，從這幾句來看，蘇軾表面上認爲集句帶有調笑、嘲戲的意涵，但隱藏對孔毅甫的佩服，因爲要能「默誦」、「易使」代表創作的功力，不是死背僵化，而是在記憶之中靈活運用，故蘇軾稱讚孔毅甫「前生子美只君是，信手拈得俱天成」〔註 94〕，認爲孔毅甫能從傳承杜甫詩句精神，又可隨手重組猶如自身創作、自成一家的風采。

故集句詩存在的意義，本從前人詩句中尋覓靈感；沒有前人成句，那集

〔註91〕見（金）元好問著、狄寶心校注，《元好問詩編年校注（第一冊）》，頁 318。

〔註92〕南宋的項安世有《輯陶句送胡仲方東歸四首》，項安世生存年代早元好問五十多年。參考張明華、李曉梨著，《集句詩嬗變研究》，頁 264。

〔註93〕見（宋）蘇軾撰、（清）王文誥輯注、孔凡禮點校，《蘇軾詩集（第四冊）》，頁 1155～1157。

〔註94〕見（宋）蘇軾撰、（清）王文誥輯注、孔凡禮點校，《蘇軾詩集（第四冊）》，頁 1157。

句詩的意義就不存在。再者，明知前輩大家的歷史價值，而又刻意挑戰經典形象，本就是一種再次創造的態度。正如明代的《蕊閣集》假托辛棄疾之名說到集句「得趣」之處有五點：

> 集韻非古也，爐冶之亦自有化工，否則餖飣而已。大約得趣有五，流弊亦有五，而屬對之工不工不與焉。……所謂化工者，興發諷詠，惟靈躍然；即事對物，情與景合，得趣在寫生；搜古雅句，用我機杼，昔人合之兩傷，今日離之雙美，使中、晚如初、盛，渾李、杜爲一家，得趣在熔古；起句之難，難於中聯；結句之難，難於起句；苦心章法，一氣呵成，得趣在調脈；對稱天然，非吾景光，所宜必割而勿用，得趣在能舍；一章俱善，苟一字雷同，必置而另構，得趣在勿欺。……〔註95〕

從「寫生」、「熔古」、「調脈」、「能舍」、「勿欺」都是針對集句的技巧來說，「寫生」是用他人詩句與自己實際思緒相合，「熔古」便是從原詩當中挑選個別字句，再重新組合一組對句或意象。「調脈」是保持創作者一貫的精神傳達，「能舍」是要選擇剪裁適合自己情意傳達的句子，最後「勿欺」是在說明在章句結構安排，要求表情達意不重複的完美。

因此，元好問的〈雜著〉五首是獨立看待的成熟作品，渾然天成而無任何窒礙，既能切合自己心境的轉折，篇章安排上有其因果關係、前後呼應，這便是將別人語句爲我所用，而並非被原作者的光采襲奪。

另外，元好問也有不少作品引用陶淵明的《桃花源記》，來呈現不同的時空感受，從一首詩與一首詞來看：

> 束帶見督郵，甘以辭華軒。嘯傲南窗下，且樂我所然。
> 斜川今在亡？問津有遺編。行尋柴桑里，遂得桃花源。
> 桃源無漢魏，況復義熙前。（〈寄題沁州韓君錫耕讀軒〉）〔註96〕

> 世上紅塵爭白日，山中太古熙熙。外人初到故應迷。
> 桃花三百里，渾是武陵溪。（〈臨江仙（昨夜半山亭下醉）〉）〔註97〕

第一首乃因好友韓君錫的書齋名「耕讀軒」有感而發，這十句都從陶淵明的

〔註95〕見《蕊閣集・序》，收於四川大學古籍所編，《宋集珍本叢刊（第64冊）》，頁677。
〔註96〕見（金）元好問著、狄寶心校注，《元好問詩編年校注（第四冊）》，頁1740。
〔註97〕見（金）元好問撰、趙永源校註，《遺山樂府校註》，頁308。

形象而來，「南窗」、「斜川」、「柴桑」、「桃花源」象徵著書齋當中可上遊古人的自在天地。至於第二闋詞，在詞序有寫「內鄉寄嵩前故人」，是在任內鄉令時思念故鄉好朋友所寫，因此「桃花源」象徵著對故鄉安穩生活的期待，以及對朋友所在位置的想念。

「天然」、「眞淳」是元好問對陶詩的註解，也是自身創作一種面貌的要求。即使元好問全部或部分引用陶淵明詩句，都恰到好處也各有巧妙，也正如劉勰《文心雕龍．事類》篇所說，在借用前人典故語句時，

> 凡用舊合機，不啻自其口出，引事乖謬，雖千載而爲瑕。……夫山木爲良匠所度，經書爲文士所擇，木美而定於斧斤，事美而制於刀筆，研思之士，無慚匠石矣。〔註98〕

借用古語倘若十分得體，便如同自己口中說出般的自然，倘若引用錯誤，作品在千年流傳以後仍是明顯的錯誤。文士從經典取材，正如良將挑選木材一樣；美妙典故的使用是來自於創作者的文筆，如同堅實的木材也得由斧頭給予一定的姿態。

因此元好問不選擇如蘇軾追和陶詩，而以集句的方式表達對前人的景仰，也展現自己處處留心皆學問，信手拈來成美詩的功力。

## 二、在「飲酒」主題另闢蹊徑

元好問除了爲有別蘇軾的追和，改用集句方式重組陶淵明詩外；兩人在共同的「飲酒詩」主題上，元好問曾評論過蘇軾的〈和陶飲酒〉，他在〈跋東坡和淵明飲酒詩後〉特別指出「飲」的不同層次：

> 東坡和陶，氣象只是坡詩。如云「三杯洗戰國，一斗消強秦。」淵明決不能辦此。獨恨「空杯亦嘗持」之句，與論「無弦琴」者自相矛盾。別一詩云：「二子眞我客，不醉亦陶然。」此爲佳。丙辰秋八月十二日題。〔註99〕

元好問認爲蘇軾追和陶潛的飲酒詩，就整體氣象等同於自己的創作，並無與陶明淵相呼應。況且還認爲蘇軾〈和飲酒二十首〉「偶得酒中趣，空杯亦常持」一句〔註100〕，與陶淵明的「但識琴中趣，何勞絃上聲」心境是矛盾。〔註101〕

---

〔註98〕見（梁）劉勰撰、林其錟、陳鳳金集校，《增訂文心雕龍集校合編》，頁736。
〔註99〕見（金）元好問著、狄寶心校注，《元好問文編年校注（下冊）》，頁1446。
〔註100〕見（宋）蘇軾、（清）王文誥、孔凡禮點校，《蘇軾詩集（第六冊）》，頁1881。

其實蘇軾在〈和陶飲酒二十首〉前有詩序：「吾飲酒至少，常以把杯爲樂。往往頹然坐睡，人見其醉，而吾中了然，蓋莫能名其爲醉爲醒也」〔註 102〕表達一種以微醺來抒發暫時對塵世的解脫。

故元好問認爲蘇軾既得酒中樂趣，便不須常持空杯，應是有酒無酒皆能享受自醉，如同陶淵明不管琴上是否有弦，都能感受美妙的音樂。既然元好問認爲蘇軾仍受限於外物的牽絆，而非眞得飲酒樂趣，因此才會稱讚蘇軾〈和陶歲暮作和張常侍〉一句「二子眞我客，不醉亦陶然」〔註 103〕是眞誠享受生活的陶醉自得。

因此，清代翁方綱也曾特別拿出來比較東坡的「飲」與元好問的「飲」在境界上是不同，他提到：

> 淵明飲之逸，太白飲之仙。坡則欲兼之，仙佛俱有焉。
> 以我讀坡詩，竊疑未必然。放翁之飲酒，半壁澆江山。
> 各有沉摯處，敢誰軽與軒？遺山眞嗜飲，何處窺其源？
> 惝怳莫能名，亦擬索眞詮。……
> （〈讀元遺山詩四首〉《復初齋詩集》卷六十六）〔註 104〕

翁方綱縱觀前代飲酒詩大家，認爲陶淵明是「飲之逸」、李白是「飲之仙」，蘇軾兼有二家又有仙佛氣息，而陸游的飲酒似乎將家國江山寄託心中，各家都有情感深厚眞摯。但翁方綱卻認爲元好問是將眞正飲酒之情寄託在詩歌中，詩境是無可名狀的，在飲酒的主題上給予元好問高度肯定。

元好問在辭史館職時，曾寫過兩組各五首的飲酒詩，他的〈飲酒五首〉其中三首：

> 西郊一畝宅，閉門秋草深。床頭有新釀，意愜成孤斟。
> 舉杯謝明月，蓬蓽肯相臨。願將萬古色，照我萬古心。
>
> 去古日已遠，百僞無一眞。獨餘醉鄉地，中有羲皇淳。
> 聖教難爲功，乃見酒力神。誰能釀滄海，盡醉區中民？

---

〔註 101〕《晉書．陶潛傳》：「嘗言夏月虛閑，高臥北窗之下，清風颯至，自謂羲皇上人。性不解音，而畜素琴一張，絃徽不具，每朋酒之會，則撫而和之，曰：『但識琴中趣，何勞絃上聲。』」見（唐）房玄齡等撰、楊家駱主編，《新校本晉書並附編六種（3）》卷九十四〈列傳第六十四．隱逸．陶潛〉，頁 2463。

〔註 102〕見（宋）蘇軾、（清）王文誥、孔凡禮點校，《蘇軾詩集（第六冊）》，頁 1881。

〔註 103〕見（宋）蘇軾、（清）王文誥、孔凡禮點校，《蘇軾詩集（第六冊）》，頁 1881。

〔註 104〕見（清）翁方綱著，《石洲詩話》，頁 201。

此飲又復醉，此醉更酣適。徘徊雲間月，相對澹以默。

三更風露下，巾袖警微濕。浩歌天壤間，今夕知何夕！〔註105〕

第一首與第三首恰爲這一組詩的開頭與結尾，也是一種眞誠閒適的首尾呼應，表明自己隱居嵩山，愜意面對歸隱生活，並未如李白「舉杯邀月」的孤獨，而是願以萬古同色的月光明鑒自己的眞心。因此第三首訴說自己能酣暢安適的醒又醉，在雲間月色下獨自徘徊，心境恬淡靜默中放聲歌唱。而元好問能眞誠面對外在世界而飲，便是第二首中所寫「獨餘醉鄉地，中有羲皇淳。聖教難爲功，乃見酒力神」，直接表達對當今朝政世風的不滿，倘若聖人教化難使民風淳樸，不如使人人皆在酒醉混沌的境界中，受羲皇上人的自然點化。元好問既不矛盾糾結於仕宦歸隱的困頓，也不逃避當世時局氛圍，正面尋求一個方式來使自己心境安適。

再看元好問〈後飲酒五首〉當中第一首與最後一首：

少日不能觴，少許便有餘。比得酒中趣，日與杯杓俱。

一日不自澆，肝肺如欲枯。當其得意時，萬物寄一壺。

作病知柰何，妾婦良區區。但愧生理廢，飢寒到妻孥。

吾貧蓋有命，此酒不可無。

飲人不飲酒，正自可飲泉。飲酒不飲人，屠沽從擊鮮。

酒如以人廢，美祿何負焉？我愛靖節翁，於酒得其天。

龐通何物人？亦復爲陶然。兼忘物與我，更覺此翁賢。〔註106〕

元好問第一首當中「比得酒中趣，日與杯杓俱」，便與蘇軾「偶得酒中趣，空杯亦常持」一句〔註107〕，正巧是個心境的對比，當領悟到飲酒旨趣時，是可拋開外物的牽絆，所以「不飲」時「肝肺欲枯」，而「歡飲」時使「妻兒飢寒」，他既知「飲」的現實生活問題，也坦然面對貧困的命運。而最後一首，便在說懂得眞正飲酒的人，不是被酒給沉迷，而是同飲清泉一般知道清冽；而不懂飲酒的人，就像俗人爲口舌解脫之樂而飲酒。元好問認爲陶淵明也是在飲酒中領悟到自然本性，而他自己也是如此。

〔註105〕見（金）元好問著、狄寶心校注，《元好問詩編年校注（第一冊）》，頁 302～305。

〔註106〕見（金）元好問著、狄寶心校注，《元好問詩編年校注（第一冊）》，頁 307～310。

〔註107〕見（宋）蘇軾、（清）王文誥、孔凡禮點校，《蘇軾詩集（第六冊）》，頁 1881。

所以翁方綱認爲元好問是「眞嗜飲」，便是一種坦率眞誠面對自己與外自世界的衝突，並且了解飲酒對生活的改變，而此種生命的轉化是心靈的提升。這也是元好問不同於蘇軾和陶飲酒所傳達的情感，是自身追求飲酒的坦然享受。

元好問受蘇學影響在歷代闡述中，是一個深刻明顯的主題。然從前人學者析論的隻字片語中，更見元好問從文學流派中脫穎而出，端賴自身豐厚學養、生命見識，以及一貫的眞情呈現於各體文學。無論是集用或化用陶詩、或同在「飲酒」主題的發揮，存在與蘇軾不同的藝術呈現，正如王國維在《人間詞話》第六十則所云：

> 詩人對宇宙人生，須入乎其內，又須出乎其外。
>
> 入乎其內，故能寫之；出乎其外，故能觀之。
>
> 入乎其內，故有生氣；出乎其外，故有高致。〔註108〕

宇宙人生自是詩人體會外在世界、景情變化的時空交流，這當中包括每一次靜觀欣賞歷代文學作品時，同時也因創作者自身體悟的情感，再從中跳脫寫出可觀有高致的作品。「入乎其內」便是元好問掌握前人作品感同身受的情景，「出乎其外」便是能從當下心境與古人意境中，呈現自身藝術眼光所營造的作品。〔註109〕因此，從蘇軾、元好問同時景仰陶淵明，兩人卻在文學接受影響下作出不同的再創造。

再從文學通變角度來看元好問的歷史定位，錢鍾書在《談藝錄》便曾說：

> 夫文體遞變，非必如物體之有新陳代謝，後繼則須前仆。譬之六朝儷體大行，取散體而代之，至唐則古文復盛，大手筆多捨駢取散。然儷體曾未中絕，一線綿延，雖極衰於明。而忽盛於清；駢散並峙，各放光明，……文章之革故鼎新，道無它，曰以不文爲文，以文爲詩而已。向所謂不入文之事物，今則取爲文料；向所謂不雅之字句，

〔註108〕見王國維著、徐調孚校注，《人間詞話》（臺北：頂淵文化事業有限公司2001年8月初版），頁35。

〔註109〕蘇珊玉老師論述王國維的《人間詞話》第六十、六十一則時，是並列而舉，說明「入內出外」的審美心理，表現在修辭上，基本的美學觀照，是對歷史文化語境的體察。要能達到「不隔」，「入內」是觀察創作者的歷史背景，「出外」在於作品能有審美感受概括性強，普遍性大。而論者據此探討元好問在感受蘇軾或前人作品時，是能從自己生命遭遇、作品中古人情境體悟而出，並未探討是否能夠每首作品皆爲「不隔」。參考蘇珊玉著，《人間詞話之審美觀》（臺北：里仁書局，2009年9月初版），頁256～259。

今則組織而斐然成章。謂爲詩文境域之擴充，可也；謂爲不入詩文名物之侵入，亦可也。……若論其心，則文亦往往綽有詩情，豈惟詞曲。若論其跡，則詞曲與詩，皆爲抒情之體，並行不倍。……元詩固不如元曲，漢賦遂能勝漢文，相如高出子長耶。唐詩遂能勝唐文耶。宋詞遂能勝宋詩若文耶。兼擅諸體如賈生、子雲、陳思、靖節、太白、昌黎、柳州、廬陵、東坡、遺山輩之集固在盍取而按之。〔註 110〕

錢鍾書認爲歷代文體特質、文派風格的遞嬗，並非一定是新陳代謝而前仆後繼，不同文體的興盛衰蔽自有作者群或時代審美的因素有關。無論歷代作家嘗試各種文體革新，或是「以文爲詩」或「以詩爲文」，或是俗語雅字、故實人事的「擴充」或「侵入」，都是使各體文學產生種種變化的可能，是值得肯定的。錢鍾書認爲各體文學不限於某一朝代的發展，然某一種文體的興盛，仍來自於創作者情性所在。因此，元好問如同蘇軾一般能擅長諸體文學，是能各逞其能；而身處金元時代的元好問，並未因唐宋詩詞等文學成熟發展而無獨特成績，也未因前輩大家蘇軾等人光芒而無立錐之地，乃是因心之思力與藝之資質，盡自己情性而發揮，故能「吟體百變，吟情一貫」〔註 111〕。

〔註 110〕見錢鍾書著，《談藝錄》，頁 28～31。
〔註 111〕見錢鍾書著，《談藝錄》，頁 30。

# 第六章　結　論

詩歌接受可從共時性、歷時性兩方面來看。從共時性來看，個人或群體受到同時代文化的影響，卻也充實豐富當代文藝特質。從歷時性來看，歷史累積的文化傳統，是一股潛藏的力量，時時刻刻影響每一時代的個人或讀者群；同時在這一接受活動中的創作者，也不同程度的發展、轉化歷來文化思維或藝術呈現。

本文探究「蘇軾——元好問」一個明確的接受影響研究，得出的結論是元好問在這一文學影響脈絡中，所呈現的審美趣味和文學風貌，也因元好問主體的獨創性和歷史的差異性，在影響規律中保有的創作才能與精神。

## 一、元好問在繼承中展現豐厚詩學意境

創作者透過澄澈心靈與清明的智慧，觀照宇宙天之間的人事物，將自身觸發的情感思緒，或是寓情於景、以景寄情、情景交融等醞釀表達；將富於意念的象結合成爲相輔相成、相得益彰的意境，便是創作者所欲追求美的境界。一切藝術境界，能夠有美的存在，需從功利、倫理、政治等個人與群體生活的關係中獨立領悟，才能探求眞理與精神，窺見自己心靈的實在反映，才能使創作的意境由至眞、至善而達到至美。創作者能自己開創意象或境界，都是在情景交融中，一層層發掘豐富的想像、獨特的宇宙。

印證元好問深受蘇軾影響，秉持自己心靈的泉源、才情的活躍，便可有獨特意境的存在。於是，本章透過元好問對家國的詩心、對審美的詩觀、對作品的詩藝、對文學文化的詩史等四個面向，總論其在蘇軾影響下，所展現豐富厚實的詩學意境。

### （一）詩心：對生命、家國懷抱熱忱

宇宙人生變化流轉，實有因果關係，無論哀樂交加，或執迷憂擾，也都因個人身陷則苦，旁觀則美。而能理解超脫的詩人，或激於愛國之心、感於社會之治，對黎民百姓未來懷有美好良善的一天；也或深知文明進展，人心越顯複雜，明知勸世改善存在相應而生的苦惱與煩憂，仍願毅然奮起，慷慨救世。蘇軾與元好問皆爲此種類型的詩人，縱使對茫茫人生、紛擾世界，有時不願與世周旋、同流合汙，卻又有堅強精神、曠達超然的氣度，爲天下蒼生盡一己之力；這也是元好問何以與蘇軾生命心境有諸多契合的原因。

蘇軾歷經仕宦波折，因小人構陷幾乎蒙恥捐身，仍願爲君主盡進忠言，澄清吏治而救蒼生於水旱之禍。同樣的，元好問任內鄉令、鎮平令時，無不爲百姓分憂解勞；任史館職後，親睹政治氛圍的黑暗，身陷國破圍城之時，目擊兵士百姓相殘的慘烈。元好問轉換對生命承擔、社會家國的職責角度，對蒙古君主文臣薦舉金亡遺民人才，或是奔走於幕府之間，尋求安定遺民生活的力量。

元好問在浩瀚的書海中，期許自己能保存過往盛世人物流風遺跡，故在許多詩文著述當中都表達著述存史的精神，既是對自己生命安適的樂觀態度，也是將熱愛國家的心情，在國破離亂後，轉化爲對家國史籍的編撰與保存。

因此他以「誠」實踐從家國社會淳風教化的期許，挹注到自身創作意識中，坦然面對自己的眞情至性，以及保存家國文學文化的宏觀思維，便是屬於元好問獨特生命經驗的領悟，所呈現的精神核心。

### （二）詩觀：積累了悟自成一家

意境是主觀和客觀、意和境的矛盾統一。藝術作品當中的境，除了來自創作者對外在世界的觀察，最終仍是透過作者的意念表現出來。詩歌的情思既由人事物象、天地風景所觸發，用必須以具體的語言文字經營而出，無論是情景交融、物我分明，或境生象外、神似形似的表現方法，任何靈感的產生，端賴創作者某些偶然因素的刺激。然靈光乍現絕非憑空而來，蘇軾與元好問在詩學觀點中，都十分重視勤奮實踐的功夫。

所以蘇軾在構思的目的講求「有爲而作」，創作的過程必須「文辭通達」，是必須透過自身「博觀約取」，才能「道技兩進」而自成一家。只是，元好問對宋金以後學蘇軾的次韻唱和詩，追求以狹隘的韻部來逞才鬥巧，或受江西

詩風影響而刻意追求技巧的文風，都感到十分不滿。元好問認爲後輩創作者雖有蘇軾、黃庭堅等大家胸襟，而刻意炫才獻技，自然妨礙情感的表露，便與創作最初目的爲吟詠情性，是本末倒置、背道而馳。

因此，元好問最終境界是「情性之外，不知有文字」，既由內在興發感動來書寫，最後又能純熟使用，擺脫文字語句的束縛，自然得仰賴創作者厚實學養。元好問提出了一套具有邏輯性的漸進方式，創作要能「以意爲主」，方顯創作的眞情實感，寫作的技巧可從「雜見百家」逐步達到「學至無學」，能使萬物景致、故實語典皆我爲揮灑所用，如此才能「不隨人俯仰」而能走出屬於自己的創作風格。

### （三）詩藝：師法而不蹈跡

在金元詩文除了尊唐風氣興盛外，對蘇學的接受，是從金朝未入主中原前，早對蘇軾在北宋政壇的人格與觀點有所喜愛；而進入中原後，上至君主下至大臣文士，因接受蘇軾人格或藝術美的廣度，使「蘇學行於北」遍於金代的政事態度與文化氣象。到了金中葉，一些詩文的創作者，無論歸屬「尖新派」或「風雅派」，都或多或少從蘇軾的創作中，各憑領悟或理解的角度來汲取蘇學養分。

而元好問所受的影響是最全面性的，自身曾爲蘇軾作品整理成《東坡詩雅》、《東坡樂府集選》，雖然已經亡佚，卻足以證明元好問曾以自己的審美角度來接受蘇軾的作品。而此一接受所產生的最大影響，便是元好問的詩詞文明顯透過各種技巧，或截取借用、沿用成句、襲改語句、反用語典等方式，將蘇軾的字句以奪胎化骨、點石成金成爲自己作品的一部分。從元好問的引用與蘇軾原詩句情意相似、情意延伸或情意相反的三大面向來看，元好問在通過審美欣賞蘇軾作品時，所獲得的體驗是相當豐富，不斷形成他的審美趣味或靈感來源。

當然，詩歌藝術貴在創造性，不管是仿效或寫出新句，倘若都在自由意志下使用各種素材呈現，而流暢表達一個獨屬創作者的情感或理智，使形式美與內容美能統一構成具和諧美的作品，也正符合元好問「詩觀」所要求的創作進程與創作目的。

### （四）詩史：變窮百態

元好問與蘇軾都深知須面對前代創作者在各類文體的出奇無窮，具有通變精神，需要能出入眾作，才能自成一家，倘若無個人特質便難以在文學史上有立足之地。元好問又身處於北宋大家蘇軾之後，與金代文壇反思尊唐宗宋所衍生的各派主張，故元好問要能在廣備眾體中做「過人工夫」、「過人文字」，他才不時提醒自己「遇事輒變化，別不一其體裁」，在碑誌銘詩、詩詞散文、短篇文言小說皆有豐厚的創作與別出心裁的所在。

故元好問雖受蘇軾廣泛影響，也因審美理念的不同；所以，遺山與東坡接受陶詩的方式便明顯不同，蘇軾追和陶詩，而元好問集用陶詩而另成組詩，為一個循環反覆的人生思考做一總結，即使重組陶詩，也獨立成為元好問生命的新意境。且他又評騭蘇軾的飲酒詩情，是無法傳達陶然享受的真誠，元好問認為飲酒的真境界是「兼忘物與我，更覺此翁賢。」

以上從「詩心」、「詩觀」、「詩藝」、「詩史」歸結元好問接受蘇學後，所保有的個人風貌與詩學意境。足以證明在蘇軾之後，深受東坡影響的各代文學家當中，以元好問的人格美與作品美仍具有探討價值，元好問也給予後世一個典範，徹底實踐面對宇宙人生的真誠、面對藝術精神的領悟、面對文學文化的通變，存在深遠的意義。

## 二、研覈遺山法度，始終以一貫之

本論文著重點在於元好問與蘇軾之間的同中有異，仍可發現元好問的創作精神存在一貫的思維脈絡。從元好問諸多作品中一再闡述的、實踐的觀點與方式，即使受前輩大家影響，也無法抹滅他獨特的意志表現與文藝的視野，可從「儒」、「史」兩方面來做總結。

### （一）「儒」的生命關懷

元好問雖然雜學百家，交遊廣泛，與禪師、道士多有交往，然而使他在出仕時為蒼生擔憂、在隱居時慨然以涵養知識、著述存史為己任，仍受儒家思想影響至深。元好問強調自己善良本心的涵養，並且重視個人所處環境的良善，希望循循善誘他人，使天下人心歸仁。自己動靜皆有方，出仕能周濟天下百姓，隱退時能崇尚修養心志。所以元好問寫了不少學記，如〈代冠氏學生修廟學壁記〉、〈博州重修學記〉、〈趙州學記〉、〈壽陽縣學記〉、〈令旨重修真定廟學記〉等，用意是在鼓勵各地謹庠序之教，也勉勵後生晚輩不斷進修學業。並且在金亡之後，隨著張德輝覲見忽必烈時，也曾上書請忽必烈為儒學大宗師，這實是他深感家國離亂、改朝易代之後，需要一個穩定民心、教化百姓的重要環境。也因此元好問在許多碑誌文提到，一個有志之士要能立身於天地之間，是透過國家教育、父兄淵源、師友講習等三方面予以奠定人格基礎。

所以元好問的「誠」是承繼中庸思想而來，期待百姓蒼生都能如沐春風一般，潛移默化到至誠的心境，是他對天下至善的從一而終的期許。

### （二）「史」的書寫意識

元好問自築野史亭，曾說「不可令一代之跡泯而不傳」，他感受到私家撰述的困難度，手執輕柔的毛筆，卻也得一字一句撰述供後人閱讀評判的史籍，在訪求史事或蒐羅史料必然耗費長時間的心力，因此元好問輾轉難眠、誠惶誠恐的原因在於，感到自己衰年遲暮，難以承擔觀世變、通古今、究天人的史家職責。

而元好問「史」的觀念灌注各書籍的撰述與文體創作，可從四個方面便可清楚論證：第一，爲保存金代朝臣文士的風流遺跡，編寫《金源君臣言行錄》、《壬辰雜編》、《中州集》等書。且存史的視野還擴及前輩大家重要作品，所以元好問著述評點前人詩詞的《錦機》、摘錄前人佳句的《詩文自警》，還有整理杜甫、蘇軾的作品有《杜詩學》、《東坡詩雅》、《東坡樂府集選》，自己也自編樂府詩集以及筆記小說《續夷堅志》，這些重要著述僅存《遺山新樂府》、《續遺堅志》，而《詩文自警》保有隻字片語外，其他都已亡佚無法窺得全貌。

第二，元好問大量撰寫碑誌文，狀寫的人物包括國朝重臣、名流文士、釋道僧儒、義士孝女等等，並且增強碑主的時空背景，活化人物風采，在眞實史料呈現中又結合個人對世道、義理的見解，使供後人悼念感懷的碑誌文，更多個性化的書寫。

第三，元好問有不少詩組、詞組，存在寫實精神，如〈壬辰十二月車駕東狩後即事五首〉、〈俳體雪香亭雜詠十五首〉、〈鷓鴣天〉宮體八首、〈木蘭花慢〉游三臺二首等等，透過不同詩詞形式撰寫國破家亡的實景實情。也有不少依舊有樂府詩題來寫怨思、佳麗、遊俠等，如〈芳華怨〉、〈後芳華怨〉、〈續小娘歌〉、〈解劍行〉等。更有遺山自創樂府新題，以事名篇的，如〈後平湖曲〉、〈征西壯士謠〉、〈梁園春〉等即景生情、應物感思。元好問的「史學意識」滲透於創作，展現在詩、詞、文不同的文體當中，記錄著他在當下社會氛圍、天人感悟中，流露眞摯觀，察、眞誠表露的情思。

第四，元好問撰寫集句詩或化用蘇軾語句，甚至其他文人詩詞的語典，代表他的閱讀豐富、學養厚實。於是元好問能信手拈來、靈活運用，呈現他丘壑深邃，筆墨淋漓，而使作品富有變化、經營自如之才能。此外，前人作品也通過他的接受，而另有新生命貫注在元好問的創作中，這正是另一種藝術的遞嬗。

本小節從「儒」的生命關懷、「史」的書寫意識這兩方面，歸結出元好問在文學藝術歷史中能有一席之地，在於他的創作包含天地宇宙的哲理思想，與人生態度的眞誠反映，滿懷著對家國社會的期許與內在省思的感悟，使後世讀者、接受者有多元的審美感受。

本論文同時把兩位經典作家作爲研究對象，具體而微將二者生命歷程、詩歌創作逐一比對，以蘇軾作爲被接受的對象，而以元好問作爲繼承的主角，既結合知人論世的背景研究、也廣採諸家闡釋的印象式批評，並從接受影響的角度析論二者關係。綜言之，在原著與新作、傳統與革新的接受影響史中，蘇軾、元好問無庸置疑的是在北宋、金元各具特色的經典大家。

# 徵引文獻

（古籍以作者年代爲序，今人專著依出版年爲排列。）


## 一、元好問文本與其相關研究

### （一）元好問文本

1.《遺山樂府校註》：金・元好問撰、趙永源校註，南京：鳳凰出版社，2006年。
2.《元好問詩編年校注》：金・元好問著、狄寶心校注，北京：中華書局，2011年。
3.《元好問文編年校注》：金・元好問著、狄寶心校注，北京：中華書局，2012年。
4.《詞綜》：明・朱彝尊撰，臺北：中華書局，1966年。
5.《景刊宋金元明本詞》：清・吳昌綬、陶湘輯，上海：上海古籍出版社，1989年。
6.《彊村叢書》：清・朱祖謀校輯，臺北：廣文書局，1970年。
7.《九金人集》：清・吳重熹輯，臺北：成文出版社，1967年。
8.《元好問全集（增訂本）》：姚奠中編、李正民增訂，太原：山西古籍出版社，2004年。

### （二）元好問相關研究

1.《元遺山研究》：續琨，臺北：臺灣中華書局，1974年。
2.《元好問研究》：李長生，臺北：文史哲出版社，1979年。
3.《元好問研究文集》：山西古典文學會——元好問研究會編，山西：山西人民出版社，1987年。

4.《元好問研究資料彙編》：紀念元好問 800 誕辰學術研討會籌備會編，臺北：文史哲出版社，1990 年。
5.《紀念元好問八百年誕辰學術研討會論集》：紀念元好問八百年誕辰學術研討會籌備會編，臺北：文史哲出版社，1991 年。
6.《紀念元好問 800 誕辰文集》：中國元好問學會編，山西：山西人民出版社，1992 年。
7.《元好問之名節研究》：方滿錦，臺北：天工書局，1997 年。
8.《元好問研究略論》：李正民，北京：社會科學文獻出版社，1999 年。
9.《北京圖書館藏珍本年譜叢刊》：北京圖書館編，北京：北京圖書館出版社，1999 年。
10.《元好問評傳》：鍾屏蘭，臺北：文津出版社有限公司，1999 年。
11.《續夷堅志評注》：李正民，太原：山西古籍出版社，1999 年。
12.《元好問年譜新編》：狄寶心，北京：中國文聯出版社，2000 年。
13.《元好問〈論詩三十首〉研究》：方滿錦，臺北：萬卷樓圖書股份有限公司，2002 年。
14.《遺山詞研究》：趙永源，上海：上海古籍出版社，2007 年。
15.《元好問資料彙編》：孔凡禮編，北京：學苑出版社，2008 年。
16.《元遺山研究》：趙興勤著，臺北：文津出版社有限公司，2011 年。

## 二、蘇軾文本與其相關研究

### （一）蘇軾文本

1.《蘇軾文集》：宋・蘇軾撰、明・茅維編、孔凡禮點校，北京：中華書局，2004 年。
2.《蘇軾詩集》：宋・蘇軾撰、清・王文誥輯注、孔凡禮點校，北京：中華書局，2009 年。
3.《蘇軾詞編年箋注》：鄒同慶、王宗堂著，北京：中華書局，2007 年。
4.《蘇軾全集校注》：張志烈、馬德富、周裕鍇主編，石家莊：河北人民出版社，2010 年。

### （二）蘇軾相關研究

1.《蘇文忠公詩編註集成》：清・王文誥輯訂，臺北：臺灣學生書局，1987 年。
2.《蘇軾論稿》：王水照，臺北：萬卷樓圖書有限公司，1994 年。

3.《中國蘇軾研究》：中國文人民大學中文系主辦，北京：學苑出版社，2004年。
4.《蘇軾年譜》：孔凡禮撰，北京：中華書局，2005年。
5.《蘇軾文藝美論》：王啓鵬，廣州：中山大學出版社，2007年。
6.《蘇詞接受史研究》：張璟，北京：光明日報出版社，2009年。

## 三、專書

### （一）金代相關研究

1.《金元詞史》：黃兆漢，臺北：臺灣學生書局，1992年。
2.《金代文學史》：詹杭倫，臺北：貫雅文化出版公司，1993年。
3.《遼金詩史》：張晶，長春：東北師範大學出版社，1994年。
4.《金元明清詩詞理論史》：丁放，合肥：安徽大學出版社，2000年。
5.《金代文學研究》：胡傳志，合肥：安徽大學出版社，2000年。
6.《金代文學研究》：周惠泉，臺北：文津出版社有限公司，2000年。
7.《金元詞通論》：陶然，上海：上海古籍出版社，2001年。
8.《中國詩學研究第3輯·遼金詩研究專輯》：胡傳志主編，上海：上海古籍出版社，2004年。
9.《遼金元文學論稿》：張晶，北京：北京廣播學院出版社，2004年。
10.《金代文學家年譜》：王慶生編著，南京：鳳凰出版社，2005年。
11.《中國古代文學通論（遼金元卷）》：傅璇琮、蔣寅總主編；張晶分卷主編，瀋陽：遼寧人民出版社，2005年。
12.《金代漢族士人研究》：王德朋著，北京：中國社會科學出版社，2006年。
13.《中國文學批評通史——宋金元卷》：顧易生、蔣凡、劉明今著，上海：上海古籍出版社，2007年。
14.《金代散文研究》：王永，北京：中國社會科學出版社，2011年。
15.《中國散文通史·宋金元卷》：李眞瑜、田南池、房春草著，合肥：安徽教育出版社，2013年。
16.《金代文學編年史》：王慶生編著，北京：中華書局，2013年。

### （二）金代詩人專著、總集

1.《中州集》：金·元好問編、（明）毛晉刊，臺北：臺灣商務印書館股份有限公司，1973年。
2.《歸潛志》：金·劉祁撰、崔文印點校，北京：中華書局，1983年。

3.《拙軒集．附詞》：金．王寂撰，收錄於《叢書集成初編》，北京：中華書局，1985 年。
4.《滹南遺老集．附續詩集》：金．王若虛撰，收錄於《叢書集成初編》，北京：中華書局，1985 年。
5.《閑閑老人滏水文集．附續遺》：金．趙秉文撰，收錄於《叢書集成初編》，北京：中華書局，1985 年。
6.《金詩選》：清．顧奎光選輯、清．陶玉禾參評，本銀町（江户：宮商閣，1807 年。
7.《宋金三家詩選》：清．沈德潛輯、清．陳明善校，濟南：齊魯書社，1983 年。
8.《金文最》：清．張金吾編纂，北京：中華書局，1990 年。
9.《全金元詞》：唐圭璋編，北京：中華書局，1979 年。

（三）史書、方志類

1.《三國志集解》：晉．陳壽撰，王德毅、徐芹庭等斷句，臺北：新文豐出版有限股份公司，1975 年。
2.《新校本梁書附索引》：隋．姚察、唐．魏徵、唐．姚思廉同撰、楊家駱主編，臺北：鼎文書局，1986 年。
3.《新校本晉書並附編六種》：唐．房玄齡等撰、楊家駱主編，臺北：鼎文書局，1987 年。
4.《文獻通考》：宋．馬端臨撰，臺北：新興書局，1958 年。
5.《後漢書集解》：宋．范曄撰，王德毅、徐芹庭等斷句，臺北：新文豐出版有限股份公司，1975 年。
6.《新校本新唐書附索引》：宋．宋祁、歐陽脩等撰、楊家駱主編，臺北：鼎文書局，1976 年。
7.《三朝北盟會編》：宋．徐夢華撰，收於中國野史集成續編委員會、四川大學圖書館編，《中國野史集成．續編（42）》，成都：巴蜀書社，2000 年。
8.《新校本宋史並附編三種》：元．脫脫等撰、楊家駱主編，臺北：鼎文書局，1983 年。
9.《新校本金史並附編七種》：元．脫脫等撰、楊家駱主編，臺北：鼎文書局，1985 年。
10.《清朝續文獻通考》：清．劉錦澡撰，臺北：臺灣商務印書館股份有限公司，1987 年。
11.《清史稿》：清．趙爾巽、柯劭忞等撰、洪北江主編，臺北：洪氏出版社，1981 年。

12.《正德汝州志》：明．王雄修、承天貴纂，《天一閣藏明代方志選刊》，上海：上海古籍書店，1963 年，據明正德元年刻本影印本。
13.《新校本元史並附編二種》：明．宋濂等撰、楊家駱主編，臺北：鼎文書局，1995 年。
14.《河南省．內鄉縣志》：清．寶鼎望纂修，臺北：成文出版有限公司，1976 年。
15.《南陽縣志》：清．潘守廉修、張嘉謀纂，臺北：成文出版社有限公司，1986。
16.《春秋左氏傳》：楊伯峻編著，高雄：復文圖書出版社，1991 年。
17.《史記會注考證》：瀧川龜太郎著，高雄：麗文文化事業股份有限公司，2000 年。
18.《遼夏金原史徵．金朝卷》：齊木德道爾吉，呼和浩特：內蒙古大學出版社，2007 年。

## （四）詩話、詞話類及文學批評

1.《增訂文心雕龍集校合編》：梁．劉勰撰、林其錟、陳鳳金集校，上海：華東師範大學出版社，2011 年。
2.《詩體明辯》：明．徐師曾纂、明．沈芬、沈騏箋，臺北：廣文書局有限公司，1972 年。
3.《文體明辨序說》：明．徐師曾，臺北：長安出版社，1978 年。
4.《南濠詩話》：明．都穆著，《南濠詩話》，收於（清）鮑廷博輯，《知不足齋叢書（二）》，臺北：興中書局，1964 年。
5.《白雨齋詞話》：清．陳廷焯著，臺北：河洛圖書出版社，1978 年。
6.《石洲詩話》：清．翁方綱著，臺北：廣文書局有限公司，1980 年。
7.《詞則》：清．陳廷焯，上海：上海古籍出版社，1984 年。
8.《昭昧詹言》：清．方東樹撰，臺北：漢京文化事業有限公司，1985 年。
9.《甌北詩話》：清．趙翼撰，臺北：廣文書局有限公司，1991 年。
10.《原詩》：清．葉燮著、霍松林校注，北京：人民文學出版社，1998 年。
11.《藝概》：清．劉熙載撰，臺北：華正書局，1998 年。
12.《蕙風詞話》：清．況周頤著、王幼安校訂，北京：人民文學出版社，2008 年。
13.《清詩話續編》：郭紹虞主編，臺北：木鐸出版社，1983 年。
14.《宋元文學史稿》：吳組緗、沈天佑著，北京：北京大學出版社，1989 年。
15.《談藝錄》：錢鍾書著，臺北：書林出版股份有限公司，1988 年。

16.《鍾嶸詩品箋證稿》：王叔岷撰，臺北：中研院中國文哲研究所，1992 年。
17.《談藝錄導讀》：周振甫、冀勤著，臺北：洪葉文化事業有限公司，1995 年。
18.《人間詞話》：王國維著、徐調孚校注，臺北：頂淵文化事業有限公司，2001 年。
19.《中國文學批評史》：王運熙、顧易生主編，臺北：五南圖書出版股份有限公司，2005 年。
20.《詩詞例話》：周振甫著，南京：江蘇教育出版社，2006 年。
21.《人間詞話之審美觀》：蘇珊玉，臺北：里仁書局，2009 年。
22.《管錐編》：錢鍾書，北京：生活．讀書．新知三聯書店，2010 年。

## （五）美學類

1.《修辭析論》：董季常，臺北：益智書局，1981 年。
2.《美學》：俄．鮑列夫著，喬修業、常謝楓譯，北京：中國文聯出版公司，1986 年。
3.《文學的哲思》：曾昭旭，臺北：漢光文化事業股份有限公司，1986 年。
4.《接受美學與接受理論》：H．R．姚斯、R．C．霍拉勃著，周寧、金元浦譯，瀋陽：遼寧人民出版社，1987 年。
5.《由山水到宮體——南朝的唯美詩風》：王力堅著，臺北：臺灣商務印書館，1997 年。
6.《中國文學接受史》：尚學鋒等著，濟南：山東教育出版社，2005 年。
7.《影響的焦慮——一種詩歌理論》：（美）哈羅德．布魯姆、徐文博譯，南京：江蘇教育出版社，2006 年。
8.《修辭學》：黃慶萱，臺北：三民書局，2007 年。
9.《實用修辭學》：黃麗貞，臺北：國家出版社，2007 年。
10.《文學美學與接受研究》：陳文忠，合肥：安徽人民出版社，2008 年。
11.《中國古典美學》：曾祖蔭著，武漢：華中師範大學出版社 2008 年。
12.《美學與意境》：宗白華，北京：人民出版社，2009 年。
13.《人間詞話之審美觀》：蘇珊玉，臺北：里仁書局，2009 年。
14.《接受詩學》：周聖弘，北京：中國傳媒大學出版社，2011 年。
15.《中國審美文學命題研究》：詹杭倫，香港：香港大學出版社，2011 年。
16.《中國古代接受詩學史》：鄧新華，上海：上海人民出版社，2012 年。
17.《中國文學的眞實觀念》：姜飛著，臺北：秀威資訊科技股份有限公司，2014 年。

### （六）其他

1.《荀子》：戰國．荀況原著、蔣南華、羅書勤、楊寒清譯注，臺北：臺灣古籍出版社，1996 年。
2.《陶淵明集校箋》：晉．陶潛著、楊勇校箋，上海：上海古籍出版社，2007 年。
3.《禪月集》：五代．釋貫休，臺北：臺灣學生書局，1975 年。
4.《韓昌黎詩繫年集釋》：唐．韓愈著、錢仲聯集釋，上海：上海古籍出版社，1984 年。
5.《盧仝集》：唐．盧仝，收於《叢書集成初編》，北京：中華書局，1985 年。
6.《蘇轍集》：宋．蘇轍著、陳宏天、高秀芳點校，北京：中華書局，1990 年。
7.《太極圖．通書全譯》：宋．周敦頤原著、李申譯註，成都：巴蜀書社 1999 年。
8.《楚辭補注》：宋．洪興祖撰，臺北：天工書局，2000 年。
9.《范石湖集》：宋．范成大著、富壽蓀標校，上海：上海古籍出版社，2006 年。
10.《全唐文》：清．董誥等編，上海：上海古籍出版社，1990 年。
11.《四庫全書總目提要》：清．永瑢、紀昀等撰，臺北：臺灣商務印書館股份有限公司，1983 年。
12.《景印文淵閣四庫全書》：清．永瑢、紀昀等纂修，臺北：臺灣商務印書館股份有限公司，1986 年。
13.《元詩選癸集》：清．顧嗣立修撰、清．席世臣增補，收於遼金元傳記資料叢刊影印室編著，《遼金元傳記資料叢刊（第二十冊）》，北京：北京圖書館出版社，2006 年。
14.《中國哲學史新編》：馮友蘭，北京：人民出版社，1982 年。
15.《清史列傳》：清國史館原編，收於周駿富輯，《清代傳記叢刊》，臺北：明文書局，1985 年。
16.《〈論語〉譯注》：楊伯峻，臺北：華正書局有限公司，1988 年。
17.《中國古代文體概論》：褚斌杰，北京：北京大學出版社，1992 年。
18.《世說新語箋疏》：余嘉錫編撰，臺北：華正書局有限公司，1993 年。
19.《江西府縣志輯》：中國地方志集成，南京：江蘇古籍出版社，1996 年。
20.《甫里先生文集》：宋景昌、王立群點校，河南：河南大學出版社，1996 年。

21.《宋代詩學通論》：周裕鍇著，四川：巴蜀書社出版，1997 年。
22.《詞匯》：王寧、鄒曉麗主編；趙學清、鄭振峰、萬藝玲著，香港：海峰出版社 1998 年。
23.《程千帆全集》：程千帆著，石家莊：河北教育出版社，2001 年。
24.《唐宋詞選注》：張夢機、張子良編著，臺北：華正書局有限公司，2002 年。
25.《續修四庫全書》：續修四庫全書編纂委員會編，上海：上海古籍出版社，2002 年。
26.《新編中國哲學史》：勞思光，臺北：三民書局股份有限公司，2002 年。
27.《宋詞與唐詩之對應研究》：王偉勇，臺北：文史哲出版社，2003 年。
28.《中國思想史》：韋政通著，臺北：水牛出版社，2003 年。
29.《七綴集》：錢鍾書，北京：生活・讀書・新知三聯書店，2004 年。
30.《宋集珍本叢刊》：四川大學古籍所編，北京：線裝書局，2004 年。
31.《文津閣四庫全書》：商務印書館四庫全書出版工作委員會編，北京：商務印書館，2005 年。
32.《新譯古文辭類纂》：黃鈞、彭丙成、葉幼明、劉上生、饒東原注譯，臺北：三民書局股份有限公司，2006 年。
33.《四部文明：隋唐文明卷》：文懷沙主編，西安：陝西人民出版社，2007 年。
34.《唐代和詩研究》：陳鍾琇，臺北：秀威資訊科技股份有限公司，2008 年。
35.《中國古代文學主題學思想研究》：王立，天津：天津教育出版社，2008 年。
36.《續丹徒縣志》：收於鳳凰出版社編選，《中國地方志集成・江蘇府縣志輯》，南京：鳳凰出版社，2008 年。
37.《清代詩文集彙編》：《清代詩文集彙編》編纂委員會編，上海：上海古籍出版社，2010 年。
38.《集句詩嬗變研究》：張明華、李曉梨著，北京：中國社會科學出版社，2011 年。
39.《中國詩歌傳統及文本研究》：陳致主編，北京：中華書局，2013 年。

## 四、學位論文

### （一）臺灣

1.《元好問論詩絕句三十首箋證》：何三本，輔仁大學中國文學系研究所碩士論文，1969 年。

2.《元遺山詩研究》：吳美玉，臺灣大學中國文學系研究所碩士論文，1973年。
3.《元遺山詩學研究》：陳石慶，輔仁大學中國文學研究所碩士論文，1977年。
4.《元遺山詩析論》：陳志光，臺灣師範大學中國文學研究所碩士論文，1988年。
5.《遺山樂府析論》：鍾屏蘭，高雄師範大學中國文學研究所碩士論文，1991年。
6.《元好問及其學術研究》：鍾屏蘭，高雄師範大學國文學系博士論文，1997年。
7.《況周頤《蕙風詞話》研究》：林千詩，高雄師範大學國文學系碩士論文，1999年。
8.《金源詩人元好問（元遺山詩集）用韻考》：楊台福，彰化師範大學國文學系在職進修專班碩士論文，2002年。
9.《翁方綱肌理說研究》：楊淑玲，國立成功大學中國文學研究所碩士論文，2002年。
10.《元好問別離詩研究》：薛麗萍，臺北市立師範學院應用語言文學研究所碩士論文，2003年。
11.《李重華《貞一齋詩說》研究》：盧鴻志，臺北市立師範學院應用語言文學研究所碩士論文，2004年。
12.《金詞「吳蔡體」研究》：柯正容，成功大學中國文學系碩士論文，2006年。
13.《史筆摧殘的文學場域——元好問《中州集》詩史辯證之研究》：呂玨音，暨南國際大學中國語文學系碩士論文，2006年。
14.《元好問亡國後詞作研究》：楊詔閑，高雄師範大學國文學系碩士論文，2008年。
15.《元好問詩詞用韻之研究》：任育萱，彰化師範大學國文學系碩士論文，2009年。
16.《元好問杏花詩研究》：呂素珠，玄奘大學中國語文學系碩士在職專班碩士論文，2010年。
17.《元好問《續夷堅志》研究》：廖羿鈞，國立雲林科技大學漢學資料整理研究所碩士學位論文，2011年。

## （二）大陸

1.《遺山詞研究》：趙永源，南京師範大學博士論文，2006年。

2.《蘇軾唱和詩》：徐宇春，陝西師範大學中國古代文學博士論文，2006 年。
3.《元好問碑志文研究》：喬芳，揚州大學碩士論文，2007 年。
4.《元好問研究三題》：馬詩凱，中央民族大學歷史系碩士論文，2007 年。
5.《遺山樂府與宋詞關係》：黃春梅，暨南大學碩士學位論文，2008 年。
6.《元好問〈論詩絕句三十首〉異解輯辯》：郭學敏，東北師範大學碩士論文，2008 年。
7.《元好問歸隱時期詞作研究》：陳巍，延邊大學人文學院碩士論文，2008 年。
8.《北宋之後：元好問與中國詩歌傳統》：顏慶餘，復旦大學博士論文，2008 年。
9.《元好問唐詩學研究》：孫達，河南大學博士論文，2009 年。
10.《都穆考論》：王珍珠，蘇州大學碩士學位論文，2009 年。
11.《元好問詩歌的接受與傳播研究》：張靜，南京師範大學博士論文，2010 年。
12.《元好問詩對北宋詩學的繼承與發展》：王會婷，南京師範大學碩士學位論文，2010 年。
13.《遺山詞研究三題》：華東方，廣西師範學院碩士學位論文，2010 年。
14.《元好問山水詩研究》：張紅雲，安徽大學碩士論文，2010 年。
15.《元好問在歷史文獻學上的成就》：李瑞，安徽大學碩士論文，2011 年。
16.《翁方綱詩學研究》：唐芸芸，中國社會科學院研究生院博士學位論文，2011 年。


## 五、期刊論文

### （一）臺灣


1.〈金元之際元好問對於保全中原傳統文化的貢獻〉：姚從吾，《大陸雜誌》第 26 卷第 6 期，1963 年，頁 69～80。
2.〈元好問論詩絕句三十首箋證〉：何三本，《中華文化復興月刊》，第 7 卷第 3 期、第 4 期，1974 年，頁 21～30、41～52。
3.〈惻隱、自由與慈悲：元好問哲思探幽〉：王煜，《哲學與文化》第 19 卷第 8 期，1992 年，頁 716～736。
4.〈元好問及其《論詩三十首》〉：李建崑，《文史學報》第 23 期，1993 年，頁 43～61。
5.〈《續夷堅志》探析〉：鍾屏蘭，《屏東師院學報》第 11 期，1998 年，頁 213～232。

6.〈元好問《論詩三十首》詩觀論析〉：楊松年，《佛光人文社會學刊》第 2 期，2002 年，頁 77～102。
7.〈論韓愈〈聽穎師彈琴〉引發的「聽琴」與「聽琵琶」之爭及其內涵〉：高愼濤、翟敏，《逢甲人文社會學報》第 13 期，2006 年，頁 95～106。
8.〈出門一笑大江橫——元好問論詩三十首的文學解讀：以羅曼・英加登的理論爲中心的探討〉：周益忠，《彰化師大國文學誌》第 21 期，2010 年，頁 1～41。
9.〈記憶編織與國家印記：《遺山樂府》之身世書寫〉：李德偉，《東海中文學報》，2010 年，頁 53～76。
10.〈元好問杜詩學探析〉：徐國能，《清華中文學報》第 7 期，2012 年，頁 189～234。
11.〈「碑」「銘」作爲文學類型之美感特質（I）〉：柯慶明，《清華中文學報》第 9 期，2013 年，頁 47～79。

## （二）大陸

1.〈元遺山散文之探討〉：祝劍韜，《新埔學報》第 9 期，1984 年，頁 1～49。
2.〈遺山詩對李杜蘇黃繼承之例析〉：降大任，《名作欣賞》第 5 期，1986 年，頁 32～36。
3.〈新發現的元曲家杜仁傑史料〉：周郢，《中國典籍與文化》第 4 期，2004 年，頁 85～91。
4.〈20 世紀以來的元好問研究〉：狄寶心，《中國古代、近代文學研究》第 6 期，2005 年，頁 167～173。
5.〈乞靈白少傅 佳句倘能新——試論元好問對白居易的接受〉：陸巖軍，《重慶郵電大學學報（社會科學版）》第 19 卷第 3 期，2007 年，頁 104～108。
6.〈元好問的杜詩學〉：赫蘭國，《重慶郵電大學學報（社會科學版）》第 19 卷第 3 期，2007 年，頁 104～108。
7.〈再論杜甫詩歌對遺山詞風的影響〉：趙永源，《江蘇大學學報（社會科學版）》第 11 卷第 2 期 2009 年，頁 32～36。
8.〈元好問《論詩三十首》疏鑿〉：曹千里，《金陵科技學院學報（社會科學版）》第 24 卷第 2 期，2010 年，頁 32～35。
9.〈元好問論詩絕句闡釋熱點舉隅——以女郎詩、詩囚、心畫心聲爲例〉：張靜，《閱江學刊》第 5 期，2012 年，頁 137～142。
10.〈元好問對辛棄疾其人其詞的接受和學習〉：劉揚忠，《忻州師範學院學報》第 28 卷第 3 期，2012 年，頁 1～5。
11.〈元好問的成就與地位〉：狄寶心，《忻州師範學院學報》第 29 卷第 1 期，2013 年，頁 1～3。

12.〈元好問對蘇軾詞的接受〉：李世忠，《貴州文史叢刊》第 2 期，2013 年，頁 93～98。
13.〈遺山詞融化唐詩發微〉：趙永源，《南京師範大學文學院學報》第 3 期，2013 年，頁 34～38。
14.〈元好問的文化立場及詞學思想〉：于東欣，《社會科學輯刊》第 3 期，2014 年，頁 182～188。
15.〈元好問對蘇軾詩歌的繼承與發展〉：孫曉星，《樂山師範學院學報》第 29 卷第 6 期，2014 年，頁 5～10。

# 附　錄

## 一、金元紀年簡表

| 朝代 | 名號 | 姓名 | 在位年號始末 | 在位干支始末 | 西元始末 |
|---|---|---|---|---|---|
| 金代 | 太祖 | 完顏旻（本名阿骨打） | 收國 | 乙未～丙申 | 1115～1116 |
| | 太宗 | 完顏晟 | 天輔 | 丁酉～壬寅 | 1117～1123 |
| | | | 天會 | 癸卯～甲寅 | 1123～1134 |
| | 熙宗 | 完顏亶 | 天會 | 乙卯～丁巳 | 1135～1137 |
| | 熙宗<br>海陵王 | 完顏亶<br>完顏亮 | 天眷 | 戊午～庚申 | 1138～1141 |
| | | | 皇統 | 辛酉～戊辰 | 1141～1149 |
| | | | 天德 | 己巳～壬申 | 1149～1153 |
| | 海陵王<br>世宗 | 完顏亮<br>完顏雍 | 貞元 | 癸酉～乙亥 | 1153～1156 |
| | | | 正隆 | 丙子～庚辰 | 1156～1161 |
| | | | 大定 | 辛巳～己酉 | 1161～1189 |
| | 章宗 | 完顏璟 | 明昌 | 庚戌～乙卯 | 1190～1196 |
| | 章宗<br>衛紹王 | 完顏璟<br>完顏永濟 | 承安 | 丙辰～庚申 | 1196～1200 |
| | | | 泰和 | 辛酉～戊辰 | 1201～1208 |
| | | | 大安 | 己巳～辛未 | 1209～1211 |
| | 衛紹王<br>宣宗 | 完顏永濟<br>完顏珣 | 崇慶 | 壬申 | 1212 |
| | | | 至寧 | 癸酉 | 1213 |

| 朝代 | 名號 | 姓名 | 在位年號始末 | 在位干支始末 | 西元始末 |
|---|---|---|---|---|---|
| 金代 | | | 貞祐 | 癸酉～丙子 | 1213～1217 |
| | 宣宗<br>哀宗 | 完顏珣<br>完顏守緒 | 興定 | 丁醜～辛巳 | 1217～1222 |
| | | | 元光 | 壬午～癸未 | 1222～1223 |
| | | | 正大 | 甲申～辛卯 | 1224～1232 |
| | 哀宗<br>末帝 | 完顏守緒<br>完顏承麟 | 開興 | 壬辰 | 1232 |
| | | | 天興 | 壬辰～癸巳 | 1232～1233 |
| | | | 天興 | 甲午 | 1234 |
| 元代 | 太祖 | 孛兒只斤鐵木眞<br>（成吉思汗） | | 丙寅～丁亥 | 1206～1227 |
| | 睿宗<br>監國 | 拖雷 | | 戊子～己醜 | 1228～1229 |
| | 太宗 | 孛兒只斤窩闊台 | | 己醜～辛醜 | 1229～1241 |
| | 稱制 | 乃馬眞後 | | 壬寅～乙巳 | 1242～1245 |
| | 定宗 | 孛兒只斤貴由 | | 丙午～戊申 | 1246～1248 |
| | 稱制 | 海迷失後 | | 戊申～庚戌 | 1248～1250 |
| | 憲宗 | 孛兒只斤蒙哥 | | 辛亥～己未 | 1251～1259 |
| | 世祖 | 孛兒只斤忽必烈 | 中統 | 庚申～癸亥 | 1260～1263 |
| | | | 至元 | 甲子～甲午 | 1264～1271 |

（本表元代紀年止於元世祖，因 1271 年忽必烈定國號爲元。）

## 二、元好問生平簡表

| 皇帝 | 年號 | 干支 | 西元 | 年齡 | 重要經歷 |
|---|---|---|---|---|---|
| 金章宗 | 明昌元年 | 庚戌 | 1190 | 一歲 | 忻州秀容韓巖村人，七月初八生。其父元德明，其母河南郡王氏。長兄元好謙，仲兄元好古，死於元兵屠城。元好問出繼叔父隴城君元格、嗣母張氏。 |
| | 承安元年 | 丙辰 | 1196 | 七歲 | 七歲入小學。能詩，人稱神童。 |
| | 泰和三年 | 癸亥 | 1203 | 十四歲 | 隨父格在陵川，從學郝天挺 |
| | 泰和五年 | 乙丑 | 1205 | 十六歲 | 首作雁丘詞。 |
| | 泰和七年 | 丁卯 | 1207 | 十八歲 | 十八歲始歸鄉里。元格教以民政。娶張氏。 |
| 金宣宗 | 貞祐二年 | 甲戌 | 1214 | 二十五歲 | 蒙古軍圍燕京。五月，自燕京遷都汴京。亂後，避兵至汴京。兄元敏之死於屠城之禍，老師郝天挺曾上書南渡。 |
| | 貞祐四年 | 丙子 | 1216 | 二十七歲 | 二月蒙古圍太原。〈故物譜〉說藏書壁間得以存。夏五月，奉母移居河南三鄉。十月，蒙古軍破潼關入河南，避兵女幾山之三潭。 |
| | 興定元年 | 丁醜 | 1217 | 二十八歲 | 四月金以宋歲幣不至，遂南侵。自此宋金連年交兵。至汴京以詩文謁見趙秉文，永寧範使君園亭宴集。赴秋試不中（十六歲、十九歲、二十歲、二十三歲、二十六歲、二十八歲六試未終及第）。冬家居三鄉，作〈論詩絕句〉三十首等。十一月恩師郝天挺卒。 |
| | 興定二年 | 戊寅 | 1218 | 二十九歲 | 自三鄉移居河南登封〈嵩山之南〉又在昆陽〈今河南葉縣〉置田。 |
| | 興定四年 | 庚辰 | 1220 | 三十一歲 | 八月至汴京，遊西園。秋試前夕參與汴京狀元樓宴集。與劉從益交、李純甫交，作詩互贈，並拜訪王若虛。送雷淵赴彭城移刺瑗幕府。 |

| 皇帝 | 年號 | 干支 | 西元 | 年齡 | 重要經歷 |
|---|---|---|---|---|---|
| 金宣宗 | 興定五年 | 辛巳 | 1221 | 三十二歲 | 正月在汴京參加省試。三月廷試及第。及第後不就選，因師仲安攻擊毀謗趙秉文之事，當時省試座主為趙秉文，以濫放進士故，被官削兩階而致仕。在汴京與麻九疇交遊。與楊叔能同見趙秉文與楊雲翼。與楊奐交，與李欽叔同遊孟津、汜水。寫〈寫眞自贊〉、〈繼愚軒和黨承旨雪詩四首〉 |
| 金哀宗 | 正大元年 | 甲申 | 1224 | 三十五歲 | 五月，應宏詞科合格，作露布、行引、頌、箴。夏歸嵩山，旋召入史館為編修官。從京中文人游。在史館與李欽叔、欽用飲；與李汾在史館作詩唱和。十月與趙秉文、雷淵等赴遇仙樓酒家賞花。與完顏璹交。 |
| | 正大二年 | 乙酉 | 1225 | 三十六歲 | 春，奉命赴鄭州見賈益謙，訪先朝遺事，賈益謙暴露金朝內部鬥爭。後與雷淵、李欽叔、麻九疇等遊隆德故宮，與欽叔、京甫市飲。初識杜仁傑於汴京。夏作〈吏部掾屬題名記〉、〈警巡院廨署記〉評官署簡陋情形，辭史院職，歸登封。閑居嵩山編杜詩學，秋至襄城田宅，作〈飲酒〉五首。至陽翟作〈後飲酒〉五首。 |
| | 正大三年 | 丙戌 | 1226 | 三十七歲 | 夏被征從軍方城完顏斜烈幕府。秋隨完顏斜烈打獵。後返嵩山。 |
| | 正大四年 | 丁亥 | 1227 | 三十八歲 | 夏五月初任河南內鄉縣令，率父老至長慶泉祈雨。張仲經、杜仲梁、麻信之、劉光甫等攜家來內鄉，設宴款待。與麻、張、杜賦詩，約定校《笠澤叢書》。 |
| | 正大五年 | 戊子 | 1228 | 三十九歲 | 正月至內鄉西城眺望，關心農事。在秋林夏館山，營建別業。丁母憂，罷內鄉任。十月出居內鄉縣東南白鹿原，結茅菊水之上，為長壽新居。 |

| 皇帝 | 年號 | 干支 | 西元 | 年齡 | 重要經歷 |
| --- | --- | --- | --- | --- | --- |
| 金哀宗 | 正大六年 | 己醜 | 1229 | 四十歲 | 服母喪，閒居內鄉白鹿原。長子阿千生。閒居白鹿原，著〈東坡詩雅引〉。代任鎮平令。 |
| | 正大七年 | 庚寅 | 1230 | 四十一歲 | 正月在鎮平作詩寄姪孫伯安。罷鎮平任，心情不如意，歸秋林。清明節應鄧州帥移刺瑗之邀，赴任幕僚。後辭歸家。 |
| | 正大八年 | 辛卯 | 1231 | 四十二歲 | 四月，已爲南陽縣令。七月奉農司檄按秦陽陂田，作〈宛丘嘆〉。夫人張氏病卒葬南陽。八月，赴汴京，任尚書都省掾。 |
| | 天興元年 | 壬辰 | 1232 | 四十三歲 | 三月，蒙古軍圍汴京。爲東曹掾，與馮延登、劉光甫約纂《中州集》。四月蒙古兵退。十二月聞皇帝車駕將東狩，薦寫國史隨之。是年，續取毛氏夫人。是年，完顏良佐戰死、三女阿秀卒、完顏璹卒、趙秉文卒、李汾被殺、王渥卒、李獻能卒、麻九疇卒。 |
| | 天興二年 | 癸巳 | 1233 | 四十四歲 | 正月二十一、二日。以左司都事領講議兼看讀陳言文字向二相白事。正月二十三日，崔立兵變。被崔立任命爲左右司員外郎。二月爲聶元吉及其女撰墓誌銘，不贊成兵變。四月，金朝守將崔立以汴京降蒙古，受〈功德碑〉事件牽連。四月兩宮北遷後，曾至汴故宮。寫〈俳體雪香亭雜詠十五首〉、〈雜著四首〉。四月二十二日上書耶律楚材，勸諫養天下名士。四月二十九日以亡金故官被羈至青城。五月三日蒙古軍拘管自青城北渡黃河至山東聊城。十月二十二日作〈中州集序〉。 |

| 皇帝 | 年號 | 干支 | 西元 | 年齡 | 重要經歷 |
| --- | --- | --- | --- | --- | --- |
| 金哀宗 | 天興三年 | 甲午 | 1234 | 四十五歲 | 正月，蒙古與南宋聯軍陷蔡州。哀宗傳位給完顏承麟後自殺。金亡。夏四月二十一日，在聊城作〈校笠澤叢書後記〉，六月十六日爲全眞教作〈清眞觀記〉。秋，得東平萬戶嚴實資助，十月五日自編《遺山新樂府》成。作《南冠錄》。 |
| 蒙古太宗孛兒只斤窩闊臺 | 七年 | 乙未 | 1235 | 四十六歲 | 春天在聊城。三月移居山東冠縣，暫時租賃民屋。<br>冬在冠縣建新居成，作〈學東坡移居〉八首。 |
| | 八年 | 丙申 | 1236 | 四十七歲 | 夏秋間所建新屋被火焚，遂賃居危房暫居。八月二十二日作〈故物譜〉，九月初一作〈東坡樂府集選引〉。冬再建新居，〈戲題新居二十韻〉。 |
| | 十二年 | 庚子 | 1240 | 五十一歲 | 家居。春在鄉里，九月九日登讀書山，冬至東平爲東平幕府嚴實作碑文，因其子嚴忠濟曾資助出版元好問全集。 |
| 蒙古乃馬眞後 | 二年 | 癸卯 | 1243 | 五十四歲 | 秋，應耶律等之邀，赴燕京，途中遊北嶽恆山。過宏州謁曹珏、過懷安。八月爲耶律楚材父耶律履作〈神道碑〉。九月初九，與燕中諸名流遊瓊華故基。離燕京，出西南經蘆溝橋作〈出都〉詩，途中經涿州，十月至槀城拜王若虛墓。經過趙州，冬，歸忻州。 |
| 蒙古海迷失後 | 元年 | 己酉 | 1249 | 六十歲 | 八月楊叔能遣子來眞定求元好問作詩集序，〈楊叔能小亨集引〉。秋，《中州集》由趙振玉資助付梓。九月至燕都，十月自燕都還作〈木庵詩集序〉。十一月至燕都還，經過保州金置順天幕府張善柔。 |

| 皇帝 | 年號 | 干支 | 西元 | 年齡 | 重要經歷 |
| --- | --- | --- | --- | --- | --- |
| 蒙古憲宗孛兒只斤蒙哥 | 二年 | 壬子 | 1252 | 六十三歲 | 春夏間與張德輝覲見忽必烈。十月嚴忠濟遣人至眞定，請作碑銘。十月自眞定至東平。 |
| | 三年 | 癸卯 | 1253 | 六十四歲 | 春在東平。寒食節與東平諸友宴集鳳山靈泉。清明日爲宋子貞作〈鳩水集引〉春三月離東平，幕府諸公送至西湖。 |
| | 四年 | 甲寅 | 1254 | 六十五歲 | 十月望日爲張聖與作〈新軒樂府引〉，冬至日從張夢符之請，爲亡友作〈張仲經詩集序〉。 |
| | 七年 | 丁巳 | 1257 | 六十八歲 | 八月苗君瑞請作〈琴辨引〉。作〈如庵詩文序〉。九月四日，卒于獲鹿。 |

## 三、蘇軾生平簡表

| 皇帝 | 年號 | 干支 | 西元 | 年齡 | 重要經歷 |
| --- | --- | --- | --- | --- | --- |
| 宋仁宗 | 景祐三年 | 丙子 | 1036 | 一歲 | 四川眉州眉山人，十二月十九日生。其父蘇洵，其母程氏。長兄蘇景先與兩位長姊都早夭，有一妹妹蘇八娘十八歲卒，而弟弟蘇轍與兄常有詩文唱和，感情甚篤。 |
| | 慶曆三年 | 癸未 | 1043 | 八歲 | 入小學，師眉山道士張易簡，與陳太初同學。讀石介〈慶曆聖德詩〉，慕韓琦、范仲淹、富弼、歐陽脩爲人。 |
| | 慶曆五年 | 乙酉 | 1045 | 十歲 | 應父洵作〈夏侯太初論〉。母程式，親授蘇軾兄弟，以氣節勉勵二子。與程建用、楊堯咨、蘇轍作〈天雨聯句〉 |
| | 皇祐元年 | 己丑 | 1049 | 十四歲 | 蘇洵作〈名二子說〉，名軾及弟轍。 |
| | 皇祐二年 | 庚寅 | 1050 | 十五歲 | 往來田間。好書畫筆硯，嘗手抄經史，少知種松，接花果，讀醫藥書。嘗習琴。 |
| | 嘉祐元年 | 丙申 | 1056 | 二十一歲 | 三月，蘇洵帶領軾、轍，離家赴京師。五月抵京師，參加禮部秋試。後袁轂第一，蘇軾第二，子由亦中舉。 |
| | 嘉祐二年 | 丁酉 | 1057 | 二十二歲 | 應省試，歐陽脩得其〈刑賞忠厚之至論〉，乃取爲第二。復試《春秋》對義居第一。及殿試，中進士乙科。蘇轍亦中舉。四月母卒，奔喪歸蜀。 |
| | 嘉祐四年 | 1059 | 己亥 | 二十四歲 | 十月，還朝。蘇氏父子三人由眉山登舟，出三峽，抵江陵，父子三人彙詩文百篇爲〈南行前集〉，歲暮抵荊州。王弗隨行，長子蘇邁生於是年。 |

| 皇帝 | 年 號 | 干支 | 西元 | 年 齡 | 重要經歷 |
|---|---|---|---|---|---|
| 宋仁宗 | 嘉祐六年 | 辛丑 | 1061 | 二十六歲 | 八月，蘇軾、蘇轍與王介應賢良方正直言極諫策問。蘇軾所對入第三等，王介第四等，蘇轍第四等次。蘇軾授大理評事、簽書鳳翔府節度判官。十一月赴鳳翔，子由送至鄭州。十二月十四日到任。 |
| 宋英宗 | 治平元年 | 甲辰 | 1064 | 二十九歲 | 十二月十七日，罷簽判作，常與董傳論杜詩。自鳳翔赴長安，訪石蒼舒。始識文同，王弗戒蘇軾愼於行事與交遊。 |
| | 治平二年 | 乙巳 | 1065 | 三十歲 | 二月判召試秘閣，及試二論，皆入三等，得直史館。五月二十八日，妻王弗病卒於京師，年二十七。 |
| | 治平三年 | 丙午 | 1066 | 三十一歲 | 春，直史館。四月二十五日，父蘇洵病逝於京師，年五十八，命蘇軾完成易傳。六月，特贈蘇洵光祿寺丞，特命有司具舟載其喪歸蜀。蘇軾奉父遺命葬妻王弗於母墓側。 |
| | 治平四年 | 丁未 | 1067 | 三十二歲 | 在家居喪。十月壬申，合葬父於眉州彭山安鎭可龍里——蟆頤山東二十餘里老翁泉側，母程氏同葬。稱東塋。手植青松 |
| 宋神宗 | 熙寧元年 | 戊申 | 1068 | 三十三歲 | 除服居家。娶王介幼女王潤之字季章爲妻，王年二十一，系王弗堂妹。十月，蔡褒送行，手種荔樹以期歸，十二月，蘇軾與子由還朝，攜家經由成都，自閬中至鳳翔，過長安至京師。 |
| | 熙寧二年 | 戊申 | 1069 | 三十四歲 | 二月，王安石爲參知政事，蘇軾以殿中丞、直史館授官告院，兼告尙書祠部。四月詔議更改學校貢舉之法。五月，神宗欲以蘇軾中書條例，王安石以爲不宜輕用。七月，〈英宗實錄〉完成， |

| 皇帝 | 年號 | 干支 | 西元 | 年齡 | 重要經歷 |
| --- | --- | --- | --- | --- | --- |
| 宋神宗 | | | | | 書出於王安石之手，蘇軾嘗讚之。八月，蘇轍、蘇軾言均輸法。十二月，上書極論新法不便，凡七千餘言，作〈議諫買浙燈狀〉、〈上神宗皇帝書〉。蘇軾嘗與歐陽脩論《新五代史》。 |
| | 熙寧三年 | 庚戌 | 1070 | 三十五歲 | 五月，二子蘇迨生。八月，侍御史知雜事謝景溫劾奏蘇軾居喪服除，往復買販，妄冒差借兵卒，窮治無所得。蘇軾不敢自明，乞補外。九月，書歐陽脩作〈六一居士傳〉。十二月，與宋敏求論杜詩。 |
| | 熙寧四年 | 辛亥 | 1071 | 三十六歲 | 六月，乞外補，蘇軾出通判杭州。<br>夏末秋初出都，過陳州，會子由，次韻張方平讀杜詩。文同寄詩，以莫吟詩爲勸。九月，子由送兄至潁州，兄弟二人同謁歐陽脩於私第，陪脩宴西湖，潁州別弟。十一月二十八日到杭州通判任。 |
| | 熙寧五年 | 壬子 | 1072 | 三十七歲 | 杭州通判任。<br>四月，王季章生幼子過。七月，歐陽脩卒，哭於孤山惠勤之室。十一月，因差往湖州，寄詩孫覺首次提及黃庭堅，張醇之嘗勸蘇軾戒言語。除夕，直都廳，題壁感嘆鹽犯過多。晁補之見蘇軾，作〈七述〉述蘇軾之意。 |
| | 熙寧六年 | 癸丑 | 1073 | 三十八歲 | 在杭州通判任。<br>三月知州陳襄修浚西湖六井，蘇軾同擘畫。十一月，赴常潤蘇秀賑饑。 |
| | 熙寧七年 | 甲寅 | 1074 | 三十九歲 | 杭州通判任。<br>八月，以捕蝗至臨安，重過海會寺，至於潛浮雲嶺，懷蘇轍，作 |

| 皇帝 | 年 號 | 干支 | 西元 | 年 齡 | 重要經歷 |
| --- | --- | --- | --- | --- | --- |
| 宋神宗 | | | | | 詩以蝗災憂。九月，移知密州，吏民惜去，朝雲十二歲，入蘇軾家。在杭州，有人刻蘇軾杭州所作為《錢塘集》。九月蘇軾離杭，在高郵，晤孫覺，讀秦觀詩詞，盛讚之。十二月三日到密州任。上丞相韓絳書，首陳蝗災宜量捐秋稅貸與倚閣青苗錢，論方田均稅之患，論手實法害民，論免役法應用五等古法。上奏狀，論河北、京東盜賊。田均稅之患，論手實法害民，論免役法應用五等古法。上奏狀，論河北、京東盜賊。 |
| | 熙寧八年 | 乙卯 | 1075 | 四十歲 | 在密州太守任。<br>四月，旱蝗相繼，五月復旱，祈禱於常山。六月，祭常山回城，與梅戶曹會獵於鐵溝。<br>十一月，修葺所居園北臺而新之，蘇轍名之曰超然，作超然臺。 |
| | 熙寧九年 | 丙辰 | 1076 | 四十一歲 | 在密州太守任。<br>三月三日，自書〈超然臺記〉。四月，文與可寄〈超然臺賦〉，蘇軾書其後，鮮于侁、張耒亦作〈超然臺賦〉，司馬光嘗寄題超然臺詩。密州快哉亭成，文同及蘇轍賦詩。十二月上旬，孔宗翰來代，詔命蘇軾以祠部員外郎直史館移知河中府。在密州常用土米作酒。離密州，密人為像於城西彭氏之圃，歲時拜謁。 |
| | 熙寧十年 | 丁巳 | 1077 | 四十二歲 | 改知徐州。<br>四月，乘舟沿汴赴任，與子由過南都，謁張方平於樂全堂。二十一日到徐州任。子由相從百餘日，過中秋而去。高麗使者曾過杭州，求市蘇軾之集以歸。七 |

| 皇帝 | 年 號 | 干支 | 西元 | 年 齡 | 重要經歷 |
|---|---|---|---|---|---|
| 宋神宗 | | | | | 月，黃河潰決，洪水圍徐州，城將敗，蘇軾履屨杖策，親入武衛營，呼其卒長盡力救城，築堤。十五日中秋，和蘇轍〈水調歌頭〉。十月五日黃河水漸退。蘇軾勸禁卒盡力，築長堤。十三日，河復故道，卒完城以聞，喜作詩。《眉山集》問世。 |
| | 元豐二年 | 己未 | 1079 | 四十四歲 | 徐州太守任。<br>七月，御史中丞李定言蘇軾「罪有四可廢」，御史舒亶言蘇軾近上謝表，頗有譏切時事之言。並蘇軾印上行詩三卷。御史何正臣亦言蘇軾愚弄朝廷，妄自尊大。詔知諫院張璪、御史中丞李定推治以聞。二十八日，中使皇甫遵到湖州勾攝蘇軾來御史臺。罷湖州。御史中丞李定、監察御史舒亶、監察御史裡行何正臣言蘇軾謗訕朝廷。蘇軾就逮，與妻子訣別，留書與弟轍。八月十八日，蘇軾被押赴臺獄勘問。張方平、范鎮上疏救蘇軾，子由乞納在身官職贖兄子罪。吳充、章惇、王安上等營救。十二月二十九日，獲釋出獄，責授檢校水部員外郎黃州團練副使，本州安置，不得簽書公事。 |
| | 元豐四年 | 辛酉 | 1081 | 四十六歲 | 謫居黃州。<br>四月八日，程氏忌日。完成父親遺志〈易傳〉、〈論語說〉。五月，故人馬正卿哀蘇軾乏食，為請郡中故營地數十畝，使得躬耕其中，地名東坡，自是始號東坡居士。八月，書陶潛〈酬劉柴桑〉詩後；十六日，書陶潛詩二首；二十二日，書〈集歸去來辭〉六首。 |

| 皇帝 | 年號 | 干支 | 西元 | 年齡 | 重要經歷 |
| --- | --- | --- | --- | --- | --- |
| 宋神宗 | 元豐五年 | 壬戌 | 1082 | 四十七歲 | 謫居黃州。<br>二月，於東坡築雪堂，自書「書坡雪堂」以榜之，問大冶長老乞桃花茶栽東坡。自號東坡居士。<br>在〈復李昭玘書〉，以先得黃庭堅、晁補之、秦觀、張耒爲樂，首次提及四人。三月三日，與客飲酒，書陶潛〈飲酒〉詩後。七月十六日，與客泛舟赤壁，題〈前赤壁賦〉。十月十五日，寫〈後赤壁賦〉。 |
| | 元豐六年 | 癸亥 | 1083 | 四十八歲 | 謫居黃州。<br>四月十一日，曾鞏卒，紛傳蘇軾卒。九月二十日，二十七日，蘇遯生，作詩。十月十二日夜過承天寺，訪張夢得。十一月一日，張夢得築快哉亭，蘇轍作〈黃州快哉亭記〉、蘇軾作詞。自聞滕元發解印入朝自黃州到黃陂然後歸黃州期間，嘗簡元發，戒勿舊事重提而議論新法。 |
| | 元豐七年 | 甲子 | 1084 | 四十九歲 | 居黃州。正月，二十五日，神宗手札蘇軾移汝州團練副使，本州安置。三月移汝州告下，蘇軾移汝州團練副使，本州安置，不得簽書公事。蘇軾在黃州，程頤曾在《遺書・賢良》斥之放肆。四月一日自黃州移汝，二十四日宿圓通禪寺，遊廬山，在廬山佛印來簡約同遊。至筠州，與子由共過端午節。離別蘇轍以愼於口舌相戒。 |
| | 元豐八年 | 乙丑 | 1085 | 五十歲 | 三月五日，神宗崩，六日蘇軾在南都聞神宗崩，遺制成服。五月六日詔責授汝州團練副使，本州安置蘇軾復朝奉郎、知登州。六月二十六日，司馬光荐舉蘇軾、蘇轍兄弟。本月誥命復朝奉郎起 |

| 皇帝 | 年號 | 干支 | 西元 | 年齡 | 重要經歷 |
| --- | --- | --- | --- | --- | --- |
| 宋神宗 | | | | | 知登州軍州事。九月，蘇軾以朝奉郎除禮部郎中。過密州、常山，父老相迎，過超然臺。自密州赴登州，父老迎於路，以爲政愛民如馬默者爲望。十月十五日到登州任。十月二十日，接誥命，以禮部郎中召回。至鄆州，與范純粹論給田募役事，十二月到京。十二月初，上狀議登州水軍，乞罷登、萊榷鹽。上旬末抵京師，就禮部郎中任。時司馬光與章惇不合，蘇軾勸惇尊重光，章惇嘗言神宗晚年患文章不足用，欲復辭賦取士之法。蘇軾草〈論給田募役狀〉與司馬光論役法，以爲免役法可去其弊而不變其法，並論給田募役法便民。司馬光不以爲然。 |
| 宋哲宗 | 元祐元年 | 丙寅 | 1086 | 五十一歲 | 在京任中書舍、翰林學士。<br>二月，奏請行給田募役法，二十八日送〈論給田募役狀〉於役法所。四月，六日，王安石卒，蘇軾作〈王安石贈太傅制〉，同日，蘇軾詳定役法，王巖叟論其法有十弊。五月二十六日，詔蘇軾依舊詳定役法。六月十三日，上〈論椿管坊場錢箚子〉、十四日上〈論諸處色役輕重不同箚子〉、二十日同孫永、李常等二十五人上〈議富弼配享狀〉。七月初二，再乞罷詳定役法，朝廷從。嘗見司馬光，再陳差役弊，光不悅。乞補外，不許。八月三日，三省同上司馬光〈約束州縣抑配青苗錢白箚子〉，蘇軾不肯簽，臺諫屢章乞盡罷。六日，罷青苗錢。九月初一，司馬光卒，作制詞、作祭文。朝廷命程頤主司馬光喪事，多用古禮，蘇軾謂其不近人 |

| 皇帝 | 年 號 | 干支 | 西元 | 年 齡 | 重要經歷 |
| --- | --- | --- | --- | --- | --- |
| 宋哲宗 | | | | | 情，深疾之，每加玩侮。遂成嫌隙。十二月，先光庭劾蘇軾所學士院試館職策題語涉先帝。 |
| | 元祐四年 | 乙巳 | 1089 | 五十四歲 | 在京任中書舍、翰林學士。<br>元祐二年到三年，朋黨之禍日興，時議者以程頤、朱光庭爲洛黨，以蘇軾、呂陶爲蜀黨。蘇軾曾多次奉請補外，不被允。<br>元祐四年三月十六日，蘇軾以龍圖閣學士除知杭州。四月出京，有蘇迨、蘇過及王氏。載麥百斛至錢塘作酒。七月三日到杭州任。八月六日自書〈歸去來兮辭〉、並跋。十月興工浚治運河。十一月四日，乞奏賑濟浙西七州狀；十日，論役法差、雇利害起請畫一狀，自考問吏民得之。 |
| | 元祐五年 | 庚午 | 1090 | 五十五歲 | 在杭州太守任。<br>四月興功開西湖。祭禱吳山水仙龍神。父老歡娛。七月十五日，上〈奏浙西災傷第一狀〉，二十五日上第二狀。八月答監司簡，陳述開浚西湖工程進展情況及有關事宜。自興功至浚功，皆躬親之。得力於杭州父老及蘇堅、劉季孫等人，亦得力於章衡之教。蘇軾募役救災，疏浚西湖堤成，植芙蓉楊柳其上，望之如圖畫，後太守林希名之蘇公堤。 |
| | 元祐六年 | 辛未 | 1091 | 五十六歲 | 二月改命爲翰林學士承旨，上辭免狀乞郡。七月，再乞郡爲迴避賈易，易乃程頤死黨。八月二日，侍御史賈易言蘇軾元豐八年五月一日揚州題詩意存不善，涉及蘇轍。四日上〈辨賈易彈奏待罪劄子〉因賈易論秦觀事。初五日，蘇軾爲龍圖閣學士、知潁州，賈易知廬州。同日，趙君錫 |

| 皇帝 | 年 號 | 干支 | 西元 | 年 齡 | 重要經歷 |
| --- | --- | --- | --- | --- | --- |
| 宋哲宗 | | | | | 上章言賈易無罪,續論蘇軾所題詩爲無禮於神宗。太皇太后高氏認爲誣賴,平息紛爭。八月二十二日,蘇軾到潁州任。 |
| | 元祐七年 | 壬申 | 1092 | 五十七歲 | 正月,在潁州太守任。二十四日除知鄆州,改知揚州。五月,作〈和陶飲酒二十首〉,和陶之始<br>七月二十二日奏論漕運欠折嚴重,廢罷近日倉部起請之倉法,仍取問官吏擅立隨船之法,罷沿路隨船檢稅之法,朝廷從之。八月,乞罷倉法、論稅務,以兵部尚書兼差充南郊鹵簿使、龍圖閣學士除兼侍讀召回。九月至京師,十一月遷端明殿學士兼翰林,禮部尚書兼侍讀學士。。 |
| | 元祐八年 | 癸酉 | 1093 | 五十八歲 | 五月監察御史董敦逸、黃慶基皆罷,坐言尚書右丞蘇轍、禮部尚書蘇軾不當。九月初三,太皇太后高氏卒。十三日,蘇軾以端明殿學士兼翰林侍讀學士、禮部尚書出知定州。二十六日赴定州前,上論事狀,說時國事將變,軾不得入辭,上疏諫哲宗勿爲輕有改變。元祐在朝時,蘇門四學士形成。十月二十三日,至定州。蘇軾目睹軍政廢弛,將驕卒惰,兵士無庇身之所種種腐敗狀況,大力整頓,加強邊備。乞增修弓箭社條約兩次,修蓋禁軍營房。自本歲起,人并稱蘇黃。 |
| | 紹聖元年 | 甲戌 | 1094 | 五十九歲 | 在定州太守任。<br>三月二十六日蘇轍罷門下侍郎,以端明殿學士知汝州。春,張舜民使遼,聞范陽書肆刻售蘇軾大蘇小集》、《澠水燕談錄》。四月十一日,御史虞策、殿中侍御史來之邵共言蘇軾譏訕先帝。 |

| 皇帝 | 年號 | 干支 | 西元 | 年齡 | 重要經歷 |
| --- | --- | --- | --- | --- | --- |
| 宋哲宗 | | | | | 詔蘇軾落端明殿學士兼翰林侍讀學士，罷定州任，爲承議郎責知英州軍州事。閏四月三日，除命下罷定州任，責知英州。五月十四日，張商英論蘇軾乞合祭天地非是，乞加罪。六月初五日，來之邵等言蘇軾詆斥先朝，責授寧遠軍節度副使，惠州安置。同日蘇轍降綬左朝議大夫、知袁州。蘇軾獨帶蘇過與朝雲赴惠州。十月二日，到責授寧遠軍節度副使，惠州安置貶所。寓居合江樓。 |
| | 紹聖二年 | 乙亥 | 1095 | 六十歲 | 謫居惠州。<br>元月章楶知廣州，蘇軾寫信請奏朝廷罷香藥草。二月二十一日默坐思無邪齋，書陶潛〈東方有一士〉詩示蘇過，並跋；四日和陶歸園田居，慥亦想來惠州，蘇軾發書勸阻。三月十九日，復遷於合江樓。遊博羅香積寺縣令林抃就溪水築塘，利用水力作碓磨、推廣秧馬。五六月間，作〈荔枝嘆〉書李林甫貢荔枝乃害民虐政。七月十三日，王庠、王序兄弟萬里遣人送藥物相問。蘇軾與庠書，論爲文在辭達，贊庠所作〈經說〉。蘇軾又與王庠論八面受敵乃治學之道。八月二十七日，書養生三法：食芡法、胎息法、藏月砂法，寄蘇轍。九月作〈和陶潛貧士七首〉。歲末經營藥圃、菜圃。 |
| | 紹聖三年 | 丙子 | 1096 | 六十一歲 | 謫居惠州。<br>正月作〈和陶詠二疏〉、〈和陶詠三良〉、〈和陶詠荊軻〉。三月作〈和陶移居五首〉、〈和桃花源詩〉。七月五日，朝雲病亡，年三十四。 |

| 皇帝 | 年號 | 干支 | 西元 | 年齡 | 重要經歷 |
|---|---|---|---|---|---|
| 宋哲宗 | | | | | 八月將朝雲葬於棲禪寺松林中東南。作墓誌銘。十二月，和陶〈歲暮和張常侍〉。一年之中，多病鮮歡。吳子野、陸道士、僧曇秀等皆來惠州探望作客。 |
| | 紹聖四年 | 子丑 | 1097 | 六十二歲 | 謫居惠州。<br>閏二月十四日，白鶴峰新居成。<br>長子邁帶孫子來惠州，蘇軾作〈和陶時運〉。十九日責授瓊州別駕，移送昌化軍安置。四月十五日，得瓊州別駕，移送昌化軍安置。蘇軾置家於惠州，四月十九日獨與幼子蘇過負擔過海。子孫痛哭於江邊，爲死別。惠人盛讚蘇軾浩然之氣。五月十一日與子由相遇於藤州，相處一月，同行至雷州，共食湯餅。六月五日與蘇轍同到雷州。十一日〈和陶潛止酒〉贈別蘇轍，渡海。七月二日到儋州，州守爲張中；蘇軾始至，居桄榔林下，作庵且爲之銘，又作〈和陶還舊居〉。作〈和陶勸農六首〉勸漢民、黎民和睦相處，種樹、勸耕以致富裕。九月八日作〈和陶九日閑居〉，軍使張中到任，張中修倫江驛館，初僦之，以庇風雨。蘇軾作〈和陶擬古九首〉、〈和陶東方有一士〉。立冬後，海道斷絕，不得蘇轍書，乃作〈和陶停雲〉致思念之意。作〈和陶怨詩龐鄧〉。十一月作〈和陶雜詩十一首〉。十二月十七日夜坐達曉，寄子由。同日，蘇轍應請作〈東坡先生和陶淵明詩引〉。黃庭堅與程之元來簡念及蘇軾。入儋後，李公麟爲蘇軾畫像，蘇轍、黃庭堅有贊。 |

| 皇帝 | 年號 | 干支 | 西元 | 年齡 | 重要經歷 |
|---|---|---|---|---|---|
| 宋哲宗 | 紹聖五年／元符元年 | 戊寅 | 1098 | 六十三歲 | 謫居儋州。<br>二十三日書陶潛〈形影贈〉、〈影答形〉、〈神釋〉付過、和潛韻。作〈和陶使都經錢溪〉。<br>朝廷置局編錄司馬光、呂公著、蘇軾、蘇轍等「悖逆」罪狀成書，由蹇序辰主其事。<br>三月初七，董必由廣東南路察訪改西路，遣使臣過海，把蘇軾父子逐出官舍，彭子民有勸。蘇軾和陶潛〈歸去來兮辭〉，蘇軾無地可居，遂買曾氏地南污池之側築室，起屋五間。儋州十餘人，王介石和學生，張中也助成之。五月，屋成，名之爲「桄榔庵」。蘇軾生活日窘，盡賣酒器，以供衣食。九月八日作〈和陶九日閑居〉。十一月作〈海漆錄〉記倒粘子葉乃奇藥，此前後有〈墓頭回草錄〉、〈益智錄〉、〈蒼耳錄〉諸文自醫療實踐中，了解藥性。十二月五日作〈書藥方贈民某君〉，此人因相毆內損。歲末，小圃栽植漸成，取陶潛詩有及草木蔬穀次韻〈西田獲早稻〉、〈下潠田舍穫〉、〈戴主簿〉、〈酬劉柴桑〉、〈和胡西曹示顧曹賊〉、 |
| | 元符二年 | 己卯 | 1099 | 六十四歲 | 謫居儋州。<br>正月五日，與過出遊，作〈和陶遊斜川〉。春日，蘇軾被酒獨行，遍至子雲、威、徽、先覺四黎之舍，遇符林，黎家兒童口吹葱葉迎送；又嘗負大瓢行歌田間，與老嫗共語，有詩。又遊城東學舍。<br>九月十七日，書杜甫夔州老女詩後，使諭海南父老，以變老女之俗。儋州人姜唐佐來從學。 |

| 皇帝 | 年號 | 干支 | 西元 | 年齡 | 重要經歷 |
| --- | --- | --- | --- | --- | --- |
| | | | | | 當時京師盛傳蘇軾得道，乘小舟入海不復返。京師、廣州街傳蘇軾死去，蘇軾撰〈書謗〉。 |
| 宋哲宗 | 元符三年 | 庚辰 | 1100 | 六十五歲 | 謫居儋州。<br>二月以徽宗登極恩移廉州安置，蘇轍移永州。蘇門四學士皆有新授。四月二十一日，以生皇子恩，詔授舒州團練副使、永州居住，蘇轍移岳州。五月，量移廉州，秦觀致書告知將內遷廉州。獲誥命，仍以瓊州別駕廉州安置，不得簽書公事。六月離儋耳，別海南父老。<br>在儋，嘗自爲誌墓文、戲贈鄰嫗詩、作〈論食〉、戲詠黎女，南遷期間完成寓言小說〈艾子雜說〉，在儋嘗作〈老饕賦〉、〈濁醪有妙理賦〉等五賦，作〈志林·論武王〉、〈續養生論〉、訂補〈易傳〉、〈論語傳〉撰成〈書傳〉十三卷。<br>離儋，儋人爭致饋，不受。父老送舟次。<br>七月四日至廉州貶所。八月十二日，秦觀卒於藤州；二十四日後，告命下，被命授舒州團練副使，移永州安置。九月六日至鬱林，哀秦觀之死，過容州、藤州、梧州、康州，抵廣州，與蘇迨、蘇邁及家人在廣州相聚。十一月至英州，得旨奉敕復朝奉郎、提舉成都府玉局觀，蘇轍至鄂州，得旨奉祠，因往穎昌居住。遂離英州，過韶州，北歸，黃庭堅聽聞作畫像贊。 |
| 宋徽宗 | 建中靖國元年 | 辛巳 | 1101 | 六十六歲 | 正月四日，從大庾嶺出發，過南安，下旬抵虔州。四月過九江、湖口、舒州，抵當塗。五月一日， |

| 皇帝 | 年 號 | 干支 | 西元 | 年 齡 | 重要經歷 |
| --- | --- | --- | --- | --- | --- |
| 宋徽宗 | | | | | 至金陵。六月初體中微不佳，始病，與弟轍簡，預以後事所託，病暑暴下，瘴毒旋大作，疾有增無減。十五日舟赴常州毗陵，運河兩岸有千萬人圍隨而行。至奔牛埭，錢世雄復來迎，以《易》、《書》、《論語》三傳授世雄。抵毗陵，寓於孫氏宅，遂上表請老，以本官致仕。七月十五日，熱毒轉甚，諸藥盡卻。十八日命諸子侍側。二十八日卒於常州，年六十六歲，卒前思蘇轍。次年葬於汝洲郟縣鈞臺鄉上瑞里。弟轍作《墓誌銘》。 |